JN152935

八木健の

川柳アート

言葉のレントゲン写真

私は、俳句と川柳の違いを聞かれた時、「俳句は言葉のスナップ写真、川柳は言葉のレントゲン写真」と答えている。このフレーズは、最近、全国の俳句、川柳の愛好家の間で広まっているらしい。

愛媛出身で古川柳研究の第一人者の復本一郎氏は、かねてより「現代の川柳には穿ちが無い」と嘆いておられる。「穿《うが》ち」とは、穴をあけることで、穴をあけて本音を引っ張り出すのが川柳。だから「穿ち」は川柳の命だと、復本一郎氏は言う。

「泣き泣きも良い方をとる形見分け」。江戸川柳には「穿ち」があった。だから笑えたのである。川柳は、江戸時代に「俳諧の連歌」から生まれた。俳諧の連歌は、室町末期に、それまで貴族の遊びだった連歌を武士や町人が、俺達もやろうじゃないか、ざっくばらんに可笑しいことや艶っぽいことを詠んで「俗っぽい文芸」を愉しもうと始めたものである。江戸時代に、松尾芭蕉が、その俳諧の連歌の文学性を高めようとして、蕉風「わび・さび・しおり」を掲げた。俗を掲げて生まれた俳諧の連歌を「雅」に戻そうとした。そのために俳諧の連歌が面白くなくなった。そこで、川柳が独自の発展を始めたのである。

連歌は、五七五の句と七七の句を詠み付けていくものだが、前の句を受けて次の句を詠みつなぐ練習に「前句付」という遊びをした。例えば、七七の「題」が提示され、それに、五七五を付けるのである。投句料をつけて「付け句」を募集する。選者が良い句を選んで良い付け句には賞金を出し、印刷物にした。それが「柳多留」という句集として今に残っている。

「前句付」でよく知られているのは、「切りたくもあり切りたくもなし」という七七の題に、「盗人を捕えてみれば我が子なり」あるいは、「さやかなる月を隠せる花の枝」などの五七五を付けたものがあるが、この前句付の選者で人気があったのが、柄井八右衛門。号は「川柳」であった。前句付は、のちに前句がとれて「付け句」だけを募集するようになり、この文芸を川柳と呼ぶようになった。川柳は、もとは、八右衛門の号だったのである。

明治時代になって阪井久良岐、井上剣花坊という川柳作家が現代川柳を掲げ、質の高い川柳を目指した。後に「番傘」を興した岸本水府が、江戸川柳に現代性を加味した川柳を本格川柳として世に広めようとした。本格川柳以外は本格ではないということになる。

平成の現代、川柳には「穿ち」や質の高い「笑い」が少なくなってしまった。これらをなんとか取り戻したいと常々、考えるようになっていたところ、川柳総合誌「川柳マガジン」が、「笑いのある川柳」というページを創設した。八木健は請われて川柳協会会長の今川乱魚氏とともに選者となった。

ちょうど、そういう経過を経た時に、愛媛新聞の月刊誌「アクリート」の川柳選者を担当することとなった。二〇〇五年六月号の「アクリートｖｏｌ．27」から第一回川柳アートが開始。この投句欄では、選者、アート制作、コメントを担当させていただいている。三役をこなされて、さぞ大変でしょうと言われるが、実に楽しい作業で、投句はがきが送られてくるのが、毎月待ち遠しい。

今回の出版は、第一回から二〇一四年七月号の第一一〇回の作品をもとに、内容を加筆、追加して制作した。作者に連絡が取れず、作品をやむなく差し替えとなったページもあるが、この「八木健川柳アート」は、「平成の川柳千句」として川柳史に残る存在になると確信している。

平成二十六年十二月吉日

八木　健

定年で始める趣味の定まらず
やぎけん

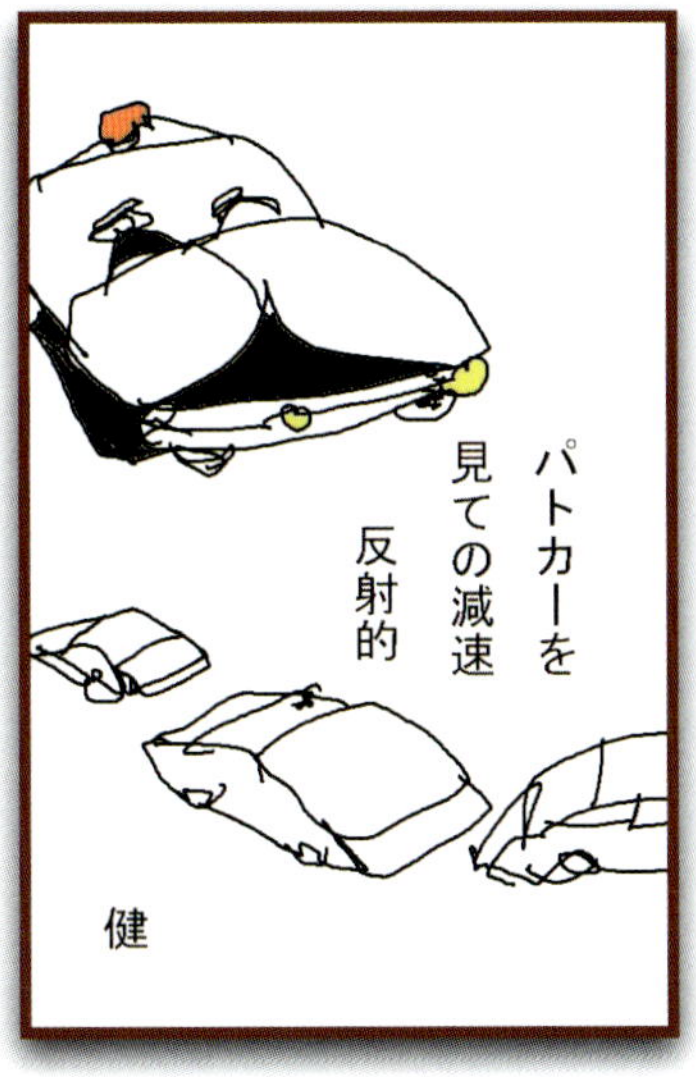
パトカーを
見ての減速
反射的
健

八木健の川柳アート 01

貴族文化の「連歌」に対して生まれた庶民の文芸が、機智滑稽《きちこっけい》を特色とする「俳諧《はいかい》の連歌」。
その「俳諧の連歌」から生まれたのが川柳で、ルーツが俳諧にある川柳は、単なる言葉遊び的滑稽だけでなく、人間や物事の本質を突いた「穿《うが》ち」に特色があります。
皆様からご投稿頂いた穿ちのある作品をご堪能ください。

特選

新しい法王決めるコンクラベ

有家　浩（松山市）

コンクラーベと根競べ。「駄洒落《だじゃれ》」は笑いの質としては低いとされるが、句は単なる駄洒落ではなく、討議と投票を重ねる法王選出の伝統に敬意を表しており、同時に「クスッ」という笑いをさそう。

佳作

名物はどこにでもある夕日だけ

今城　冬雄（宇和島市）

町がウリモノにしているのは「ただの夕日じゃんか」と皮肉まじりに表現。この風刺が川柳の醍醐味ではあるが、どこかで作者は、どこにでもある夕日を町のウリモノにしたアイデアに感心している。

重いこと述べても軽い新聞紙

東　麗子（東温市）

新聞の役割の本質をうまく表現している作品である。このように「なるほどうまいこと言った」というのも「滑稽」である。その「なるほど」が川柳に必要な「穿《うが》ち」でもある。

化けてゆく一部始終を知る鏡

馬越　治子（今治市）

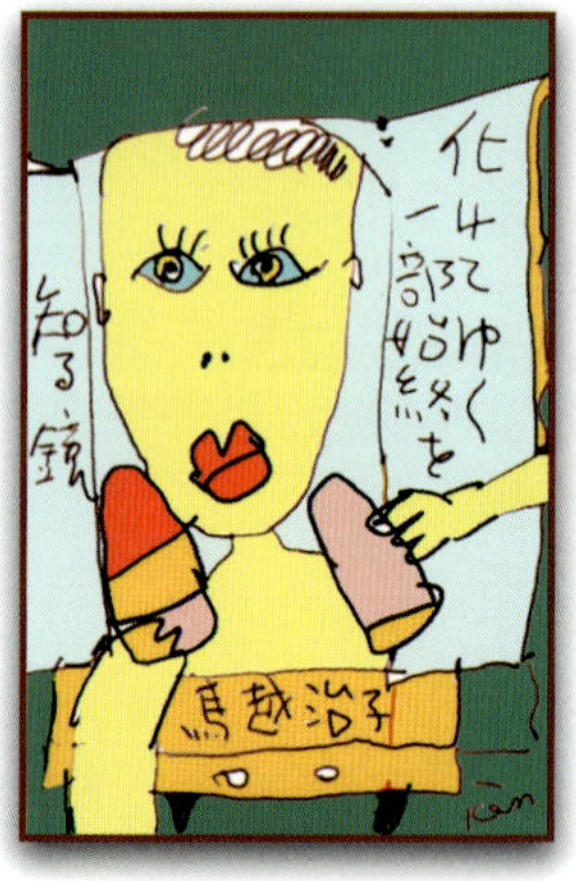

「化けてゆく」は極めて川柳的用語である。鏡を擬人化し「内緒にしておいて欲しい」という女心が下敷きとなっている。このように擬人化は川柳のイロハなのである。

古今の名句

なんぼでもあるぞと滝の水は落ち

前田　伍健

前田伍健は愛媛の川柳隆盛の最大の貢献者。田辺聖子は川柳と俳句の違いを、伍健の句と後藤夜半の「滝の上に水現れて落ちにけり」をならべて説明している。つまり、伍健の作品は典型的な川柳としてとりあげられているのだ。余談ながら、八木健の俳句に「滝の水墜ちると決めてより一途」がある。

手袋を夏もする子で田植えせず

武智はじめ

懇願されて農家に嫁いだのか、農家の箱入り娘か。拙句に「農家には嫁に行かない農家の娘」があるが、武智の句は、時代と世相を描く文芸川柳の後世に残る作品となった。

今月の八木健

胡桃喰ふ右脳左脳を穿《ほじく》つて

八木　健

胡桃《くるみ》の実の表面の皺皺《しわしわ》はなにやら脳味噌《みそ》を思わせる。内部の複雑な空間にも知恵が詰まっているようだ。食べれば頭が良くなるかも。川柳はこのような思い込みも滑稽の要素となる。

八木健の
川柳アート 02

俳句と川柳のちがい……

俳句は言葉による「スナップ写真」です。残しておきたい風景や気持ちを記録します。川柳は言葉による「レントゲン写真」です。人間の「素顔」、「本性」をあぶり出します。外見だけでは見過ごすようなことを手のひらにのせて、じっくり眺めることで本質に迫り、なるほどと思わせるものが川柳です。

特選

キープしたボトルは部下が空にする

岩間　昇（東温市）

物事にはそれなりの理由がある。部下に気前よくふるまって統率力を発揮して出世するとか、コンピューターの得意な若手にお願いして世の中の流れに取り残されないようにするとか……。安いもんです。

佳作

お得意の自慢話を聞く苦労

井口　夏子（滑稽俳句協会）

ゴルフのホールインワンだとか、モノにした女性の数だとか、何度も聞いたから覚えてしまいました。初めて聞くような顔をして驚いてやるのが苦労です。

洗顔で美人は化けの皮を剥ぐ

増田　育顕（松山市）

人目を気にせず本当の自分を取り戻すとき、しあわせ。たとえば洗顔、私って化粧落とすともっと奇麗。今の私は営業用の顔なの。本当の私に逢いたいですか？

人間の自己満足の犬の芸

兵頭　紀子（鬼北町）

川柳は主として他を風刺するものだが、このように？　自己風刺でもかまわない。おそらく自身ではピアノを弾けないのに、犬に無理やり弾かせているのでしょう。

過剰包装新郎新婦の御経歴

馬越　治子（今治市）

新郎は大学を敢然として中退。その決断力は長所であります。また新婦はフリーターとして活躍されまして、ふたりの出会いは時代の先端をゆくコンビニであります。

古今の名句

鯉はねてそこらに水を撒いてくれ

高市　伊棹

「マイカーを洗わずに済み俄か雨」のたぐいですね。第三者の立場でモノゴトを見ると「結果としてそうなる」のが可笑《おか》しいのである。

今月の八木健

愛鳥日小鳥の私生活覗く

八木　健

「視点を変える」ことで川柳は簡単にできる。①立場を逆転してみる。②第三者の位置に立ってみる。この句は、人間中心の生き方を変えてゆくことの提案でもある。

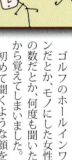

八木健の川柳アート 03

直感が決め手

俳句も川柳も直感が決め手です。俳句は、直感をどう表現するかを考えます。そして直感した感動を、具体的なかたちで表現します。つまり「描写」します。

川柳は、直感したものの背景を考えます。じっくりと眺めて背景にある人間の本性を解明します。そして評論家として「解説」すればよろしいのです。さらに、俳句のように描写すれば、より具体的になります。

泣き泣きもよい方をとる形見分け

（誹風柳多留　一七）

特選

ノーネクタイ脳は緩めず鉢巻を

宮岡　沙代（松前町）

今年は、誰かがクールビズなるものを流行させましたね。一千億円の経済効果で、誰がいちばん得したのでしょう。「クールビズネクタイ屋さんの首絞める」……という結果でした。「ネクタイをやめて鉢巻売り出すか」……。

佳作

孫叱る娘の顔は昔の我

大澤ヒサエ（今治市）

そうですよ……。古代の遺跡にも「近頃の若いもんは……」と当時の人の落書きがあるぐらいですからね。みんな一所懸命に子育てをするんです。「叱らないで育てて結局叱られる」という親が最近多いですね。「子に遠慮親に遠慮をして生きる」ですか。

ダイエット出来て体重計好きに

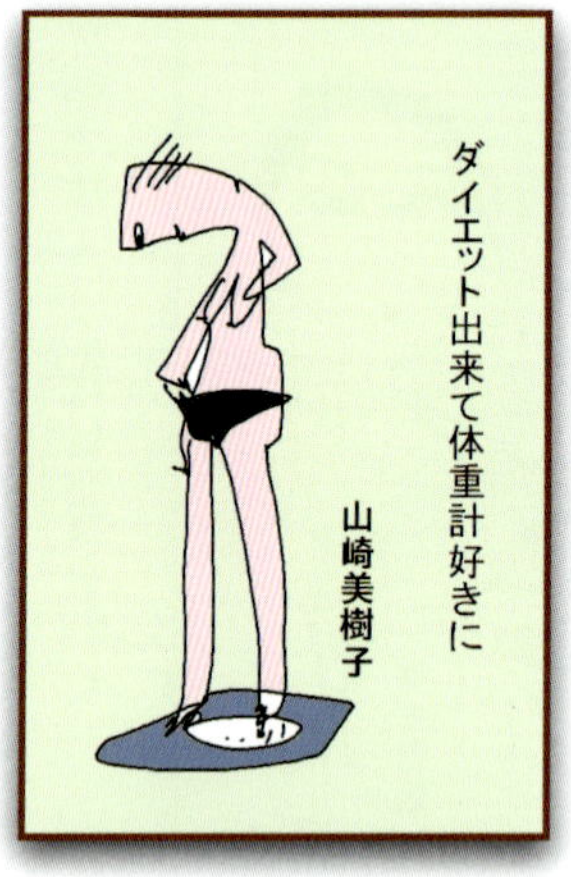

山崎美樹子（松山市）

ダイエットのために体重計に乗るのは、気が重かったのが、ダイエットできた途端に体重計に乗るのが楽しくなった。

わかりますねえ、その気持ち。

成人式の振り袖親の汗を着る

大政　利雄（松前町）

娘さんの句でなく、親の句というのが情けない。娘さんは、あと二十年後にこういう句をつくるのでしょう。かつて成人式の振袖はやめましょう……なんて時代がありましたね。結局それは愛媛の養蚕にとって打撃となったのではありませんか。しかし、結局、着たい、着せたい親子の気持ちは変わらない。

何年か前の写真をお見合いに

びぃーな（松山市）

どことなく面影がありますからこれでよろしいと仲人さん。

晩婚の焦りから「お仲人」さんが、活躍し始めている。

それにともなって不当表示も頻発。

古今の名句

丁寧に墓参をしたと置く名刺

高橋　柳泉

この場合、もちろん故人に見せるためではなく、ご遺族に見せるための名刺ですね。家業を継がれたご子息に対して、相変わらぬご好誼《こうぎ》のほどをというわけでしょうが、名刺の裏に、立てた線香の本数、仏花の購入価格も書いておくべきでしょうね。

今月の八木健

自然を自慢不便なことは棚にあげ

八木　健

田舎育ちの人が、故郷の自然の素晴らしさを都会の友人に自慢しています。しかし、こういう人は滅多に帰郷もせず、将来、故郷に住む気もさらさらない。故郷は、道路行政の見直しで計画路線は棚上げになり、当分の間は未開発のまま。不便だけれど美しい自然が残っている……。

八木健の川柳アート 04

凝視して発見

川柳も俳句も「対象を凝視して何かを発見する」という点では共通しています。たとえば……

チンドン屋クラリネットは塗ってゐず　車山

この句では、クラリネットだけは塗られていないという誰も気づいていないことを発見したからこそ値打ちがあるのです。それが独創です。

特選

釣り銭が多い言おうか言うまいか

武智　冷子（伊予市）

「一瞬の迷いを描きました。でも、心がとがめて結局は言うのですが」とは作者、武智さんのコメント。五十円、百円に迷う心の動きを正直に描いたこの句は、庶民の共感を得ることができる句です。

佳作

腕の冴え寿司ネタうすく切る技術

兵頭　紀子（鬼北町）

見事な技で、ネタをうすく切る寿司屋さん。さすがに腕が冴えています。しかし、感心する一方で、こんなにうすく切らなくても……という、うらめしさも。皮肉たっぷりの一句です。

浮草のごと集散の小野党

山田　英樹（松山市）

作者は、一党独裁になっている現状を憂いているのであろう。野党が力を合わせて欲しいのに相変わらず離合集散を繰り返していると嘆くのである。

瓢箪の腰のくびれに一目惚れ

加藤　福松（新居浜市）

木の股に自然の造形の悪戯《いたずら》を喜んでみたり、女体美をコーラの壜《びん》のかたちにしたりしますが、この句は、そのエロチシズムを人間臭く正直に描いています。

修正の効きすぎている見合い写真

馬越　治子（今治市）

見合い写真はたとえ原版がどうあろうと美男美女に変身させなければならない。その結果、詐欺まがいの事態が生じることになる。写真館はご希望を承る。団子鼻と目尻ですね、はい口を小さく、毛髪も増やしておきましょう。全体的には「ヨンさま」ですか。

古今の名句

きれいな歯きれいな嘘も云へそうだ

沖原　緑風

初対面の印象で、「どこか胡散臭《うさんくさ》い」と感じた。つきあってみると結局は、その通り嘘《うそ》が多い。ということは、よくあるものです。「きれいな嘘」は、騙《だま》されるかもしれぬという予感です。直感が一句になる。

今月の八木健

犬猫に敬語を使い獣医さん

八木　健

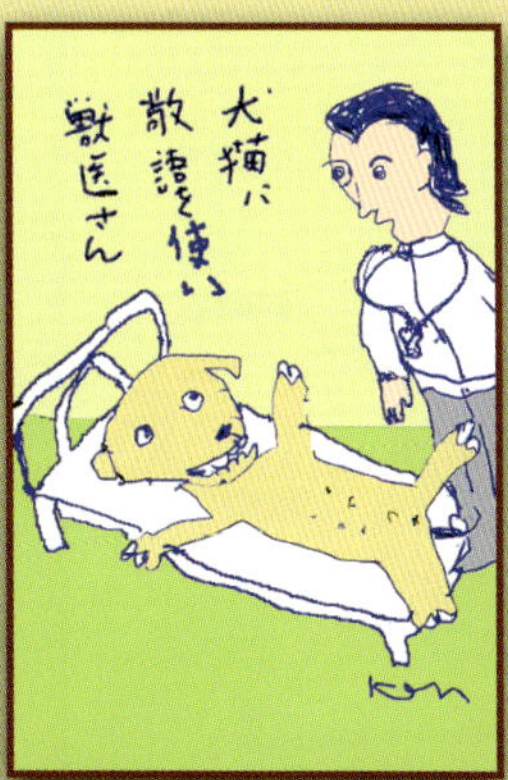

動物病院に行って感激するのは、獣医さんの動物に対するやさしさですね。「エサをやる」のではなく、「ごはんをあげる」。「オス、メス」でなく「男の子、女の子」と呼んで人間に対する以上に、とても大切に扱ってくれます。

八木健の

川柳アート 05

本音を覗いて見る

川柳は人間の素顔を描く文芸です。
見えているのは素顔ではありません。
化粧をした顔です。
あんなこと言ってるけど本当はどうなのか。
化粧をはがしますと、本音が見えてきます。
欲望や虚栄にとらわれた姿が見えてきます。
自身の心を覗《のぞ》くことから始めましょう。
思いがけない本音に気づくはずです。

特選

文化財になるかも知れぬ火吹き竹

大政　利雄（松前町）

火吹き竹は半世紀前まで家庭でも使われていた。つまり、わが家の文化財であるが、句には「ひょっとしたら五万円ぐらいの値がつくかも知れぬ」という皮算用が透けて見える。「お宝鑑定番組」が受けているからね。ちらり……こころに浮かんだことが川柳になる。

佳作

電池切れしそう今夜は飲んでくる

岩間　昇（東温市）

外で飲む酒と家庭で飲む酒は同じアルコールでも異なるものと思われる。作者は電池切れになる……と正直に書いている。妖《あや》しい照明のもとでなければ充電できないのだ。トラさん流にいえば、男の宿命ってものよ。

ドキドキは恋ではなくて不整脈

山之内杜士子（松山市）

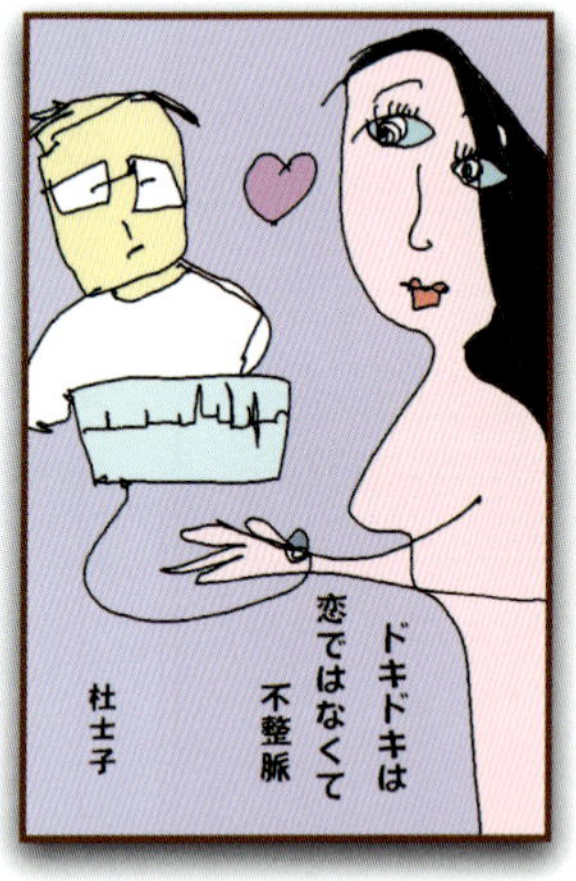

ドキドキする。恋のせいかしら？
ところがドキドキが治らない。
病院で調べたら不整脈ですねと言われた。
先生！不整脈の原因は恋心でしょうか？

任された財布の底に穴が開き

大澤ヒサ江（今治市）

結婚以来財布を任されてきたが、年金は上がらず、この分では財布の底に穴が開きそうです、とは作者のコメント。
ゆとりのない暮らしを客観視して川柳にするのが心のゆとりというものです。

渇水で威張りはじめた雨女

りぼん（松山市）

「渇水に威張るのは今でしょ雨女」。威張りすぎて「雨女限度を知らず大雨に」とか。しかし、「渇水で肩身がせまい晴れ女」とも言える。

古今の名句

朝顔の竹一本を信じきり

上甲　可洲

擬人化の句である。一本の竹に巻きついている朝顔。「信じきり」と風刺しているかに描いているが、「信じることの清らかさ」を教えられるということでもある。

今月の八木健

クールビズ終えてお詫びをネクタイに

八木　健

本格的な秋になりました。この夏流行したクールビズが、ネクタイに詫《わ》びている……。突然の解雇に、ネクタイはよく我慢した。クールビズも踊らされて肩で風切って歩いたことを悔やんでいる。誰かが傷つくことを考えなかった。許してくれと。

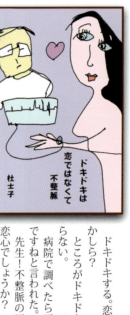

八木健の川柳アート 06

川柳は時代を映す鏡

父さんの不機嫌母が目で教へ　秀耳

明治時代の句です。当時は一家の主、父親がかなり威張っていたことがよくわかります。家族は父親の顔色を読んで暮らしていたのです。

産院でわが子をさがす足の裏　三太郎

昭和の時代になっての句です。足の裏に赤ちゃんの名前を書くようになったことがわかります。このように川柳には時代がしっかり記録されるのです。

特選

言い訳の目玉と口がよく動く

村田　節子（八幡浜市）

後ろめたいことがあると、相手の目を見ることができません。視点も定まらず、口数が多くなります。しかし、相手はしっかりお見通し……。だから言い訳しない方がいい。いえ、言い訳するようなことをしないのが一番です。

佳作

ウォームビズ褞袍《どてら》ファッション流行か

宮岡　沙代（松前町）

衣食住すべてについて、古来の日本の生活習慣に軍配があがるようだ。エアコンは地球温暖化の遠因。クールビズなんかよりステテコがいい。褞袍《どてら》は保温効果抜群。昔の日本人はこんな素晴らしいものを使っていたんだ。

晴れと雨二股かける蝙蝠傘

高松源一郎（松山市）

晴れれば日傘、雨が降れば雨傘に。

空を飛ぶ小動物・蝙蝠は鳥か獣か。かつて、二股かけて信頼を失った。蝙蝠傘も二股かける伝統を引き継いでいる。

ブラジャーの隙間に詰めてある期待

田辺　進水（松山市）

本物では勝負できないからニセモノで膨らませている。隙間というのは、本物の乳房との隙間ということです。隙間に期待が詰めてある。期待に胸を膨らます。というのはこのことですかねえ。

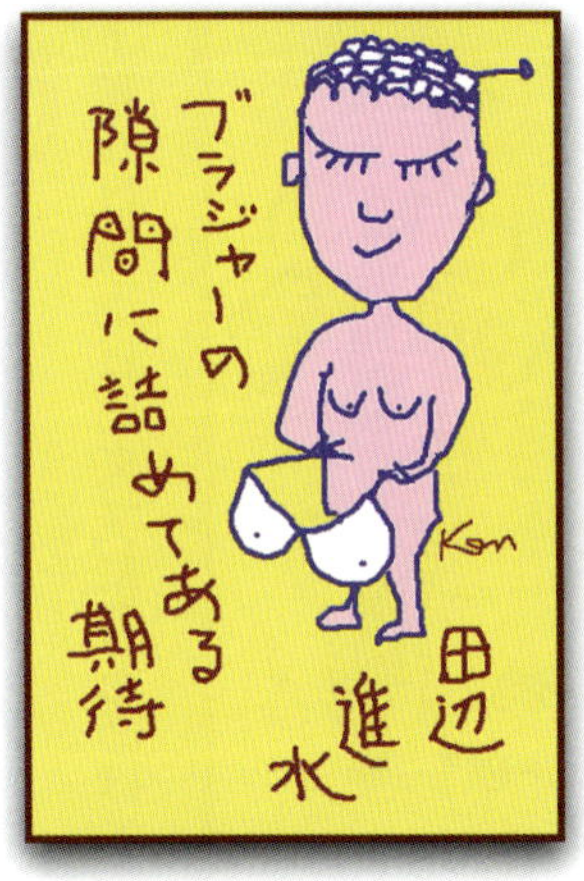

道連れの旅の遍路は歩かない

近藤　幸夫（宇和島市）

旅は道連れ世は情けと言った。

道連れで歩くことで親しさも生まれ、それが旅の良さだった。

最近は遍路バス大流行。そこで旅はバス連れ余は情けない。

古今の名句

偉い子はいぬがどの子も親思い

森　紫苑荘

温かみのある表現をもつ川柳は、時に逆説的ですね。

成績優秀でないからエリートコースには乗れなかったが、どの子も親思いだと自慢しています。偉い子を持つ親たちは、滅多に孝行なんかしてもらえないにちがいない。

今月の八木健

目のぱっちりした台風は恐ろしい

八木　健

テレビで、「今度の台風十四号は、大型で強い勢力。ご覧のように目がぱっちりとしています」と言ってました。目がぱっちりした台風は、人間の女性よりもかなり恐ろしい。そう言えば、終戦後、日本も台風に女性の名をつけていましたね。

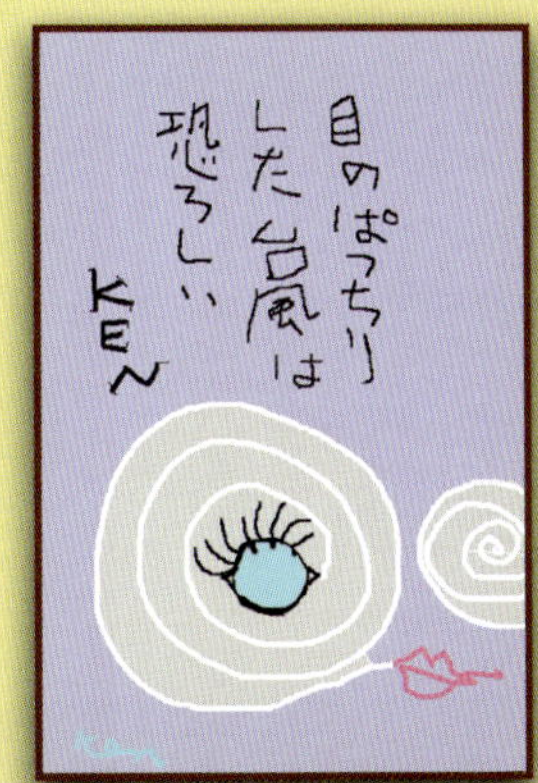

川柳アート 八木健の 07

川柳は文明批判

時代の進化は技術革新によってなされる。文明の進展である。それに疑義を呈するのが「川柳」である。それが文化というもの。今月の句は、いずれも豊かさのもたらす歪みを指弾するものとなった。それは、質素と根気の時代を渇望する句とも言える。

特選

縫ってあげたい若者の破れズボン

船本伊知子（宇和島市）

完全無欠なものよりどこか欠けたところがある方がいい。いわゆる「欠けたる美」である。茶道でも十月の名残の茶会ではわざわざ壊れた茶器を修理して使うじゃんか……！若者の穴あきズボンはそれに近いのかも。しかし、汚いのはいただけないね。出歩けないようにズボンを縫い合わせてやりなさい。

佳作

下請けは値上げ出来ずに音をあげる

鈴木 茂（虎造節保存会）

消費税増税で原材料価格の上昇。上昇分を上乗せすれば買ってもらえない。その上に労働力不足。創業百年の看板もおろして駐車場にでもしますか。

年金は減る減る減らぬ体脂肪

宮岡 沙代（松前町）

リズム感がある句なので楽しい句かと思ったらそうでもない。しかし、諦《あきら》めがある。開き直りがある。自己風刺の可笑《おか》しさだ。体脂肪ばかりが増えることに可笑し味を感じるのは人間だけなのである。

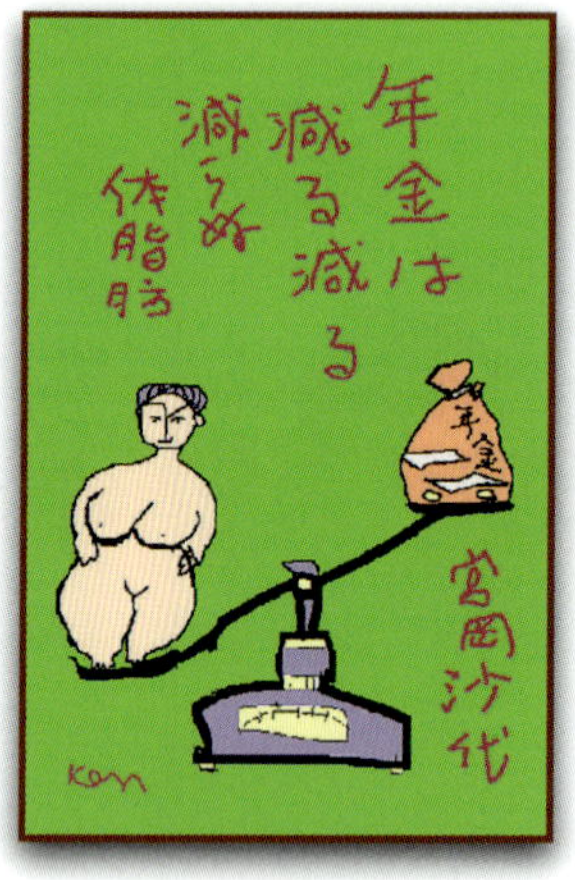

魚ぐらいじゃ近頃の猫寄って来ぬ

宮脇マサエ（鬼北町）

お犬さま、お猫さまの時代である。高齢と独居の時代を迎えたことも一因であるが、人間不信が、正直な動物に愛情をそそぐことにつながる。結果が美食犬猫の登場である。売れ残った犬猫用缶詰を人間様が食う時代も遠くない。

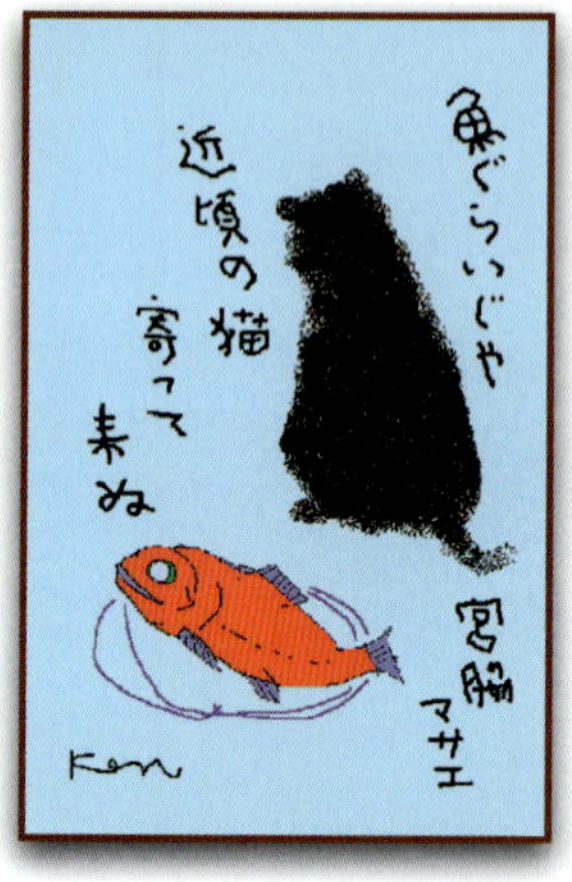

値切り上手も自販機は歯がたたず

大政 利雄（松前町）

職人芸とも言える値切りの技も自販機の登場でさっぱりだ。値切る楽しみを最近の若者は知らぬ。値切れば多少安くする自販機の登場が待たれる。今後の技術革新に期待するのは失われた人間味の復活だ。

古今の名句

別な目と芸術の目とモデル知り

前田 伍健

何度か実物の裸婦を描いた体験からすれば、描いている最中は描くことに夢中で妙な感情は起きぬ。女体の美に感嘆する芸術の眼になった。この句では「別な目」として、芸術家の目が一瞬、好色の目に変わる可能性を描いている。

今月の八木健

携帯電話使いこなせずモッタイナイ

八木 健

月刊川柳総合誌『川柳マガジン』の選者をしているが、最近の号で特選に選んだ句に「使い捨て精子卵子がモッタイナイ」という句があった。川柳はみんなが当たり前と思っていることに疑義を呈することからはじまるのである。

八木健の川柳アート 08

川柳の目を持つ

川柳の題材は、日常生活の中にいくらでもころがっていますが、川柳を詠む目を持っていないと、題材に気づくことができません。川柳を詠む目とは、批評の目です。批評の目は物事に疑問を持つこと。多数派ではなく、少数派の立場に立ってみることです。

特選

おまけ付き狙って余計な物を買い

的場てるみ（松山市）

おまけにつられて、必要でもないものを買ってしまう。売り手の作戦でもあり、その手の内は十分わかっているのだが、ついつられて……おまけの羽毛のクッション欲しさに車を買ったり、グリコのおまけを集めるために駄菓子屋一軒買いとったり……。

佳作

懐のウォームビズがあったらねえ

久保　壮（松山市）

ウォームビズで、最高に温まるのは衣料品業界の経営者の懐。この際、庶民でも懐が温まるウォームビズを考えてみた。一万円札をコートに縫い付けると意外に暖かい。和紙の持つ保温性もまんざら捨てたもんじゃない。

電柱に意見している酔っ払い

宮脇マサエ（鬼北町）

社長は社員に、社員は妻に、妻は子に、子は犬に当たり、犬は電柱に放尿する慣例から言えば、この酔っ払いは恐妻家なんだろうね。当たり散らす相手がないというのは、辛いものです。電柱ならば逆襲されることもない。あなたもやってごらんよ。

堂々と足跡残すかたつむり

近沢由佳子（松山町）

自分史を書きたいが、書けない過去や書くほどでもない過去しかないという人が多い。

「堂々と足跡を残すかたつむりが羨ましい」とは作者の弁。

要らぬこと尋ねて医者に血を採られ

山之内杜士子（松山市）

医師には饒舌と寡黙の二種類ある。

寡黙な医師から納得する説明を聞き出すのはひと苦労である。ところが寡黙な医師は説明はせず血を採るのである。

古今の名句

茹で卵きれいにむいてから落し

延原句沙弥

こんな場合は苦笑い。そういえば、同じように苦笑いするのは、乗ろうとした直前に電車のドアが閉まる場合である。しかし、これは相手があることだから仕方ないね。卵を落としたのは引力の責任か。

今月の八木健

ギブスのようなブーツですねお嬢さん

八木　健

厚底のブーツは、どう見てもギブスにしか見えない。いっそのこと「包帯模様」をプリントしたらと業界に提案しようしてやめた。厚底ブーツの子は転倒して骨折するので早晩ギブスをとりつけるからである。

川柳アート 八木健の 09

古川柳に学ぶ日常の観察眼

鶏の何か言ひたい足づかひ（『誹風柳多留』）

人間は拗《す》ねたりねだったりする時に、畳の縁をむしったり自身の髪をいじったりしますね。作者は、鶏が足を使って砂を掻《か》く仕種も人間と同じで、何か言いたいのだと決めつけています。これは、普段から人間の何気ない動作を観察していたからこそできた描写です。

特選

カルガモのように園児の信号機

古野セキヱ（松山市）

鴨《かも》のマラードさん一家の物語が下敷きになっています。川から公園に引っ越しする際に、お巡りさんが車を止めましたね。同じ風景が、保育園児の列で展開されているのです。名作を思い出しながらの、愛情豊かな一句。

佳作

里帰り食べてしゃべって持ち帰り

高岸サヨ子（八幡浜市）

娘が里帰りしての楽しい数日。娘の好物をつくる。娘は嫁ぎ先の悪口から自慢話から近所の犬がよく吠えることまで全部話して、新品のタオル、シャツ、菓子、コシヒカリ、プラスお小遣いまで持ち帰る。

Sサイズの海老をコロモがLにする

田辺　進水（松山市）

以前は海老《えび》を叩《たた》いて伸ばしてから衣を付けて揚げたらしい。今でも海老天は大きめの衣を着ているのが通例です。しかし、お客が滅多に文句を言わないのは、そういうものだという暗黙の約束があるから。

勲章は共に苦労をかけた靴

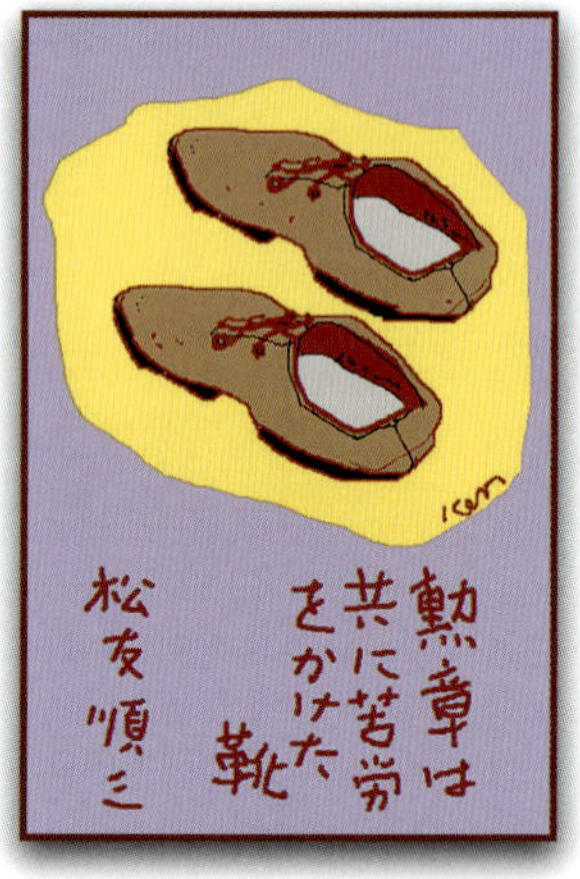

松友　順三（松山市）

定年で不要になった洋服や靴を簡単に処分できないのは「共に苦労した仲」だからで、本当は額に入れて床の間に飾っておくべきでしょう。そういうことを知らない奥様は、ゴミの日に鼻歌歌いながら処分するのです。

角とれた頃にゃ背中も丸くなる

近藤　幸夫（宇和島市）

若い頃はヤンキーで突っ張り。長じては頑固親父で喧嘩っ早い。最近は人間の角がとれて丸くなり、そう言えば背中もかなり丸くなりましたね。

古今の名句

老眼鏡めでたい記事へふき直し

前田　伍健

殺伐とした異常な事件に疲れている読者は、めでたいニュースに出会うと気持ちが楽になります。嬉《うれ》しい、心地よいニュースを読みたい気持ちは、昔も今も変わらぬ庶民の本音です。

今月の八木健

偽装ビル震度計として使えぬか

八木　健

たくさんのビルが取り壊しの運命にあります。被害に遭った方々は本当にお気の毒。苦心して入手したマンションが取り壊されるのも心が痛むことでしょう。もったいない。再利用の方法は、ただ一つ。震度計として使うことです。このビルが倒壊したら震度5、あのビルが倒壊したら震度3などと……。

八木健の川柳アート 10

古川柳に学ぶ

急ぐのにさてさて子どもよけぬもの　（誹風柳多留）

「子どもがよけぬ」は「駕籠《かご》かき」の言い分です。「子どもは、周りの迷惑など考えないで、自分勝手に道を使うもの」という批判です。歩行者、特に子どもの安全を第一に考えるのは当然ながら、子どもの身勝手さを題材にする視点は現代川柳にも必要。

特選

言い出せぬまま観覧車から降りる

田辺　進水（松山市）

観覧車は、およそ十分という制限時間がある。この時間内に愛の告白をしようというのは、設定に無理があるようです。「素敵な眺めだわね」「はい。実はですね」「一番高いところよ」「残り時間五分か……」「どうしたのよ」せっかくの景色も見ないで、時計ばかりを見ることに……。

佳作

本音の部分は添え書きにする年賀状

兵頭　忠彦（松山市）

年賀状に決まり文句を印刷するのは便利ですが、どうしても一筆、書き添えたくなるもの。しかし、手書きの部分は、時に筆が走るから要注意。愚痴、悪口は、新年早々から情報として走る危険性も。添え書きは、本心、本音であればあるほど、読み手には面白い。

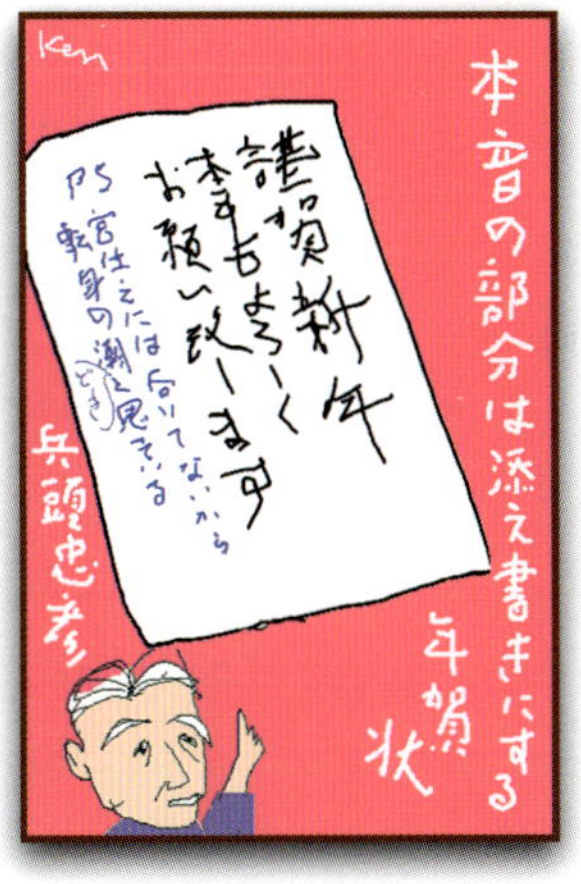

強がりを言って一枚くじを買う

宮岡　沙代（松前町）

「当たるとは思いませんが、毎年恒例になってるんです」「当たらない方がいい。当たると人生を誤るらしいね」「宝くじの収益は国庫に入るから、国に進呈していると思えば腹も立たないよ」「前回は当たりくじをひき換えるのが面倒で期限切れ。ムダにしちゃったよ」

握手した後で手を拭く潔癖症

木藤　隆雄（松山市）

「いやな奴」と思われがちだが、これは正解。握手の相手が不精な人物なら病原菌がびっしりついているでしょうね。接吻の前に入歯を洗浄しましょう。

日本語も話せない子が英語塾

鈴木　茂（虎造節保存会）

小学校低学年から英語を教えるという国の大方針がまかり通っている。正しい日本語が話せない人間が増え、英語的思考の人間が増えることが問題さ。

古今の名句

けなげにも家主の犬を噛んできた

須崎　豆秋

借家住まいの店子が、家賃を滞納するたびに、家主にしつこく催促され、罵倒《ばとう》されていた。側でじっと聞いていた飼犬が、ふらりといなくなったと思ったら、何と家主の犬を噛《か》んできた。主人を思って、家主のデカイ犬にも果敢に立ち向かう、いじらしさ。

今月の八木健

ついてない女性の客がいないバス

八木　健

滅多にないことだが、バスに乗ったら男性客だけということがある。男性専用車と考えれば何ということはないのだが、同じ運賃で何だか損したような気がする……。「ついてない」は頭をかすめた正直な心。

八木健の 川柳アート 11

古川柳に学ぶ

花に背を向けて団子を食っている　誹風柳多留（十・13）

ことわざに「花より団子」がありますね。「いろはカルタ」にも採用されています。ところが、この川柳はことわざより先に作られたのです。川柳が面白いものだから「ことわざ」になったのです。「背を向けて」いたという事実を描写することに作者は徹し、解釈は読者に任せているのです。

特選

料理本買うてもひまなフライパン

宮脇マサエ（鬼北町）

「テレビショッピング」で、まずはフライパンをお買い求めになりましたね。続いては、折角のフライパンを使おうと料理の本を買ったんですね。でも、読むのが面倒。いつもの得意料理「卵料理」になりましたか。えっ、違いますか。ああ、お茶漬けにしたんですね。似たようなもんです。

佳作

病室やおかきの音を殺し噛む

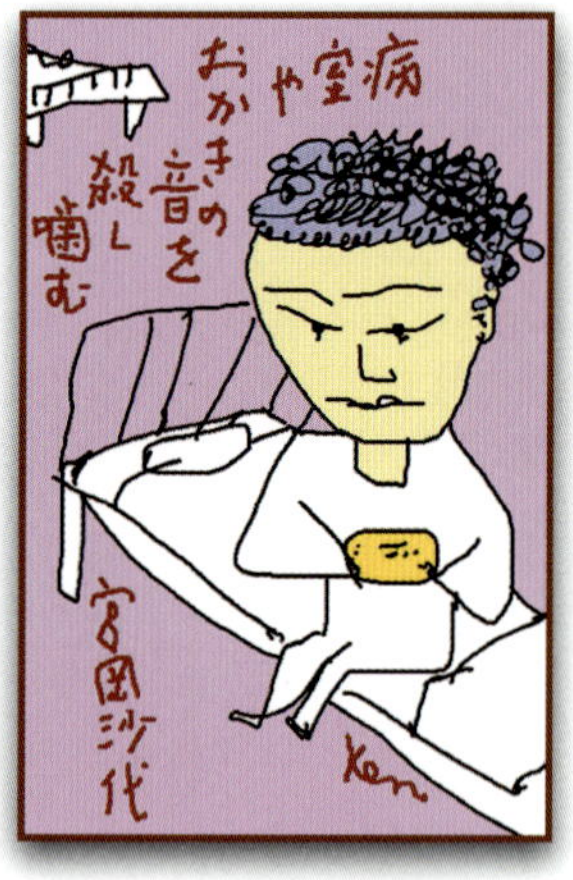

宮岡　沙代（松前町）

病室の特徴をよく捉《とら》えています。「おかき」のお好きな方にとっては、よい環境ではありませんね。お茶に浸してやわらかくして食べたり……。しかし、「パリッ！」という音も味のうち。だから、じんわりと噛《か》む。しかも、袋の音がやかましいので、相部屋の気に食わぬ患者に、一枚進呈する気遣いも必要。「殺し噛む」がいい。

なんとなく足早募金箱の前

馬越　治子（今治市）

急いでいるふり、気づかないふり。そんな季節がやってきました。わずか百円ぐらいのご寄付なのに、黄色い声張り上げて寒空に立つけなげな少女たちを無視なんて。立ち止まりたいけど、足が言う事をきかないんです。

化粧落した私に誰も気がつかぬ

田辺　進水（松山市）

意味深長な一句です。耐震強度偽装ビルではありませんが、何事も外見だけでは判断できぬもの。人の顔もまた「偽装」が可能です。整形、エステ、化粧と、男も女も化けることができるのです。化粧の顔はニセモノ。ホンモノは化粧を落とした顔……。本当の私を知っているのは「鏡さん」だけ。偽装を取った正体は……怖いですねえ。

軍艦と呼ばれる寿司に最敬礼

山内　敏功（松山市）

回転寿司のベルトに乗ってやってくる軍艦寿司は、今や身近な戦艦である。今の若者は知らぬ軍艦にタイムスリップして思わず直立敬礼したのである。

古今の名句

アルバムに愛を剝がした跡がある

今川　乱魚

「人には言えない哀しみ」を句にこめて……。この句の良さは、共感できる「ホロ苦さ」ですね。誰しも、こんな切ない体験があるはずです。愛を剝《は》がした跡は、アルバムに証拠となって残ってしまう。だから、気を付けないと……。「あら、ここには誰の写真があったのかしら」

今月の八木健

ホリエモン改名出来ぬまま走る

八木　健

ひとたび登録すると改名できぬという規則は、当初は、こんな事態を予測できなかったのだから仕方ないらしい。馬も、新聞読んだり、テレビ見たりするわけじゃないから、馬耳東風だが、人間さまに不名誉な名前をつけられて、馬も可哀想《かわいそう》ですねえ。

八木健の川柳アート 12

身近にある句材を掌《たなごころ》に載せる

オイ風邪をひくぜと男から折れる　前田伍健

この句を読んで身につまされる方《かた》は、男でも女でも川柳作家の素質十分である。この句は夫婦の関係を詠んだのだろうが、強情と強情のぶつかりあいの結果を描いている。川柳の材料は身近なところにある。句を詠むコツは、句材を掌に載せてみることである。

特選

お世継ぎに待ったをかけたご懐妊

古野セキエ（松山市）

秋篠宮紀子様のご懐妊で、皇室典範に関する有識者会議の議論は宙に浮いてしまった。おめでたいことではあるが、生まれてくるお子様の性別によって、論議は仕切り直しとなる。日本の厳粛なる男系尊重の伝統の行方が、一人の子どもにかかっている。

佳作

サービスエリア乗ってきたバスどれだっけ

加藤美代子（東温市）

大型観光バスは、どれも同じような大きさ。色かたちまで似ているね。バスを離れる時に、ナンバーを覚えておくとよいのだが、覚えても、すぐに忘れるお年頃《ごろ》だからねえ。ここだけのハナシだけど、運転手さんも時々、間違えるらしいよ。

喫煙室に胸襟開く愛煙家

黒田　仁朗（松山市）

愛煙家の「仲間意識」を表現して巧い。愛煙党を立ち上げて国政の場で戦うも良し。愛煙家を裏切り禁煙家となるも良し。

人間どうせ一度は死ぬのだから。

コンビニに隠居させられ鍋と釜

大政　利雄（松前町）

コンビニの進歩は大変なものですね。手近にあって便利、品数も多い。句の鍋釜《なべかま》は象徴的に表現したわけですが、旧態依然のものは敗北する以外ないのです。古いものの良さを生かしておこげ専用の釜とかを模索してもらいたい。

輪になっているな談合しているな

田辺　進水（松山市）

談合は、自分たちだけで利益を独り占めしようという、日本伝統の官民癒着構造から生まれる税金泥棒行為をいう。この行為は、次々に受け継がれるから「行為継承」という。輪になっている……それだけで談合と見えてしまうというのは、庶民が抱く不信感を象徴。

古今の名句

蓮根はここらを折れと生まれ付

誹風柳多留

川柳は誰も言わなかったことを言うのが肝心。蓮根のくびれを、ちょうど折りやすいとは、誰もが思うことだが、この句は、それは蓮根が意識してそうしているのだと詠んでいる。これは、擬人化である。擬人化は、対象そのものになりきり、対象の側から発想した時にできる。

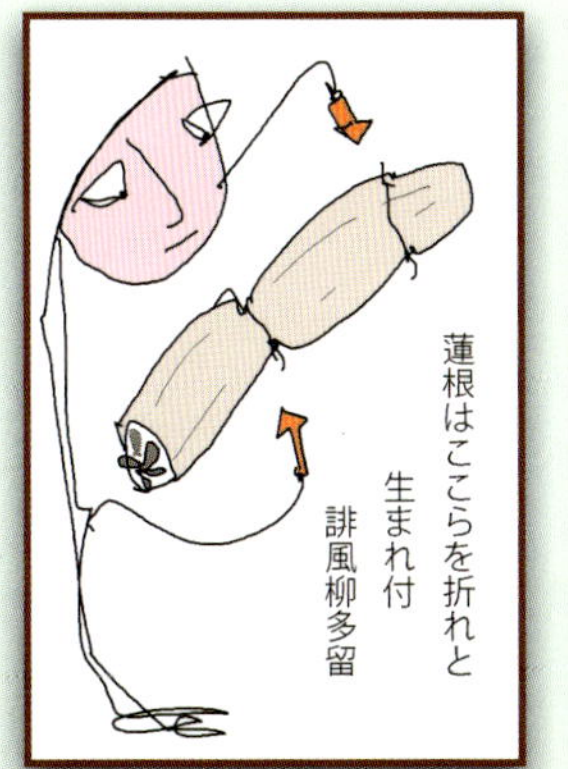

今月の八木健

ライバルの転倒を喜んじゃだめ

八木　健

小坂文科相は、スルツカヤ選手が転倒して荒川選手の金メダルが決まった時、「人の不幸を喜んじゃいけないけれど、こけた時は『これでやったー』と、ものすごく喜んだ」と述べて顰蹙《ひんしゅく》を買った。喜びを正直に表現する人は大臣としては失格。

八木健の川柳アート 13

正直が可笑しい

俳句も川柳も、俳諧《はいかい》の連歌から生まれた文芸。ともに滑稽《こっけい》が重要なのですが、なぜか最近の俳句、川柳は、ともに「可笑《おか》しい」が不足しています。本欄は「可笑しい」を川柳に取り戻すことを目標の一つに掲げています。川柳の材料は、身辺にいくらでもあります。いちばん身近な材料は、自身の本音です。自身の心を覗《のぞ》いて正直になると、本音を語ることができます。

特選

イケメンの口説き文句が短すぎ

村田　節子（八幡浜市）

言われてみればナルホドねえ。イケメンは寡黙なヒトが多いです。モノにはなんでも理屈がある。イケメンが寡黙なのは、イケメンだから言葉を弄《ろう》せずとも目的は達せられるからです。多弁だとイケメンへの注目度が希薄になるからです。ほら、紋様の美しい蝶《ちょう》は翅《はね》をばたつかせないでしょ。

佳作

ロボットが人間臭くなってきた

田辺　進水（松山市）

科学は常に進化の追求を続けています。ロボットに不要なことを教えすぎているようです。人間が考えていることを判定して行動するロボットの登場も近いそうだから、恐ろしいね。逆にパソコンに支配された人間がロボットに近づいているのも妙なものです。誰かこの動きを止めてくださいよ。

静かにの声よく響く映画館

二宮伸一郎（宇和島市）

よくあることの一つです。喧嘩《けんか》の仲裁に入ってぶん殴ってしまったり。健康目的のスポーツで疲労骨折してみたり。しかし勉強を怠ける孫を叱《しか》ったあげく殺してしまったり、逆に殺されたりという事件がありました。孫には「勉強なんかするな、川柳をやれ」と言うべきです。世の中を掌《てのひら》の上にのせて見る技が身に付くんですから。

薬と毒の区切りがビンにないお酒

大政　利雄（松前町）

酒は百薬の長。毒にもなれば薬にもといいます。ビンに区切りを要求するのではなく、自身の気持ちに区切りをつけなさい。今日は半分だけを飲むという強い決意が必要です。なんですか、薬の方だけ飲んだら強い決意が麻痺《まひ》した？

仕方ないですねえ、毒の方も飲みなさい。

古今の名句

電熱器にこっと笑うようにつき

椙元　紋太

擬人化の一句ですね。俳句でもそうですが、擬人化は作者の気持ちが滲《にじ》み出てくるものです。寒かったのでしょう。ヒーターのコイルがじんわりと赤味を帯びてくる。これでやっと暖まる。そう思うと電熱器がやさしく笑ってくれているように見えるのです。素直さから生まれた作品ですね。

良く閉めて寝ろと云ひ云ひ盗みに出

古　川　柳

「良く閉めて寝ろよ。物騒な世の中だからなあ」「父ちゃんもお仕事頑張ってね」「戸締り厳重な家が多くて大変さ」「父ちゃんみたいな泥棒が多いからね」

今月の八木健

輸出にまわる危険な電気製品は

八木　健

電気用品安全法でPSEマークのない製品は売買不可、「ただしマークのない製品でも輸出するなら売買可」に。発展途上国に危険な電気製品が送られる。これに誰も異議を唱えない。国家の品位なんか微塵《みじん》もない、恥ずかしい国、日本。

八木健の川柳アート 14

川柳の根底にある哲学

川柳は「庶民の哲学」なのです。それは「人生観」と言ってもいいでしょう。

転がったとこに住みつく石一つ

現代川柳を提唱した井上剣花坊の次女の大石鶴子の句です。石を擬人化しているように見えますが、擬人化した石に学ぼうとする人生観が透けて見えますね。

特選

味噌汁がパンに気兼ねをして同居

大政　利雄（松前町）

パン食の普及は、戦勝国のアメリカが敗戦国の日本に余剰農産物の小麦を売りつけようと画策して見事に成功したもので、今や「朝食はパン」が当たり前になりつつある。日本食の特に味噌汁は、世界的にもすぐれたバランス栄養食だ。なにも気兼ねすることはない。居候は食パンだ。

佳作

背泳ぎのスタートみんなイナバウアー

田辺　進水（松山市）

反り返るスポーツの本家は背泳ぎのスタートなのだ。それを年端もゆかぬ荒川静香とやらに、掠《かす》めとられてしまった。背泳ぎとしては元祖イナバウアーを名乗るべきだ。まずはテレビ中継で「選手一斉にイナバウアー」と放送してもらおう。

右膝を庇えば左すぐ拗ねる

加賀山一興（宇和島市）

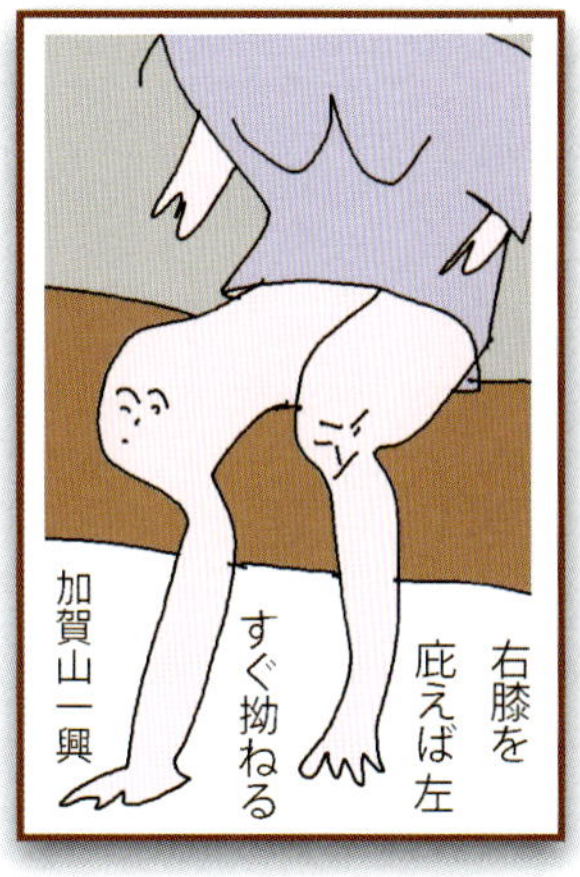

整形外科的に言えば、痛む右膝《ひざ》に負担をかけまいと庇《かば》うから左膝に体重がかかり、左膝が痛み出すわけです。自分の体の不具合も川柳の材料になる。何《お》と言っても「拗《す》ねる」が可笑《か》しいね。

いい嫁と言われ本音が出せぬ口

兵頭　紀子（鬼北町）

姑《しゅうとめ》が聞こえよがしにほめるのは意図的です。ほめられては反抗もしにくいからね。しかし、早晩「あれほどほめたのに」と悪い嫁のレッテルを貼《は》られるでしょう。今のうちに「本音を爆発させる」ための練習をしておきましょう。

古今の名句

通り抜け無用で通り抜けが知れ

誹風柳多留

道後温泉本館に「泳ぐべからず」とあるのは、泳ぐ奴《やつ》がいるということだ。川柳の可笑しさは常に「本音が透けて見える」ということで、その部分をすかさず捉《とら》えたところにある。だから川柳は言葉のレントゲン写真なのです。

花言葉知って嫌いな花となる

塩見　草映

バビアナの花言葉は「うすれゆく愛情」。花言葉を知らずに贈ったらどうなのか。そんな危険を避けるには無難な花を選ぶが良いが、薔薇はトゲがある。

今月の八木健

聞きにくい忘れた傘の消息は

八木　健

一年に二、三本は傘を紛失する。月日が経過してから置き忘れが判明する。判明した段階で尋ねればよいのだが、なんとなく言いづらい。自分の傘なんだから勇気を出して尋ねるべきなんです。何？　たくさんあるから好きな傘を持って帰れですか……。

八木健の川柳アート 15

同じものを見ていても、それが川柳になるかならないか。川柳的風景は「ロング」で眺めると気がつく。「木を見て森を見ず」と言いますが、その逆です。まず森を見ると、中の一本の木の可笑《おか》しいことに気づくのです。ロングの視野は地球規模とか宇宙規模もいい。

特選

TVの前のソファーで生活する夫

角村 朱美（松山市）

身につまされる一句。洗濯は洗濯機にまかせ、炊飯器から皿洗い機まですべて電化されている。関心はテレビだけ。カップめんと新聞の番組表があれば至福の時。着替えも食事もテレビの前。路上生活者と同じ。違いは屋根の有無。

佳作

モーターショー新車よりモデルの脚線美

田辺 進水（松山市）

花より団子を思い出します。脚線美は新車のアピールの邪魔。そのことに主催者は気がつかない。この際、「今年の脚線美ショー」のタイトルにして、車を横に置いとくのがいい。

二死満塁誰が今頃電話する

松友 順三（松山市）

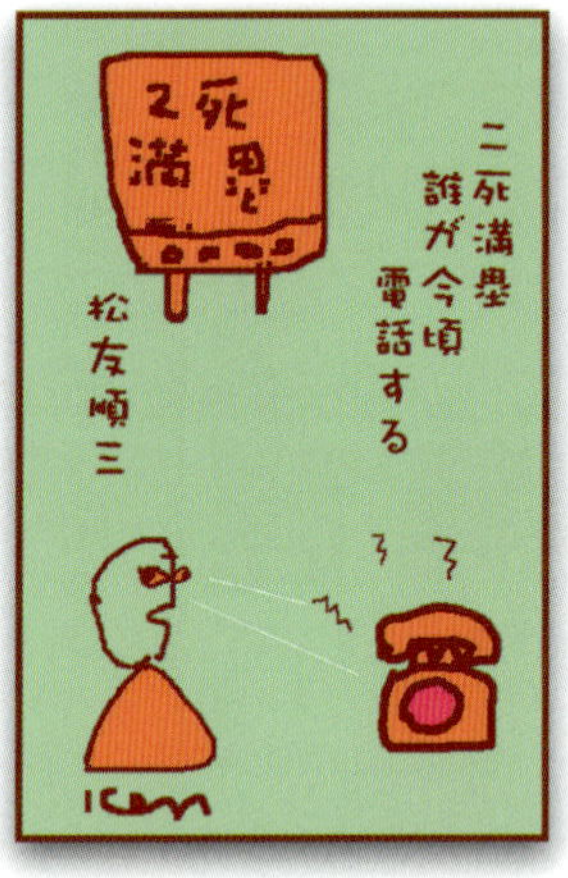

九回裏逆転サヨナラの場面。「野球がお好きだからきっとまだ起きてると思いましたよ」と無神経の上塗り。こんな御仁は身の周りにいくらでも。バスを降りるときになって財布を探して、それから両替をする。あなたもそのお仲間です。

散ることを知らぬ造花で飽きられる

船本伊知子（宇和島市）

なにやら暗示的。「さくら」は散るからこそ、切ないほど美しいのだ。造花には「ニセモノ」という意識がはたらくから気の毒。そういえば某スナックにも見事な造花が飾られていた。あそこには五年ほど行ってないなあ。いや六年になる。

羽抜鶏ついて行くのも羽抜鶏

山本 賜（滑稽俳句協会）

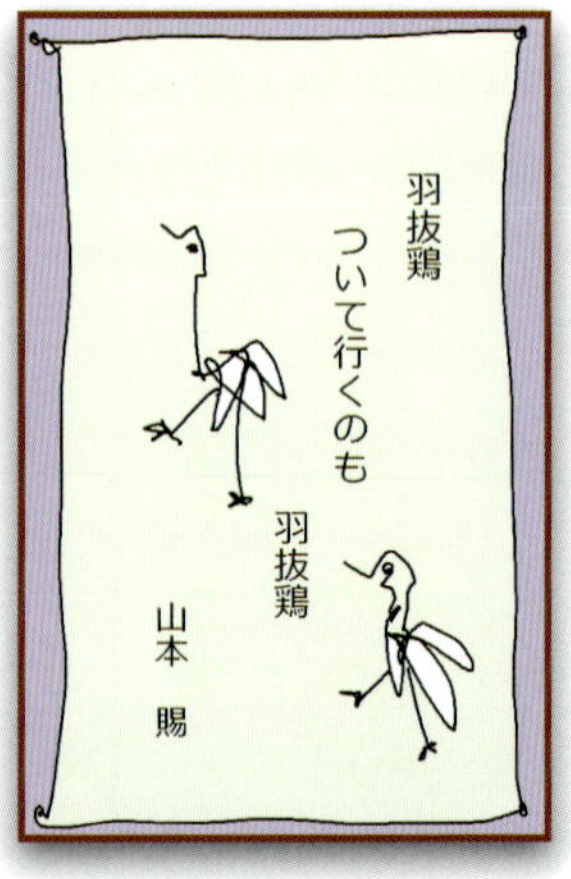

後続の羽抜鶏は先行の鶏と同じ外観に安堵しているのかも知れませんね。
山本さんは、「もう泳ぐことはない波を見てゐる」の句で俳句日本一に輝いた経歴。

古今の名句

囲炉裏にて口説き落として麦の中

古川柳

男女の愛の物語。囲炉裏端では男が女に色目を使う程度のことしかできない。やがて冬が去り春になり、初夏ともなれば麦が色づいてくる。麦畑は男女の交歓の場として格好である。その風習は「カラオケ」の「麦畑」に残る。

今月の八木健

サッカーをみんなが応援するから僕も

八木 健

「ボール蹴るのを見てどこが面白いんだ」「サポーターって、誰か、捻《ねん》挫《ざ》でもしたのか」と言ってたのに結局は中継を見てしまったね。世の中に遅れるのが怖いのです。もっとも、「応援してまぁす！」なんて言う方が「オフサイド」の意味を知らなかったりする。

八木健の川柳アート 16

川柳は正直からスタート

川柳は人間を描くものです。人間の何を描くのかといえば「本性」です。本当の姿です。麻生路郎の作品に「俺に似よ俺に似るなと子を思ひ」があります。生まれくる子は自分に似ていてほしいというごく自然な思いと、逆に失敗ばかり重ねた自分に似てほしくないという複雑な思いです。正直を描いたからこそ多くの読者の共感を得たのです。

特選

チラシから日本製の文字消えた

堀部　恵子（今治市）

発展途上国と呼んでいた国の製品が溢《あふ》れる電気機器なども、完成度のかなり高いものが作られるようになっています。おそらくは、日本製は「アクリート」の川柳だけということになるでしょう。つまり日本製として最後に残るのは精神の所産だけなのです。とって代われないものにこそ本当の値打ちがあるということでしょうか。

佳作

脛の傷治す魔法の親の唾

松友　順三（松山市）

犬の嗅覚《きゅうかく》の能力は人間の五万倍くらいだろうとか、伝書バトの脳には磁石があるはずだとか、解明できていない不思議なことはたくさん。「唾液《だえき》」の殺菌作用は、元来、口の中の傷を癒やすためのもの。それが子の脛《すね》の傷を癒やすことに。しかし、そういうことを科学として捉《とら》えずに「魔法」とするのがよろしいのです。

能のない鷹はなんでも隠す癖

金澤　健（滑稽俳句協会）

秘密保護法案を揶揄したものでしょうね。法案は諸刃の剣。秘密保護という名目で秘密を盗み見られているやも知れぬ。

能のない俺にも欲しい保護法案。

ラブレターだけはワープロよりもペン

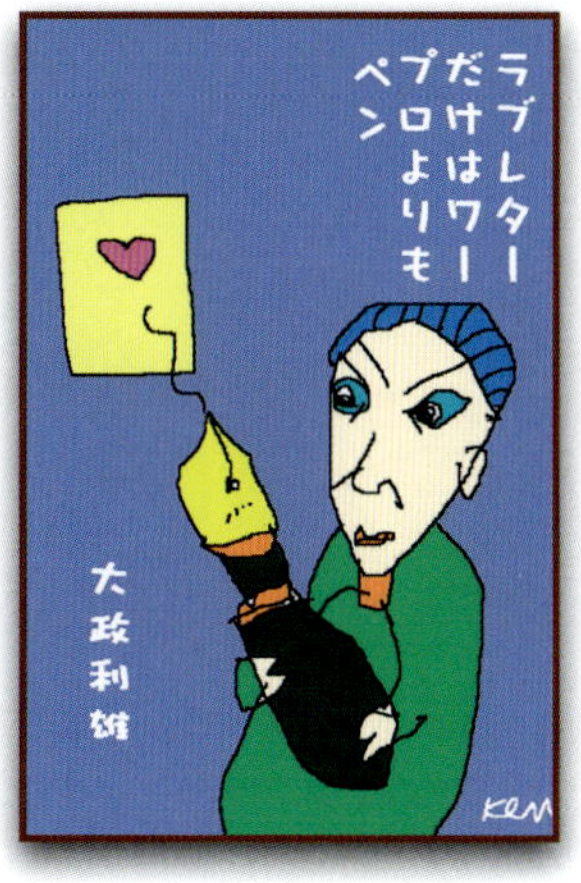

大政　利雄（松前町）

物事は逆の場合を考えるとよく理解できます。つまり、ワープロで書かれた恋文を受け取った場合に、デートする気になるかどうかです。ましてや、メールで送りつけたりはしないでしょう。真情を伝えるには手書きがいちばんですね。世の中に「恋文」のある限り、万年筆のメーカーは経営が成り立つということでしょうか。

おーいお茶と言ったら出て来たおーいお茶

田辺　進水（松山市）

日本国民なら誰でも知っている「おーいお茶」。職場でも家庭でも男性が弱くなった今、亭主関白の歴史は「おーいお茶」だけに痕跡をとどめる。時代に敏感なら、「おーいお茶」と言うのが奥さんで「はーいお茶」と持ってくのが旦那《だんな》。

古今の名句

寝て解けば帯ほど長いものはなし

誹風柳多留

前句「首尾のよいこと」につけた「付け句」です。「前句」を提示して「付け句」を募集。「寝て解けば……」は応募句です。帯を解かずに愛の高まりとなった男女の様子を描いた意味深長な句です。

今月の八木健

正確に頭突きを決めてMVP

八木　健

喧嘩《けんか》で人を殴るのに通常は「拳」を使うが、サッカー選手だからジダンはごく自然に「頭」を使った。この場合の頭は武器です。「サッカーのイメージダウンになった」という意見が多いが、脳味噌《みそ》を使わず頭だけ使うとこんなことになるわけ。

八木健の川柳アート 17

例えて描く川柳の可笑しさ

俳句では「……のやうに」や「……の如く」は避けますが、川柳では「のように」が時に効果的です。

初鰹薬のやうにもりさばき

少しの初鰹《がつお》を大家族で分けて食べる「倹《つま》しい」生活が共感を呼びますが、なんと言っても「薬のやうに」という誇張表現は写実とも見えて可笑《おか》しいのです。

特選

終わるのを足のしびれが待つお経

大政　利雄（松前町）

「足のしびれ」を擬人化した可笑しい一句です。誰にも経験があることですね。だから共感を呼ぶ。五万円も出してお経をあげてもらっても、足がしびれていてはありがたくない。コンサートのS席をとったのにトイレに行きそびれて半分ぐらいで出てしまったり……。苦難の連続が人生なのです。

佳作

投票に行ってないのに政治論

日根野聖子（滑稽俳句協会）

「結局、政治家がいけない」「いや、そういう政治家を選んだ選挙民の責任ですよ」「野々村さんなんか全く泣きたいのは選挙民の方ですよ」「だから私は、投票に行かない」

前回と同じ弁解血糖値

黒田　仁朗（松山市）

婆ちゃんが孫のために買ってきた饅頭を、孫が爺ちゃんも食べろと言うんで、これは断り切れんでしょう。饅頭は血糖値あがりますか？

好きになさい。

教師と生徒の区別がつかぬクラス会

兵頭　忠彦（松山市）

あなた、どなたでしたか……名が思い出せないが。はあ……担任の教師をしていました。悪ガキだった奴が偉くなっていたり優等生が辛酸を舐《な》めて額に皺《しわ》を刻んでいたりとクラス会の人間模様は予測を超えたところにある。担任の先生がいつまでもお若いのはうれしいことです。

道しるべ熊に注意と言われても

金澤　健（滑稽俳句協会）

熊が人肉の味を覚えたら恐ろしいだろう。

熊除けの鈴で熊を寄せることにならないか。

『事故は、熊注意の標識を立てた直後のことでした』などとなるかも。

古今の名句

かみなりをまねて腹がけやつとさせ

誹風柳多留

かみなり様にへそをとられるからと金太郎の腹がけを手に追い回すことはないでしょうが、昔も今も子育ての苦労はほとんど変わらないということが分かりますね。そういうふうに育てられることの大切さを今になってひしと感じます。

今月の八木健

リングを降りても袋叩きのチャンピオン

八木　健

ボクシングの世界タイトルマッチ。試合ぶりを見てだれもが負けたと思った。ふらふらで、立っているのがやっとの状態でしたからね。今回は場外でも熱い舌戦がくりひろげられました。ガッツ石松さんとリングで対戦してみませんか。

八木健の川柳アート 18

川柳上達の極意

多作、多捨、多読が川柳上達の極意とされています。「三多《さんた》」とも呼び、これは俳句も同じです。とにかく、たくさんつくる。良い作品を残し、あとは惜しげもなく捨てる。一方で良い作品をたくさん読む。川柳上達法は、これに尽きるといいます。そして川柳の実作で肝心なのは、直感力と透視力です。川柳の材料となるなにかを発見できる直感力は、頭を空っぽにしておくことで得られます。空っぽにしておいて川柳の材料はないかと広い視野で眺めるのです。

特選

親切の度が過ぎ親爺チョイ悪に

宮岡　沙代（松前町）

男はチョイ悪ぐらいがモテルらしい。品行方正はオモシロミがないらしい。しかし、そこが難しい。場合により度の過ぎたチョイ悪になりかねない。飲んだあと俺も同じ方向だから送ってやるよとタクシーに乗せるのはいいが、携帯電話の番号を聞きだそうとしてはいけない。しかし、聞き出せなくてはチョイ悪にはなれない。嗚呼《ああ》……。

佳作

いつ撮られても良い表情が出来るプロ

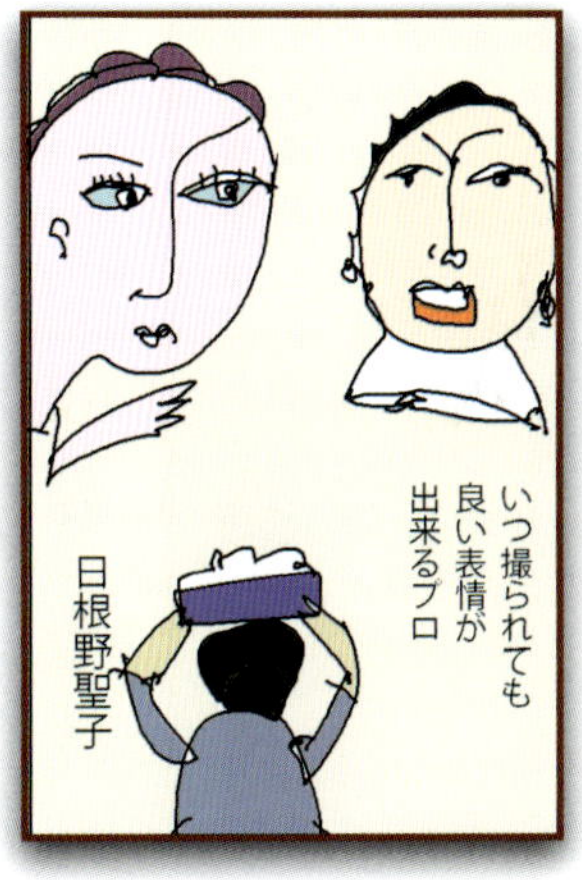

日根野聖子（今治市）

プロとアマの差は、瞬時に商品としての表情をつくれるかどうかにかかっている。

アマは、その表情をつくるのに、五年十年かかっても無理だろうね。大女優は嘘泣きがすぐできるが、最近じゃ、政治家にも上手な人がいるね。

縁側の特等席によその猫

大野　千佳（松山市）

他家の猫が気に入っている縁側である。

他家の猫にも開放している心の広さがいい。

しかし、人間が縁側の隅っこで遠慮気味というのもどうだろう。

反対の挙手は顔ぶれ見て決める

兵頭　紀子（鬼北町）

これはわかりやすい。「寄らば大樹の陰」ということわざがあります。○○党総裁選びでも、前段で態度をはっきりさせてはならない。流れがある方向に決まりかけた途端に勿体《もった》ぶって名乗りでる。

「反対の挙手」もおなじこと。三手先を読む必要があるのだが、そういうのは凡人には難しい。

竹槍があるからミサイルは平気

田辺　進水（松山市）

戦中派はご記憶であろう。かつて日本人は金属類はすべて供出してしまい、庶民は竹槍《やり》だけが武器だった。中には米軍の戦闘爆撃機B29に向かって竹槍を突き出す者もいた。今考えれば滑稽《こっけい》だが、それは大真面目《まじめ》だった。無知の大真面目は滑稽の対象。句はそのことを揶揄《やゆ》している。

平手打ちこんな嬉しい罰もある

塩見　草映（松山市）

若い娘にセクハラまがいのことをしてパチンと平手打ちを食らったのだ。

痛くはない。若い娘に無視されなかったことがスケベ親爺は嬉しいのである。

今月の八木健

少子化に歯止めをかける悠仁さま

八木　健

皇室に男児誕生は明るいニュース。経済効果○○兆円とすぐにソロバンを弾くのは如何《いかが》なものか。経済効果といわず便乗効果と呼ぶべきだろう。すぐに女の子をつくり、学習院に入れれば将来妃殿下になれるかも。宝くじより可能性高い。

八木健の川柳アート 19

疑問を持つことが必要

表面に現れているのはタテマエです。真実ではありません。

急に金遣いが荒くなったが、何かあるのだろう。急にお化粧が派手になったが、何かあるのだろう。急に愛想よくなったが、裏に何かあるのだろう。

刑事さんみたいに第六感を働かせてみましょう。表面の現象に疑問を持つことが第六感の入り口なのです。

特選

自販機へつまらなそうな札の顔

岩宮　鯉城（松山市）

もちろんお札がつまらなそうな顔になるわけではありませんが、自販機では愛想がないからお札の肖像の野口さんも「つまらない」だろうと決め付けているのです。これは作者の気持ちでもあります。このようにお札の気持ちになるのが擬人化なのです。いやお札に作者の気持ちを代弁させるのが……ややこしい。

佳作

ご夫婦は散歩の時だけ手をつなぐ

朝日　賢治（松山市）

ははん、仮面夫婦というヤツですな。夫婦仲が悪いとの評判は、嘘だったと見せかけるための偽装工作か。あるいは、本当は、奥さんに逃げられないようにするためか。家庭内別居で外出時同居だね。

プリントの蝶が蛾になるLサイズ

村田　節子（八幡浜市）

蝶《ちょう》は翅《はね》をとじて休む。蛾《が》は翅をひらいたまま休む……と、理科の時間に学びました。この句では蝶がLサイズの体型のために蛾になってしまったとしていますから、休んでいたのではなく、翅をひらいて舞っている蝶なのです。反対に蛾の柄のシャツをSサイズの人が着たら蝶になります。嘘《うそ》だと思うなら試してご覧なさい。

湯気を立てヤカンが怒る長電話

大政　利雄（松前町）

湯を沸かしているときに電話に出てしまったから沸騰したヤカンが怒ること怒ること。ヤカンでよかった。てんぷら鍋なら引火して火事になる。

「てんぷら鍋が引火して怒る長電話」なんて句はいただけないからね。ヤカンが怒るほど長く……大政君は誰と話していたんだい。

注射針見れば血管みな隠れ

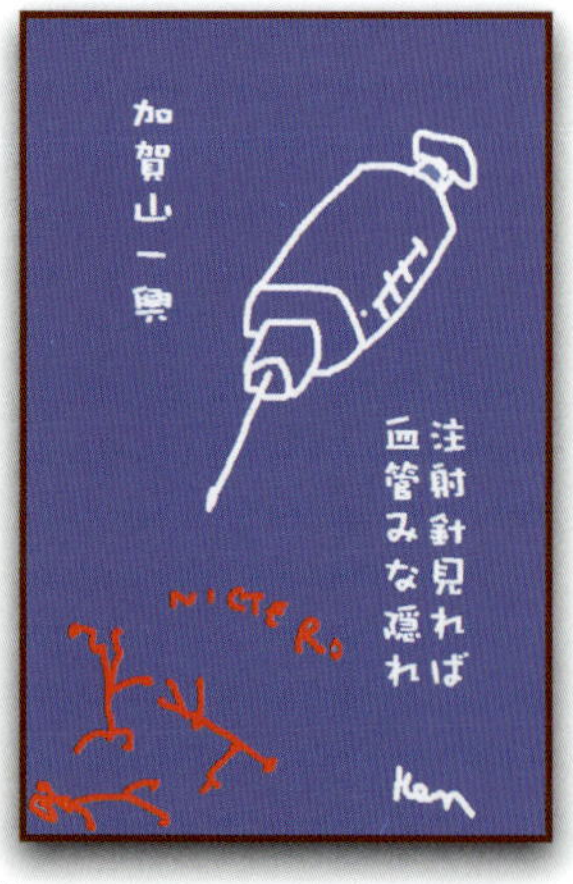

加賀山一興（宇和島市）

注射器を見ただけで失神する子がいましたね。昔の注射器は大きくて針も太かった。緊張すると筋肉が収縮するから表面に浮き出ている血管が引っ込んでしまう。それを「隠れる」としたところに可《か》笑《し》し味。自分が怖いのに血管が勝手に隠れたように書いた。これは責任転嫁だね。

古今の名句

肩車足が時々口へ来る

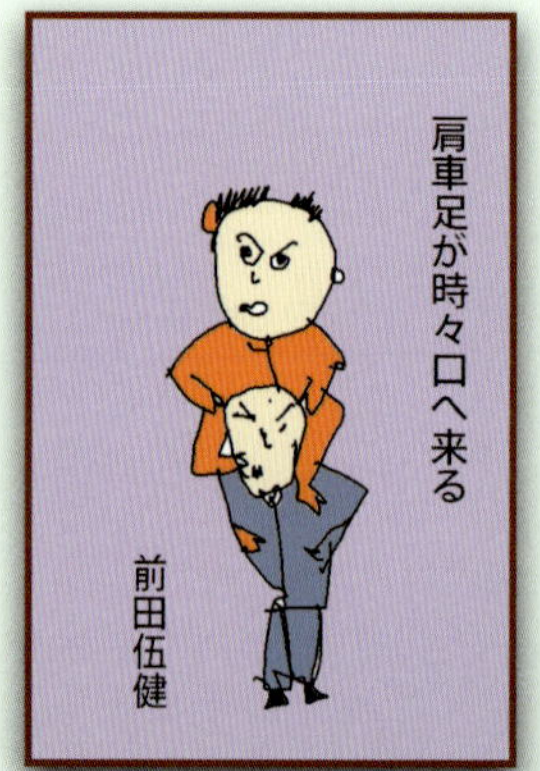

前田　伍健

甘えているんです。嬉《うれ》しいんです。父親の愛情を確かめているんです。そうとは知らない父親は親馬鹿ですね。ああこれは川柳になるなあ……なんて。しかし、なんですなあ、この句には親子のほほえましい風景がある。安倍さんのいう「美しい国日本」とはこういう風景のある国ということじゃないのかなあ。

今月の八木健

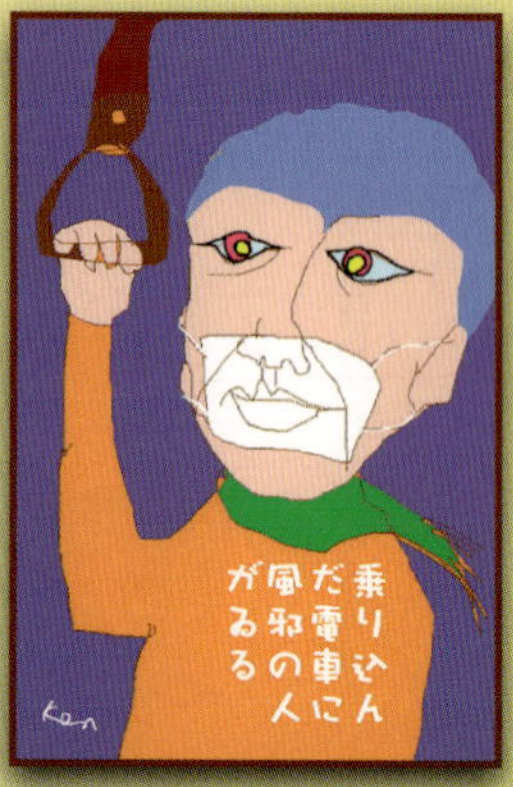

乗り込んだ電車に風邪の人がゐる

八木　健

あきらかにインフルエンザとわかる咳《せき》。息を止めて吸わないようにするにも限度がある。風邪の人が下車するまで我慢していたのでは完全に感染しますから、とにかく次の駅で降りましょう。会社に遅刻するから駄目ですか。感染しなさい。

八木健の川柳アート 20

川柳で大切なことは……

川柳で大切なことは、あらゆる権力から自由であるということです。それは川柳の持つ「思想的健康」とでもいうべきもので、「批判精神」が根底になければなりません。批判の対象は、政治権力はもちろんのこと自分が隠し持つ心の闇も対象とします。その批判精神の糸口は、疑問を持つことから始まります。そのためには既成観念が敵となります。言い換えれば「常識に疑問を持つ」ことなのです。

特選

スカウトは選手の尻をじっと見る

山崎美樹子（松山市）

プロは見るところが違うということですね。尻の張り方で判定するらしい。首の太さも大切だね。良い選手は頭脳も大切。度胸と根性かな。一見、口べたなのがいいね。イチローと松井を混ぜたような子はいませんか。

佳作

胸元に視線集める服に罪

外面　佳子（今治市）

罪があるのは、洋服か胸元か。これも料金に入っていますのよ。胸元に価値があればこそです。

その膨らみは、ホンモノなんだろうな。

お答えしましょうか。転倒しても大丈夫なようにクッションを入れてますの。

動体視力向上させる回転寿司

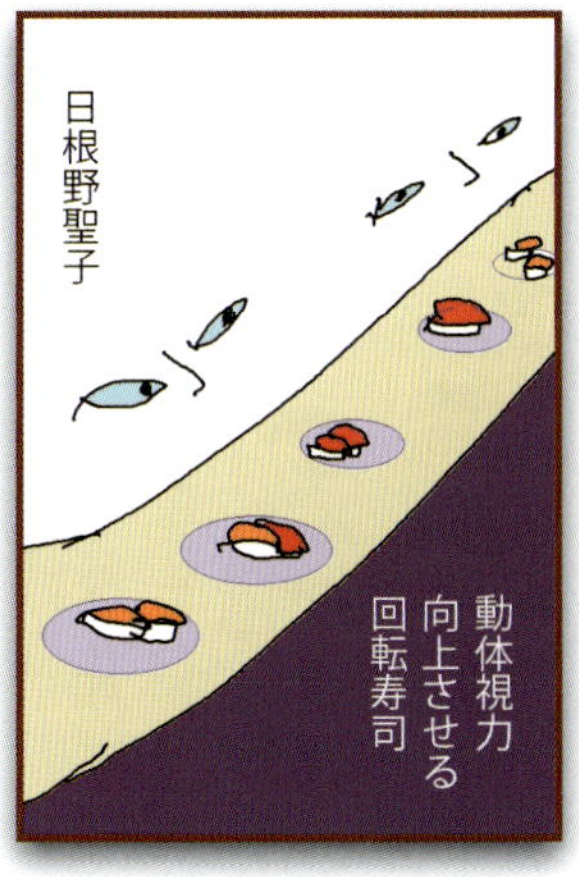

日根野聖子（今治市）

寿司を食べて動体視力の向上とは、一挙両得だな。食べている時も、回る寿司から眼を離してはいけない。だから、回転寿司から出て来る人は、みんな上目使いになってるでしょ。

注射針まだ刺さんのに顔ゆがむ

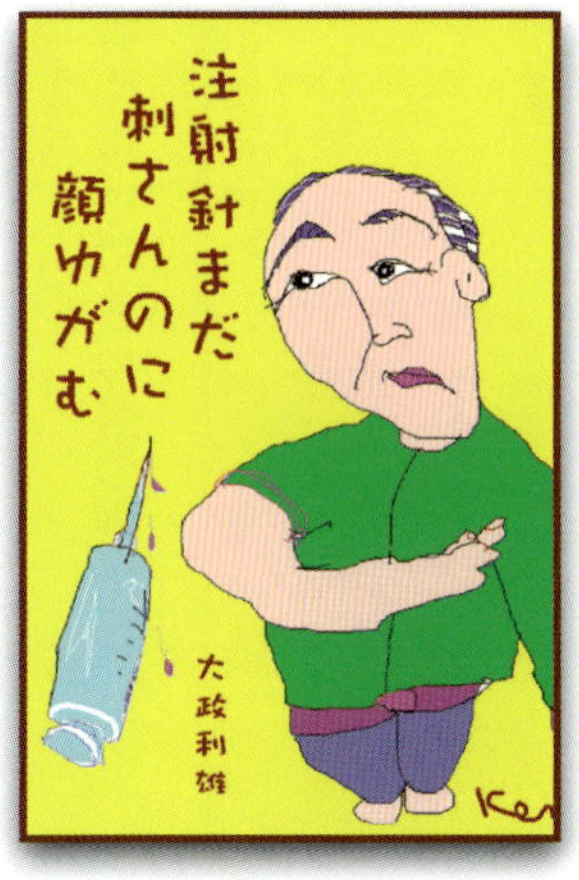

大政　利雄（松前町）

誰もが気づいていながら誰も川柳にしてなかった。これはやられたと思う方も多いのではないだろうか……。要するに日常的な観察の眼《め》がモノをいう。と書いて、待てよ。そんなにゆがむものかと思った。なるほど、ちらとだけゆがむ。それを敏感に感じることによってうまく捉えたのだ。

店頭の魚の旬がわからない

村田　節子（八幡浜市）

昔は、この時期に取れる魚は「あれとこれ」という具合におよそ決まっていたのだが、漁業の発達で季節を超えての漁獲ができるようになり、輸入も活発で、魚の旬が分からなくなった。ものが溢《あふ》れる豊かな国なのに、心の底から豊かさを感じることができないのは、季節感の喪失ではないだろうか。

古今の名句

ほころびを笑ふは縫って遣る気なり

江戸川柳

娘《むすめ》さんが若いイケメンの着物のほころびを笑う……。それは縫ってやりたいからというのである。それがきっかけとなって、恋愛感情が芽生えてゴールインする。プロポーズは男性の側からだが、きっかけは娘さんが作ったのである。江戸時代の娘さんも意外にうまく男を手中に収めたということが分かる。

今月の八木健

年賀状リストに悩む律儀者

八木　健

年賀状のシーズンである。毎年ひそかに悩むのは、年賀状のリストの更新である。新しいお付き合いの方には出さねばなるまい。毎年、賀状の交換だけという方には引退してもらうのだが、さてと……。うううん、悩むところだ。

川柳アート 八木健の 21

川柳は毎日つくる

えらいこっちゃと言う人がいるだろうが、社会現象の連続性の中に暮らしているのだから、毎日つくったほうがやりやすいのだ。ある事象について複数の作品をつくり、比較してみるとよろしい。時事川柳では、得意な分野から始めて、政治、経済、文化、スポーツなど守備範囲を広げてゆくといい。それぞれが関連しあってジグゾーパズルになっていることが分かる。

特選

男性の乳首はおまけだと思う

田辺 進水（松山市）

おまけなんてとんでもない。人間の肉体の部品は必要だからついているんです。男の乳首は表と裏の区別をするため。盲腸だって今や、外科医の収入のために必要なもの。必要のないものは抜け落ちる。頭髪は喧《けん》嘩《か》の際に摑《つか》まれないようにするためで、ハゲが勝つ。すると、そういう強い男の子を宿したいと思う女が男に擦り寄ってゆく。

佳作

後片付けできぬ男の割烹着

岩間 昇（東温市）

団塊の世代の大量退職で、こんな風景が全国的に展開されている。スーパーマーケットにもそれらしき男性が目立つ。「男子厨房に入る」ことになって、つくることはつくっても片付けが苦手。横着なだけだが、苦手と称して片付けは妻に任せるケースが目立つ。片付けから教えなさい。

寝たふりの達人ばかり優先席

山崎美樹子（松山市）

世の中にはいろんな人がいるね。優先席の表示を見落としてるフリをするために、読むでもない本を手にしてみたり、考え事をしているフリをしたり。周りと視線を合わせないことが秘訣とか。ならば寝たふり。これが一番だな。

訂正はちょっぴり小さく片隅に

桝室 時晴（砥部町）

新聞の片隅に訂正記事が出る。大方は肩書きや名前の表記の訂正である。滅多にないことだが、内容の誤りを訂正する場合がある。潔く迅速に訂正を出すことが信頼を回復する道ではあるが、かといって目立つところに大きく出すわけにはいくまい。作者はそのあたりを鋭く指摘。

慌ててもわめいても出た終列車

宮脇マサエ（鬼北町）

ダイヤの正確さをほこる日本の鉄道は、非情なまでに厳格である。終列車だろうがなんだろうが関係ない発車時刻厳守。しかし、それでいいのだろうか。あと三十秒待てば乗車できるなら乗せてやればいいじゃないか。外国旅行してごらんよ、一時間遅れなんて当たり前なんだから。

古今の名句

子にあたふ乳房にあらず女なり

林 ふじを

川柳は道徳にしばられない。むしろ時代に反抗するところに意味がある。林ふじをは女性の性に真正面から取り組んで、情念の川柳を掲げて世間を驚かせた作家。夫は戦死、娘を養子に出して実家に戻ったふじをは妻子ある男性と愛情の日々を送った。句は母として女としてゆれ動く作者の葛藤《かっとう》である。三十四歳で夭折《ようせつ》。

今月の八木健

返信に「様」と印刷されてゐる

八木 健

「病院に様呼ばわりをされにゆく」。私が選者をしている月刊川柳マガジンの投稿句である。患者に対して「様」を使うことは厚生労働省の指導らしい。返信のはがきに「様」が印刷されていることもある。先日、間違って「様」を消して「行」に直してしまった。

川柳アート 22

八木健の

世界に目を向ける

川柳は、身辺のことだけを題材にするのではなく、世界の動きに眼《め》を向けてみることも必要。それによって、地球規模の視野を持つことができて、健康的批判精神を養うこともできるのです。

三千人死んでも二万人増派　八木健

米国民の批判の矢面に立たされても性懲りもなくイラクに派兵するブッシュさんは、最悪の大統領になるかも。

特選

宝くじ当り親戚増えていく

村田　節子（八幡浜市）

宝くじは当たったときから不幸が始まる。まず勤労意欲がなくなるだろう。自分は金持ちになったという優越感が弱者を見下すようになるだろう。遠縁の方々が思いがけなく「ちょっとだけ寄ってみました」「懐かしくて」と訪ねて来るだろう。当たってもいいことはない、だから……私がお預かりしましょう。

佳作

坊ちゃんの列車空空走り来る

宮岡　沙代（松前町）

坊ちゃん列車を無料にして観光客誘致にひと役買ってもらえばよろしい。お接待の伝統があるんだからね。経費は伊予鉄さんと道後温泉旅館組合と松山市が、ほら、三方一両損というヤツさ。愛媛の人も無料で乗れる。観光客とハナシができるからね。マスコミも大宣伝。中村時広さん、これで観光客は年間十五万人増えますよ！

ビル窓に耐震補強のVサイン

山内　敏功（松山市）

Vサインは、地震に勝つという意志表示ですね。しかし、窓を塞いでしまい、窒息しそうだ。

山内氏は著名なデザイナー。醜いビルに敗北した気分かも。

惜し気なく女は顔へ投資する

岩間　昇（東温市）

投資というからには、一般的には回収の見込みがある場合なのだが、岩間さんの場合には「投資」といいながら回収の見込み皆無ということを皮肉っている。しかしそれは違いまっせ。岩間昇さんが寄り道せんと帰宅するようになるということですよ。立派な投資です。

講演会の時には治る不眠症

大政　利雄（松前町）

まさか、不眠症の治療についての講演会じゃないだろうね。「ええ……不眠症の方は私の話を聴くとでただちに改善されるわけでありまして……。あれれ、今日は早くも効果が現れました」。八木健も時々講演するが、誰か眠ったら、「とっておき」の話をして、「眠ったことを」後悔させてやる。

古今の名句

その面の皮がほしい靴を造る

根岸川柳

面の皮が厚い人物はどこにでもいるものです。最近では政府の偉い人のなんとかさんが、公舎に妻以外の女性と住んでいて問題となったり、事務所経費を付け替えたとか古い牛乳でシュークリーム作ったりとか……。

掲出句は痛烈な皮肉だが、そんな靴履くのはいやだね。

今月の八木健

アウシュビッツだインフル鶏の焼却は

八木　健

毎年この時期、鶏インフルエンザの騒動になります。心が痛むのは、罪もない鶏が焼却処分されること。去年は茨城で二百五十万羽も処分されたよね。今年もまたぞろ、宮崎で焼却。生き物の命をなんとも思わない人間教育になる。これでいいのだろうか……。

八木健の川柳アート 23

直感を大切に　物知りでなくていい

川柳の発想は、きっかけとしては直感にある。どこかヘンだぞというのが直感である。次の段階で妙に利口になる必要はない。物知りになる必要はない。物知らずのままでいいんです。

よくわからぬが円安は残念だ

CMに使い果たすな保険金

いずれも拙句ですが、これでいいんです。

特選

ネクタイを締めて貰えぬクールビズ

山崎美樹子（松山市）

クールビズの恰好では、「しまらない」と思っていたが、いつの間にか慣らされて、最近はネクタイを締めてる奴の方が、センスが悪く見えるね。夏にネクタイを戴いても困りますが、贈り主と面会する時くらいは締めてあげなさい。首を絞められないようにね。

佳作

団塊の世代を狙う商戦だ

城導寺しん（八幡浜市）

経済界からすれば、団塊の世代が札束に見えるわけです。高齢者でも使いやすいパソコン、生きがいを見つける方法、若返る秘訣《ひけつ》、ゆとりある暮らし……。いろいろあの手この手のエサを針につけて、折角のお宝を吸い取る魂胆は凄《すご》いよね。団塊の世代から金を巻き上げる事業に出資をという詐欺も出てくるんじゃないか。

値札には小さく書かれ消費税

芳之内律子（松山市）

値下げのときは大きな文字で書き、消費税は小さく書く。お気持ちはよくわかりますが、定価と同じ大きさの文字にして欲しい。小さく書くのは、限りなく詐欺に近いんじゃないの。

賀状来ぬ奴の安否が気にかかり

兵頭　忠彦（松山市）

確か去年までは賀状が来たが、今年はどうしたものか。住所録から勝手に抹殺するわけにもゆかぬ。寝たきりということもあるからな。一応生存者の分類に入れておくとするか……。それにしても、毎年何人か死ぬから、この分では早晩、年賀状を書く楽しみがなくなってしまう。もっともその前にこちらがくたばるかもしれぬぞ。

ステテコが診察をする僻地医師

古野セキヱ（松山市）

辺地医療が岐路に立たされていますね。道路建設優遇政治で山奥まで良い道路をつくり、みなさん町へ治療に行く。島も橋をつけて同様に「ステテコ診療ご自由に」ぐらいにせんと、僻地《へきち》には医者は来ないんだね。「先生オチンチンが見えてます」「ああこれか、最近、元気がない」。

古今の名句

美しい貌で楊貴妃豚を食ひ

誹風柳多留

唐の玄宗皇帝の寵愛《ちょうあい》を受けた楊貴妃が、その美しい貌《かお》で豚を食うというアンバランスなところに滑稽《こっけい》を見出したのだろう。江戸時代に肉食を避けた庶民としては、それは奇異なこと。現代なら川柳にならないかもしれぬ。川柳はその時代の庶民の心情を知ることができる。

今月の八木健

武器をちらつかせて油脅し盗る

八木　健

国家のやることとしては恥ずかしいが、北朝鮮が核を脅しの材料に使ったその手腕は後世、高く評価されるだろう。お金がないからナイフを手に入れた男がいた。あいつはヤバイからお金をやってナイフ取り上げよう。それを六カ国協議と呼ぶ。

八木健の川柳アート 24

川柳におけるエロチシズム

江戸時代に出版された川柳集で『誹風末摘花』がある。好色的な作品を集めたもので一時期発禁本となった。人間は本来、好色な一面があるから、川柳の題材としてあってよいものだが、現代川柳には好色は少ない。最近の拙句に「健康なエロチシズム」なら少しだけ。

寒中にミニスカートを穿くあなた
いくらかの混浴気分足湯にも
店員が美人のときは値切らない

特選

コーラスの声掻き混ぜているタクト

加藤　明（西予市）

指揮をしているつもりだろうが、素人目には掻《か》き混ぜているとしか見えぬ。あのぐらいなら俺にもできそうだと思い込んでいるところが可笑《おか》しい。「川柳マガジン」で「ピアニストどこが痒いかわからない」という句を選んだことがある。

佳作

いつ寝たらいいのか熊も考え中

的場てるみ（松山市）

暖冬で熊が冬眠できない……。地球温暖化の影響はこんなところにも及んでいる。そういう熊のために睡眠薬を撒《ま》くというのもひとつの方法だが、子熊がそれを拾って食べると困るし……。はてさてどうしたものか。

道後では足湯ながらも混浴で

門屋　定（滑稽俳句協会）

松山道後温泉商店街入口に「からくり時計」と「足湯」がある。

道後温泉本館は耐震改修工事に二〇一七年にも着手。工事期間は十年。その間は足湯で我慢？

賞味期限外枠記載で読み難い

高岸サヨ子（八幡浜市）

読まれて都合の悪いものは「読み難く書く」。これって日本の伝統なんですね。生命保険の不払いが何万件とあって、時々お詫《わ》びの会見をしてますが、その前に説明の文字のサイズを大きくできないものでしょうか。お菓子屋さんが真似《まね》するから困ります。

夫婦岩《めおといわ》大きい方が女房かも

松友　順三（松山市）

女性の地位向上は、いまだに声高に叫ばれているが、わが国では家庭内での権力はずっと妻が握ってきた。給料が銀行振り込みになって以来、その傾向は顕著である。ここで一句。

夫婦岩小さい方が順三さん

古今の名句

国境を知らず草の実こぼれ合い

井上　信子

川柳中興の祖・井上剣花坊の夫人。掲出句は、近代川柳史上の名作といわれる作品。反戦の川柳作家・鶴彬とともに検挙されたこともあり、この句の発表を危ぶむ声もあったが、信子は軍国主義に反抗するようにあえて発表した。

今月の八木健

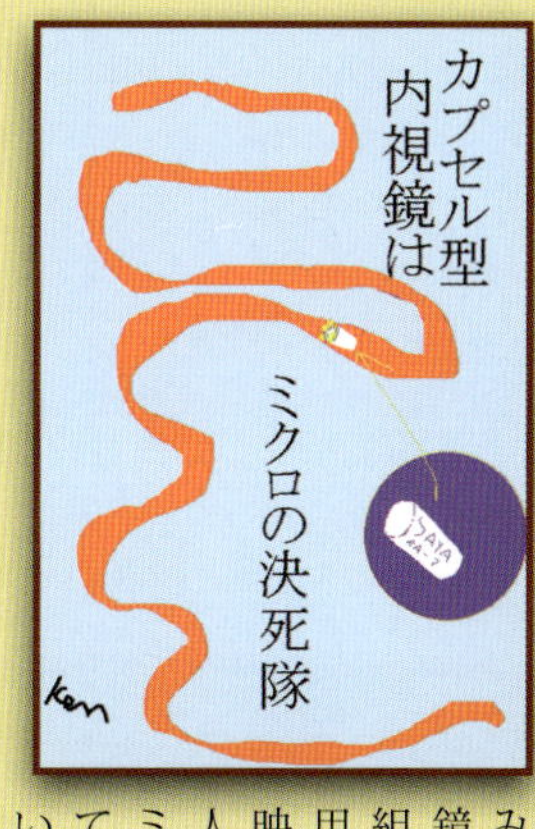

カプセル型内視鏡はミクロの決死隊

八木　健

わが国でも実用化に踏み切ったカプセル型内視鏡はスゴイ。撮影装置を組み込んだカプセルを服用すると、毎秒六十枚の映像を体外へ送信する。人体内を進むカプセルはミクロの決死隊。使い捨てとか……。ああもったいない。

八木健の川柳アート 25

新聞・テレビはネタの宝庫

ニュースをてのひらに載せて眺めましょう。左記はニュースに題材を得た拙句です。

産科医を減らして少子化を嘆く
制御棒みんなでぬければ怖くない
だれそれを泣かせた金で保釈され
マイカーでバス路線存続大会へ
中国にデンソーそっくりさんが出来

特選

エレベーターの天井睨み日本人

森　精一郎（松山市）

海外旅行して気づくのは、エレベーターに乗るとき西欧人は軽く会釈するんですね。そしてさりげないジョークをひとつ。途端に和やかな雰囲気が醸し出される。日本人は「敵」と乗り合わせたような難しい表情をして天井を睨《にら》んでいるね。

佳作

国会の激論居眠り防止用

宮岡　沙代（松前町）

事前に「質問内容を通知」してあるから、受けて立つ方は入念に準備する。国会というより学芸会みたいなものです。せめて、原稿なしでやってほしいですね。居眠りなんかしてられない論戦を期待したいものです。

CMのたびに音量下げている

高岸サヨ子（八幡浜市）

確かにテレビのCMは、音量が大きいね。CMも番組の一部として音量のバランスを考えないといけませんね。民放連で検討してもらいましょう。CMのとき音量を下げられたんじゃ、スポンサーもお気の毒ですから……。

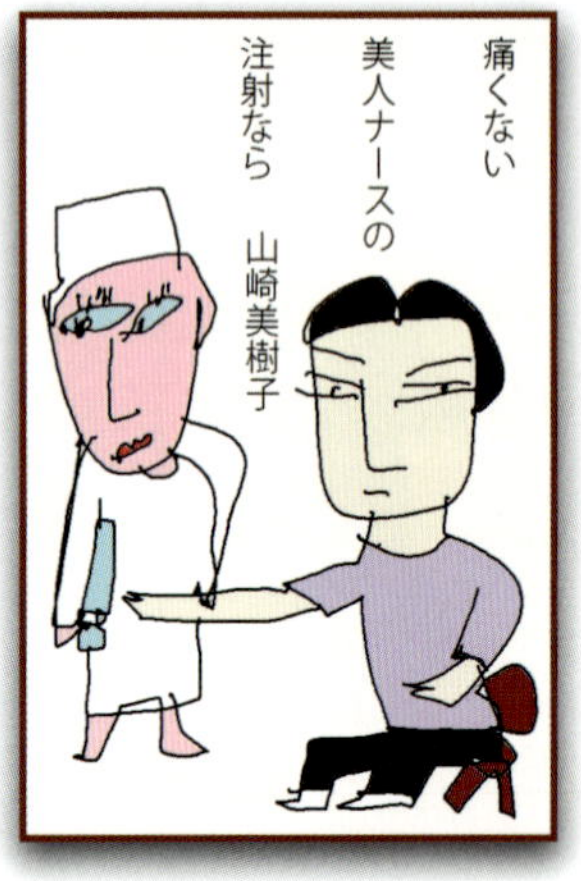

痛くない美人ナースの注射なら

山崎美樹子（松山市）

痛くないです。美人のナースなら。何本、打ってもらってもよろしいですなあ。あら、皆さん、そう言われますが、美人に限って注射が下手なんですよ。私は美人ですが注射は得意ですね。などと軽口を叩いている間に、注射は終了。ああ、やっぱり、楽しかったなあ。

少子化でロボット介護現実に

船本伊知子（宇和島市）

ロボットの進化は目覚しいものがあります。少子化の時代、子を当てにするのは無理だからといって、遺産相続目当ての身内にはあまり期待しない方がよろしいですね。高性能のロボットの方が言うことを聞く。聞かなければスイッチを切ると脅せばいい。

古今の名句

胸襟を開く薬を酒という

山本　翠公

「酒は百薬の長」といいますからね。その良さを称《たた》えたものですが、とかく酒の健康被害が強調される昨今です。これといって楽しいことのない世の中、酒の利点を取り上げて擁護する必要があるんじゃないでしょうか。

今月の八木健

ジーンズを切って更衣しましたね

八木　健

「更衣《ころもがえ》」ということばが死語になりつつありますね。街行く若者は自由なファッションで更衣のしきたりに関係なく着こなす。ジーンズを切って夏向きにするというところがいいねえ。オジサンもひとつやってみようかな。やはりやめとこう。

八木健の川柳アート 26

特選

切り口するどく表現は素直に

批評精神は必須だが、言葉の刃を振り回せばいいというものではない。現状を素直に描いて、読者に感じてもらうのである。最近の拙句で

北朝鮮のおかげで忍耐強くなり
田舎です公衆電話があるほど
宴会になると元気の出るおひと
器用だな電車の中で眉を描く
裏金がなくて財布が寂しがる

引越しは大安よりも晴れがいい

渚　ちまた（松山市）

「引越し」でも仏滅は避けて大安を選ぶだろう。作者はそのことにささやかな抵抗を試みているのだが、私たちの生活では、いまだに「縁起をかつぐ」場合が多い。無意味でしょうと声高に言えない。そんな時に川柳で言いましょう。

佳作

CTのトンネル抜けてほっとする

城導寺しん（八幡浜市）

「もしかしたら生きて戻れないかもしれぬ」という場面は多々ある。CTで死ぬなんてことはあり得ないのだが、そう思った自分が可笑《おか》しい。句では科学音《おん》痴《ち》の自身を笑いの対象としているのです。その時の心理が記録されました。

娘は顔を親爺は頭をマッサージ

小笠原満喜恵（松山市）

美容と健康は関心事のひとつだから、川柳の素材になりやすい。親爺《おやじ》さんは頭をマッサージしていますが、最近は「脳トレーニング」が流行《はや》っているから「頭」でなく「脳」でも良かったですね。親爺と娘の組み合わせも可笑しい。

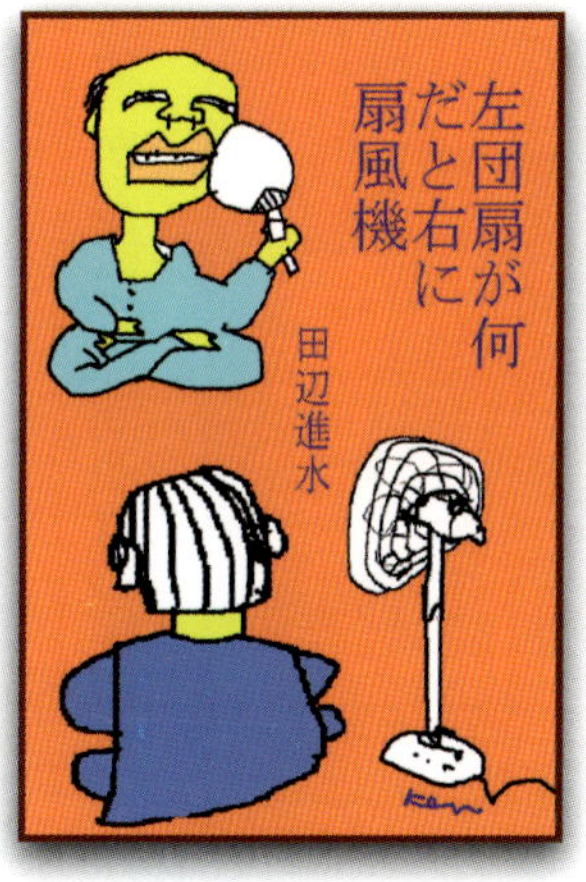

左団扇が何だと右に扇風機

田辺　進水（松山市）

左団扇《うちわ》は安楽な暮らし向きをいうが、「団扇」に対して「扇風機」。「左」に対して「右」をアピールしているのが可笑しい。表面的には「言葉遊び」に近いが、内容的には成り上がりのセレブへの対抗心が剥《む》き出しで、可笑しい一句。

浴衣着て靴はくような日本語

大政　利雄（松前町）

外来語やカタカナ言葉の氾濫《はんらん》と、奥行きのある日本古来の言葉が使われなくなったことで、日本語は日々、痩《や》せてゆくようです。それを皮膚感覚で「ユカタ着て靴はく」と捉《とら》えたところに並々ならぬ感受性と表現力を感じます。

古今の名句

子の寝冷え翌日夫婦喧嘩なり

古川柳

川柳は生活の詩ですから、こうした日常の寸景を描いても面白いですね。古川柳には正直な句が多いのですが、描かれる心理は現代の私たちと変わりませんから、作句の上で実に参考になります。

今月の八木健

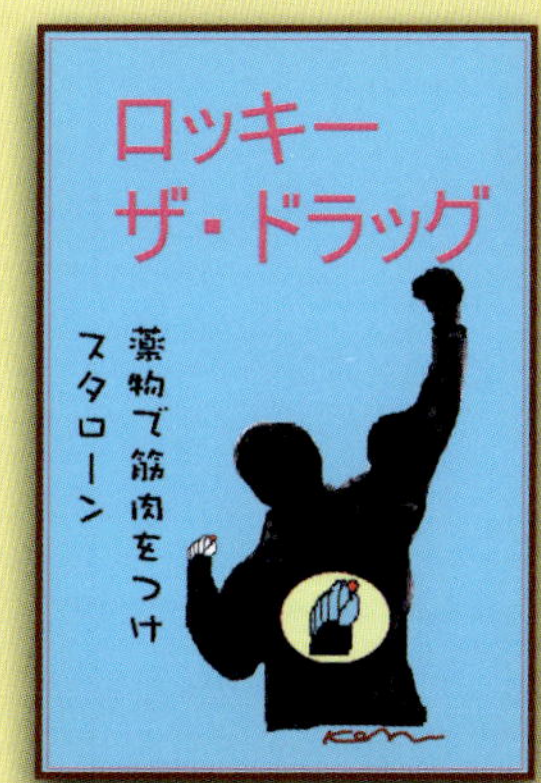

薬物で筋肉をつけスタローン

八木　健

禁止薬物の筋肉増強剤を豪州にもちこんで起訴され有罪を認めた。『ロッキー・ザ・ファイナル』で大いに元気づけられたが、あの筋肉は増強剤でつくられたのか。次回作は『ロッキー・ザ・ドラッグ』になるか。

川柳アート 八木健の 27

自分の体験や意識を書くのが第一歩

川柳は人間を詠む文芸。人間を俎上《そじょう》にのせて本心を覗《のぞ》いてみるのが川柳だが、自身の本音を書くことから始めたい。悔しかったことや、瘦《や》せ我慢をしたことはありませんか。最近の拙句「俺だって出来るはにかむことぐらい」「隠すほど所得があれば隠さない」「格好つけて大トロも喰う回転寿司」「わざと消さない見られてもいいメール」「セールスの話術に口を挟めない」

特選

未来には文化財かも蝿叩

大政　利雄（松前町）

そういえば、蝿《はえ》を見なくなりましたね。蝿取りリボンなんてのもありましたが、不思議なことに民具の博物館には「蝿叩《たたき》」のようなものは保存されない。アイスキャンデーなんかも文化財だけど、あれは溶けちゃうからねえ。

佳作

元気かと医者に問われる診察室

大野　千佳（松山市）

医者から「元気か」と問われて「先生そりゃないでしょう」とも「元気です」とも言えぬ。

「この頃顔を見ないから病気かと心配してたよ」と医師。

鍵っ子へ夕陽ゆっくり沈みたい

加藤　明（西予市）

作者が太陽になっちゃった擬人化の句です。ママの帰宅はまだらしいんだ。日没の時刻が迫っているからちょっと心配。鍵っ子がかわいそうだから日没を遅らせたいというのがいいね。「やさしさ」を描いて現代社会の一面も出た。

見たくないものに男のフラダンス

田辺　進水（松山市）

以前、海外で見た男性のフラダンスは全裸に近くダイナミックで迫力満点でした。大相撲で男の裸には馴《な》れているはずなのに、フラダンスには気恥ずかしい感じがしました。踊っている立場のほうが楽しいのでしょうね。

私の賞味期限をたしかめる

大西　知子（松山市）

人間にも賞味期限があるというのが作者の見解。自身の賞味期限が近づいていることを自覚しつつ、まだまだ大丈夫と思いなおしたり。おんな心の微妙を描く。しかし、川柳で内面から活性化をはかるのも若さを保つ秘訣《ひけつ》ですよ。

古今の名句

蠟燭を消すに男の息を借り

古川柳

男を書いて女を感じさせるのが川柳。寝室の句とする解釈もあるが、閨《けい》房《ぼう》は行灯《あんどん》を使ったからこれは居室の寸景か。肺活量の大きい男性の出番を描いたものです。古川柳には男女の関係を描いたものが多いね。

今月の八木健

予報士が美人で天気なんだっけ

八木　健

「きょうの髪型が好き」とか「派手すぎるかと指導されたに違いない」とか天気予報見ながら勝手なことをおっしゃる視聴者の皆様。私もそのひとりですが、贔屓《ひいき》の予報士が出ない日は損した気分になるから不思議。

八木健の川柳アート 28

同じ題材で連作してみよう

同じ題材が日々の経過で別の川柳になります。たとえば、最近の拙句から……

大臣かばう仕事に疲れ安倍総理
自然淘汰で徐々に内閣改造か
大丈夫だろうかほかの閣僚は
弁解の大臣ばかりでしょうがない
疑惑のない大臣表彰しませんか

特選

素振りする子どもへ親の目が熱い

松友　順三（松山市）

勉強の方はあきらめたが、スポーツはまんざらでもない。イチローや松坂ほどでなくていい。六十億だ百億だなんて欲はかかぬ。せめてプロ野球選手ぐらいにはさせてやりたい。お気持ちは分かりますが……。

佳作

ひき肉偽装五種混合の名人芸

金子　亶（東温市）

とにかく、農水省から創意工夫賞のお墨付きをもらった腕前なんだから、会社ぐるみでやっていたのに社員にお咎《とが》めがない。マスコミも批判せず解雇されて被害者みたいなことを言ってるのが滑稽《こっけい》というものです。

男衆百まで色を忘るるな

宮岡　沙代（松前町）

年取ると加齢臭が出たり頭髪の腰が弱ったりする。仕方ないこととあきらめず、せめてご近所のおばあちゃんを口説くぐらいの元気がほしい。元気の源。それはやっぱり「色気」じゃよと、高齢化社会の男性たちへの応援歌。

目薬をさすのになんで口あける

大政　利雄（松前町）

誰も気づかないところに気づいたときこそ川柳にしておくべきです。しかし……口あけると確かに目もしっかり開くんですねえ。これを研究して博士号でもとりますか。

青虫のおこぼれの方が喜ばれ

丸山由紀子（宇和島市）

「おこぼれ」は「おすそわけ」の意味。三億円の宝くじに当たった人から一千万ほどもらうような場合にも使う言葉。青虫が食べ散らかした野菜は美味であるというお墨付きみたいなものです。

古今の名句

二つ文字牛の角文字生けづくり

古川柳

「二つ文字」は「こ」の字のことです。「牛の角文字」は「い」の字のことです。「こい」の活《い》け造りのことです。江戸時代の狂歌師蜀山人は「二つ文字牛の角文字二つ文字ゆがみ文字にて一つ飲まばや」と詠んでいる。歪《ゆが》み文字は「く」の字。つまり「こいこく」で一杯飲もうやということ。

今月の八木健

携帯のメールで顔を見ずに済み

八木　健

家庭内で親子で、携帯メールで会話する。こういう現象を非難する人がいるが、それは当たらないと思う。面と向かって言えぬことでも携帯メールなら言えるのである。老夫婦だけの家庭でも今夜なに食うかとか顔見なくて済むじゃんか……。

八木健の川柳アート 29

テーマを決めてつくる

先ごろ、伯方塩業が「塩に関する川柳」を全国から募集した。およそ五千句の応募があった。実に多様な作品が集まった。選者の私は、はたと気がついた。テーマを決めて多作するのが上達の方法ではないかと。

塩に関する川柳、大賞は「塩かげんそのいいかげん母の味」でした。

特選

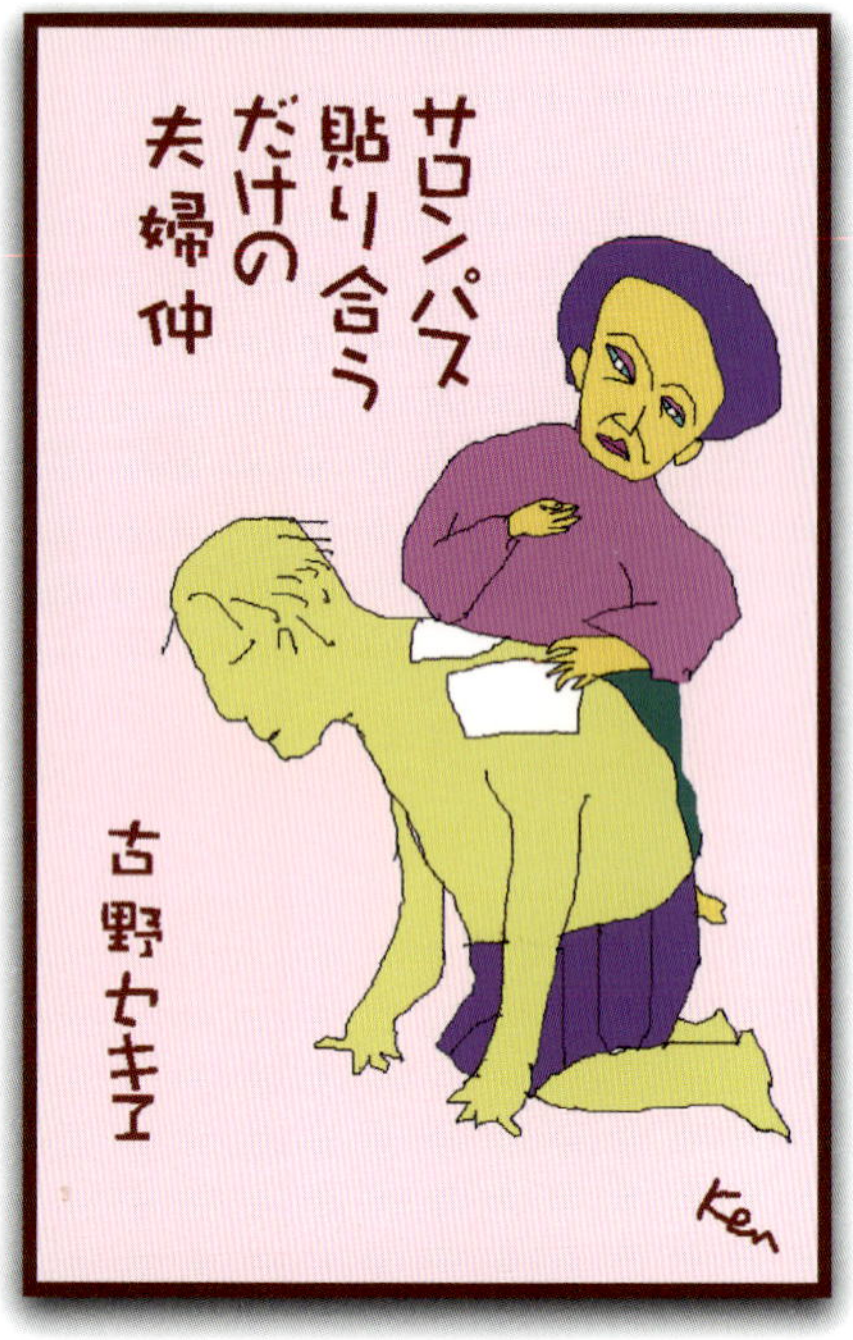

サロンパス貼り合うだけの夫婦仲

古野セキヱ（松山市）

川柳は人間を詠む文芸。誰かを俎上《そじょう》に載せるのが一般的だが、このように自身を詠むことから始めたい。サロンパス貼り合うだけながら、どこか温かな空気が流れています。「サロンパス勝手に貼れと投げる妻」じゃないからさ。

佳作

宿題を手伝うたびに自己嫌悪

的場てるみ（松山市）

この句も自身を詠んでいますね。自身を詠む場合、肝心なのはこの句のように正直であること。正直であれば自分という人間を描ける。四年生ぐらいになると親の手に負えないのが一般的だから、自己嫌悪になる必要はないが。

セールスはまず庭を褒め家を褒め

加藤　明（西予市）

体験を書いたのでしょう。体験に基づく句は説得力があります。営業用の賛辞と分かっていても褒《ほ》められれば嬉《うれ》しい。ついつい買ってしまう。セールスマンは一所懸命なんだから、庭を褒められたら車一台ぐらいは買いなさい。

足どりがひらがなになるはしご酒

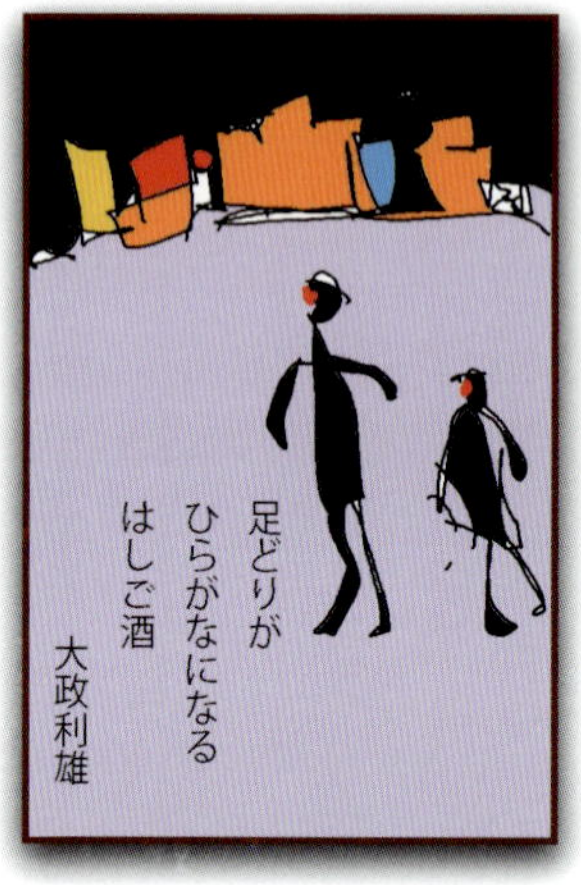

大政　利雄（松前町）

川柳がどこかで見たような句だったら情けない。この作品は類句がない。類句がないということは独自性が強いということ。句には足どりが「ひらがな」という発見があり、独自性のある句となりました。なにかを発見して書くと、名句ができる。

メタボリアンそのエネルギーをユニセフに

宮岡　沙代（松前町）

メタボリックシンドロームで溜《た》まった脂身を減らす妙案ではある。日本人男性の三十代から六十代の肥満者は三十％を超えている。日本人男性、三人に一人は糖尿病から腎臓病に進行する道をたどる可能性あり。

古今の名句

お月さまとってくれろに乳母困り

古川柳

この川柳は天保期の作で、一茶の句「名月をとってくれろと泣く子かな」より後につくられたもの。一茶は「泣く子」を詠んでいるが、川柳では駄々をこねる子だけでなく困っている乳母をも描いている。川柳のほうが深味がある。

今月の八木健

ハワイやグアムへ日本人に会いに行く

八木　健

日常からはなれるのが目的で海外へ行くのだが、なぜか日本人は同じようなところへ行く。大金を払って海外へ行くのだから日本人のいないところへ行きたい。日本語が通じないところへ行かなくちゃね。

八木健の川柳アート 30

裏切りの構成で句の可笑しさ

カラオケで、仲間の歌いっぷりを「うまい」と褒めるだけじゃ芸がない。「うまいぞへたくそ」と野次れば、嫉妬《しっと》心も出て可笑《おか》しい。

左記は裏切り構成の最近の拙作です。

ご近所のピアノ下手だが生演奏

仲が良い暑さを憎む者同士

定年で失ったのが夏休み残暑見舞も出しそこなった

特選

横綱になって覚えた拗ねる技

藤原　白男（今治市）

「拗《す》ねる技」がいいね。幼稚な人間を横綱にしちゃった横綱審議会の一人が格好つけようと朝青龍に引退勧告。国民は朝青龍が相撲の土俵に戻るなんて誰も思っていない。引退勧告をして欲しかったのは朝青龍なんだから、思いやりがあるねえ。

佳作

人間に休めと釈迦も横になる

田辺　進水（松山市）

お説教するのが趣味の釈迦が、死ぬ直前に弟子たちに「働くばかりじゃダメだ、休め……」と横になって言ったんですね。だから寝釈迦は横着じゃないんです。東南アジアには寝釈迦がゴロゴロしているから、仏像だか人間だか分からないよ。

神仏に自分の好きな品供え

森　精一郎（松山市）

「川柳は言葉のレントゲン写真」とは八木健さんの名言だが、この句はまさにそれだ。おじいちゃんの好物だったワインとパパイヤを供えました。ご冥福をお祈りします。なんて言いながら、生唾《なまつば》を飲み込んでいる。

礼子さん驚異のねばり泣き笑い

城導寺しん（八幡浜市）

人間的とは「泣いたり笑ったりすること」を言うんだね。日常生活では他人には見せない部分だが、土佐礼子は走ることに専念して泣き顔を見せた。そのことに観客は魅せられたのです。必死の表情は絵になる。

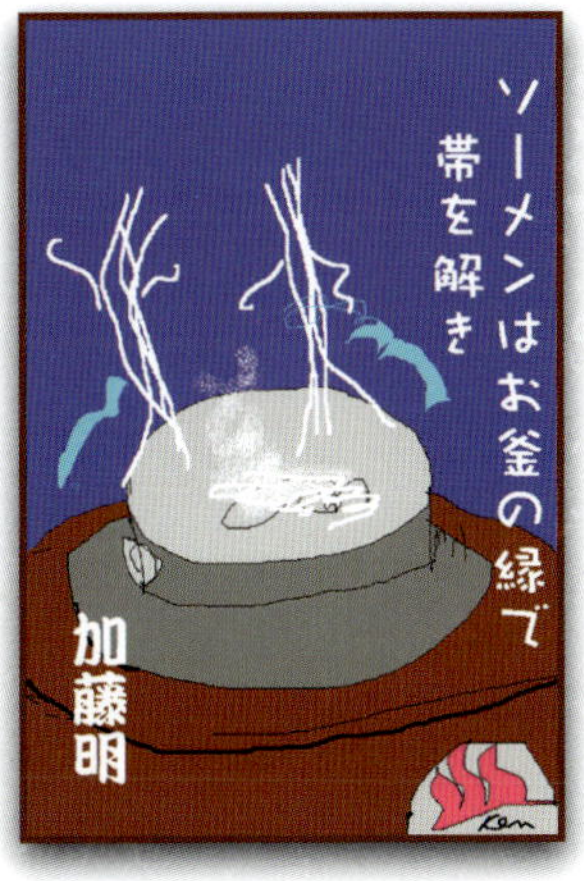

ソーメンはお釜の縁で帯を解き

加藤　明（西予市）

ソーメンは色白で細身だから魅力的ですね。釜の縁で帯をはらりと解くさまにはなんとも艶《つや》がある。ソーメンを女性に見立てて、帯を解かせて茹《ゆ》で上げて堪能したんですね。なんですか、五色ソーメンはもっと色っぽいだと？

勝手にしろい。

防犯のカメラに姿勢正される

田坂　信一（松山市）

いつでもどこでも防犯カメラに監視されている。猫背で街を歩けなくなった。

防犯カメラでは出演料も出ないのにさ。

古今の名句

女房は西瓜切るにも工風《くふう》して

誹風柳多留

川柳は「人間を描く」ものだから時代を超えて共感できる作品が多いですね。女房の神経の細やかさを褒めているわけだが、作者の心には「そんなにも神経使わなくていいのにねえ」と優しいメッセージがある。

八木健の川柳アート 31

川柳は基本的に会話調で

五七五の韻文ながら、川柳は基本的に会話調。それが川柳を親しみやすい文芸にしている。会話調の作り方は、誰かに話しかける、またはつぶやきをそのまま書いてみればいい。左記は最近の拙作ですが

格好よく死んじゃったねえ長井さん
円天を知らずに生きておりました
頼むからお相撲さんにはならないで
ごめんごめんと秋が遅れてやってきた

特選

定年へ揃えた趣味の入門書

岩間 昇（東温市）

粗大ゴミ、濡落葉《ぬれおちば》などと邪魔者扱いされぬように、定年前からそれなりの準備をと入門書をそろえたのだが、仕事一筋で「趣味」が全くなかったから、なにが良いのか見当もつかぬ。そろえた入門書を眺めてぼんやりするほかないのだ。

佳作

末っ子へ羊羹少し厚く切り

加藤 明（西予市）

末っ子だからかわいくて仕方ないのだろう。どこにでもある風景だが、川柳に詠まれたから後世に残る。末っ子を猫の子みたいにかわいがるのも歴史的文化なのである。末っ子は甘やかされるのに慣れ、人生をしくじることも多いが。

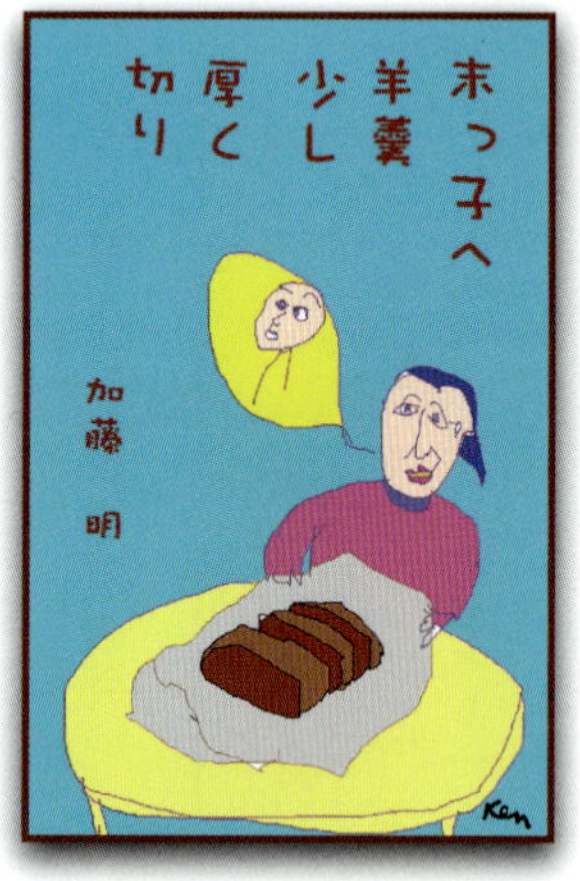

税金が欠伸して居る歩道橋

大政 利雄（松前町）

歩道橋は車優先時代の遺物で、最近各地で取り壊される運命にあるが、取り壊す経費がなくて使われぬまま錆びついている。あれは税金で作ったものだが、車優先と無駄遣いを許した遺物として世界遺産に登録申請してはどうだろうか。

私も見てよと気象予報士タレント化

高岸サヨ子（八幡浜市）

そうなんですよ。家族により好きな予報士は異なるから、デジタルの画面で視聴者参加。好きな予報士・嫌いな予報士を選定してボタンを押すと画面に表示される時代がくるだろうね。予報は当たらないが、かわいいから許せるとかさ。

稲豊作農相不作続きでも

金子 亶（東温市）

「呪《のろ》われたポスト」と呼ばれている。ナントカ還元水の松岡利勝さんは在任中に自殺。赤城徳彦さんは親爺《おやじ》の家を事務所にしてたのがバレた。遠藤武彦さんは共済組合掛金不正受給で在任期間八日間という記録をつくった。しかし、豊作だからいいか。

古今の名句

片棒をかつぐ夕べの鰒仲間

古川柳

川柳には「ふぐ」を詠んだ句は多い。「フグ」のどこに毒があるのかわからなかった江戸時代。「鰒汁《ふくじる》を食はぬたはけに食ふたはけ」というほどの美味ながら運不運で片付けられたのだろう。「仕合せさかつぎ手になる鰒の友」

今月の八木健

酷技ですビールのビンで殴るのは

八木 健

相撲は「国技」とみんなが思っているが、法律で「国技」と決められているわけではない。日本相撲協会は財団法人だから国からお金をもらってはいるが……。昨今露見した暴力事件を見れば、少なくとも「酷技」であることは間違いない。

八木健の川柳アート 32

川柳作家は評論家

川柳をつくるからには、身の回りはもちろん世の中の動きに目を光らせていなければならない。その際、評論家を意識するとよろしい。いや評論家になりきるがいい。最近、評論家になりきってつくった拙句

無責任辞任が今年の流行よ
突然に辞め後世に名を残す
支持率の調査が怖い民主党
視聴率とれぬ証人喚問だ
連立の穴にムジナが入りそこね
しばらくは埋み火となり大連立

特選

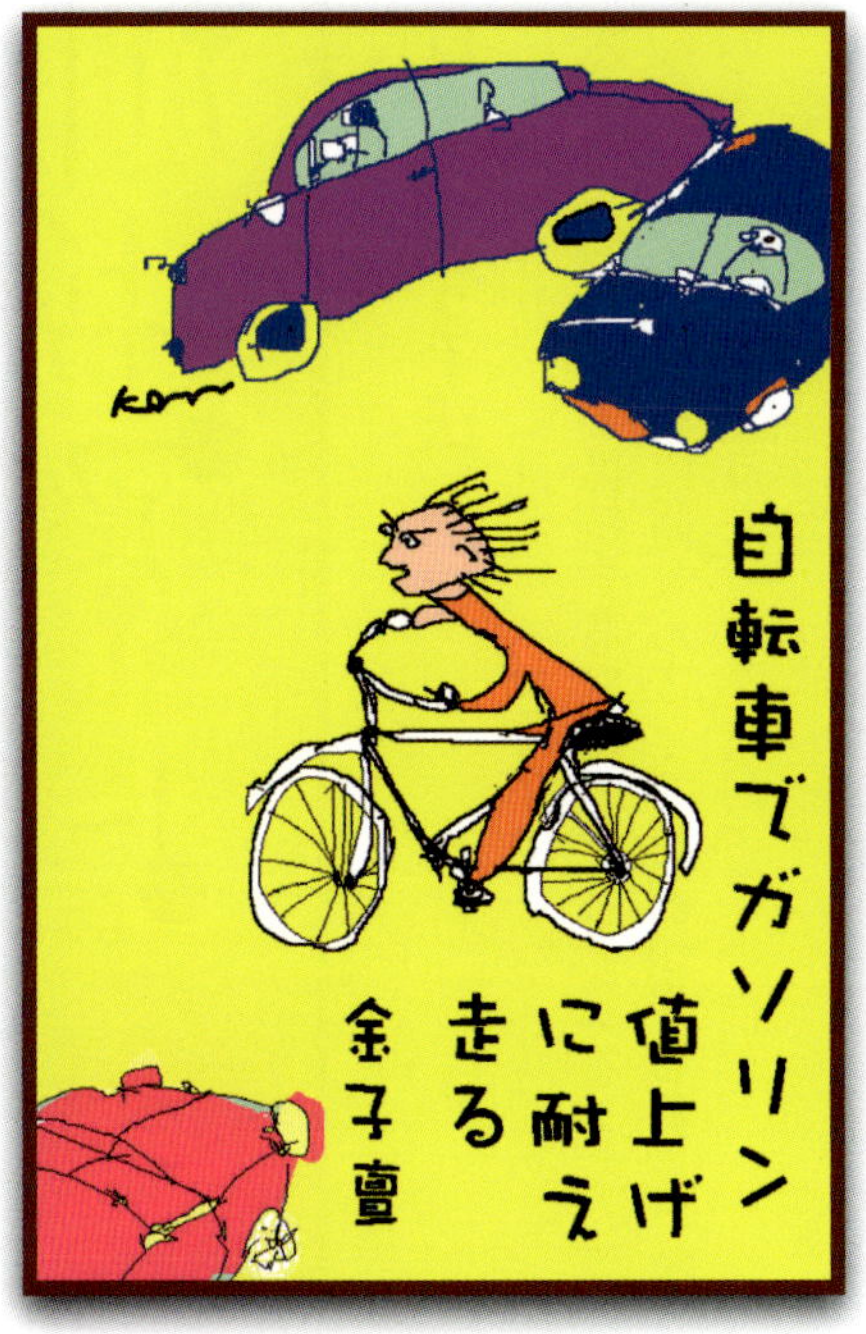

自転車でガソリン値上げに耐え走る

金子　亶（東温市）

物価は需給のバランスによって変動するものだが、こと原油価格については売り手の勝手放題による。油井を持たぬ国は立場が弱い。しかし、何事も逆転の発想で問題は解消する。金子さんの場合は無料でダイエットができるはずですね。

佳作

蟻さんごめんねお砂糖は冷蔵庫

宮脇マサエ（鬼北町）

蟻《あり》が砂糖壺《つぼ》を探しているのを見て「お気の毒」と思った。「ちら」と脳裏を掠《かす》めたことが川柳になる。川柳は人間を描く文芸です。この句には、心やさしいマサエさんという人間が生き生きと存在します。小皿に少し砂糖を入れて台所に置いてはいかが？

買う前に覗いてみたい福袋……

大政　利雄（松前町）

誰もが一度は思ったことでしょう。しかし、これまで誰も川柳に詠まなかったのです。川柳は人間を詠む。それは心を詠む、ということです。そのためには素直になることが肝心。筆者も以前「売れ残り入れてあるのが福袋」と詠みましたが素直さが足りない。

的はずし茶碗を投げる痴話喧嘩

藤原　白男（今治市）

広辞苑をひらくと痴話《ちわ》喧嘩《げんか》の「痴話」は、「情人たちが戯れ合いながらする話。転じて情事。いろごと」とある。「痴話喧嘩」は「痴話から起こるたわいのない喧嘩」とある。「情人」は「情事の相手」とある。なんですか？　情事がないので喧嘩になった。はてさて。

唇を盗んだばかりに終身刑

山崎美樹子（松山市）

よくあるハナシですね。「唇を盗ませたばかりに」かも知れぬが。盗んだと繰り返し言われて、そうだったかなあと、五十年も前のことを思い出す。終身刑で獄死の可能性もある。今となっては、真実は藪の中。

古今の名句

碁敵は憎さも憎しなつかしさ

古川柳（柳多留）

古川柳の代表格であるが、上に「憎し」とあれば下を「なつかしさ」と続けるのは間違い。形容詞の活用の語尾をそろえて対語とすべきである。「憎さも憎しなつかしし」とするべきだろう。「柳多留」の原典「万句合《まんくあわせ》」では「なつかしく」となっているのだが。

今月の八木健

自分から口下手というのが話術

八木　健

辞任騒動に「家出して戻る親爺の照れ笑い」と詠んでみた。辞任表明会見と辞任撤回は堂々としていた。民主党には「政権担当能力はない」「あれは若手を鼓舞するためだ」と言ったとか。「東北人間でくちべた」などと弁舌さわやかでしたね。話術を勉強させてもらいました。

八木健の 川柳アート 33

自嘲という手法

川柳はひと口に言えば「からかい」の文芸である。大きな力に対して抵抗する庶民の文芸である。その際に自身をてのひらに載せることで滑稽《こっけい》が生じる。自嘲《じちょう》の手法とでも言おうか。以下は最近の拙作。

〈年金記録の杜撰《ずさん》に〉
我が家には家計簿らしきものもない

〈山田洋行の汚い手口に〉
熱過ぎる風呂わが家の水増し請求は

特選

診察券の枚数比べ老夫婦

藤原淑子（今治市）

皮膚科に眼科、県病院に日赤、歯科医院、整形外科と心療内科、七枚だね。東京の電車のスイカみたいに一枚にまとめて保険証まで兼ねるようにならないかしら……。ううむ、枚数比べの遊びができなくなる。

佳作

鳶が鷹生んで学資に苦労する

岩間昇（東温市）

一般的には大学生の大半は学費や生活費を補うためにバイトに精を出しているが、バイトなんかしてる時間的余裕のない大学もある。この句の鷹《たか》が行く大学がそれ。鷹なんか生んだら大苦労せにゃならん。しかも鷹は愛媛にゃ戻って来ない。

愛犬の抱っこ思わぬウォームビズ

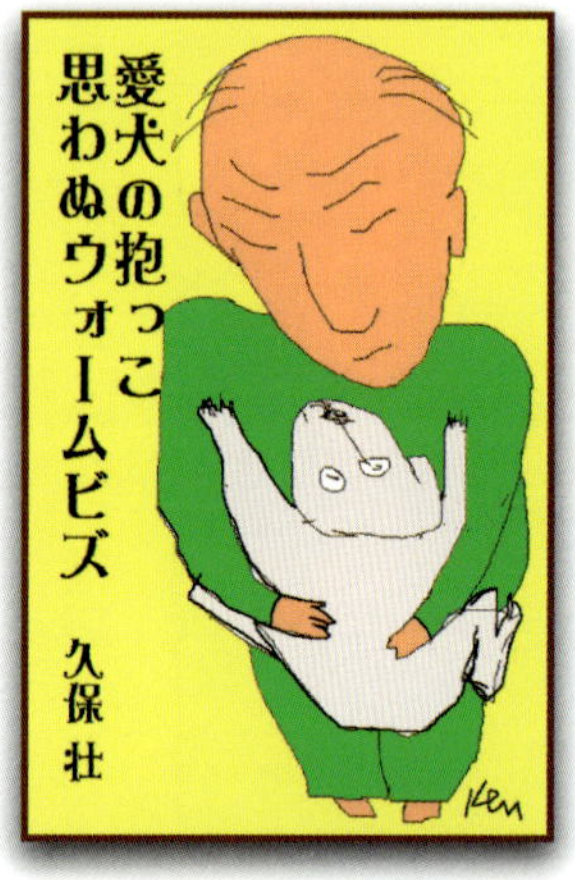

久保壮（松山市）

原油価格の高どまりに対抗するには「コレ」しかないという方法である。しかも二酸化炭素排出も少ない。ほかに考えられるのは「押しくら饅頭、夫婦喧嘩でカッカする」。しかし……茶碗《ちゃわん》を割ったりするから一概にお勧めできぬ。

敵意とは帽子を睨むサングラス

森岡香代子（滑稽俳句協会）

敵意とは本能である。たとえば二人の美女が同席するとそこに生じる空気である。
敵意の関係に「話せばわかる」は無意味な解決策である。

開運のタヌキにゃメタボは無関係

石原康正（松山市）

愛媛では成長することを「太る」と表現する。栄養の足りない時代にはプラスイメージだった。それが成人病の元凶となってしまった。歴史は繰り返すから、やがて来る地球規模の食料不足の時代には、メタボは憧《あこが》れの的になる。

古今の名句

雪隠へ行ば両方咳ばらひ

古川柳

雪隠《せっちん》とは、今でいうトイレである。かつてわが国では、ノックする風習がなかったから「咳《せき》ばらひ」で使用中を知らせたのである。咳ばらいをしながら近づいてゆくと、中から咳ばらいが聞こえてくるというわけだ。日常のなにげないヒトコマが川柳に。

今月の八木健

喫煙を許す発展途上県

八木健

ミシュランガイドで東京の八つのレストランが五つ星に選ばれた。そのうちのひとつは分家で本店は選ばれなかった。石原東京都知事が記者会見。「あたり前だ。あの本店をどなりつけたことがある。タバコの臭《にお》いを嗅ぎながら飯を食いたくない」と。

川柳アート 34
八木健の

原因と結果の発見

原因はなになのか。作者だけが気づいたこと。あるいは、気づいていても誰も言わぬこと。それが川柳になるのです。

最近の拙句から。

イルミネーション誉めて地球を温暖化

失言がなくて政治がつまらない

株持たぬゆえに喜怒哀楽不足

特選

遺伝子のいじわる悪いとこが似る

岩間　昇（東温市）

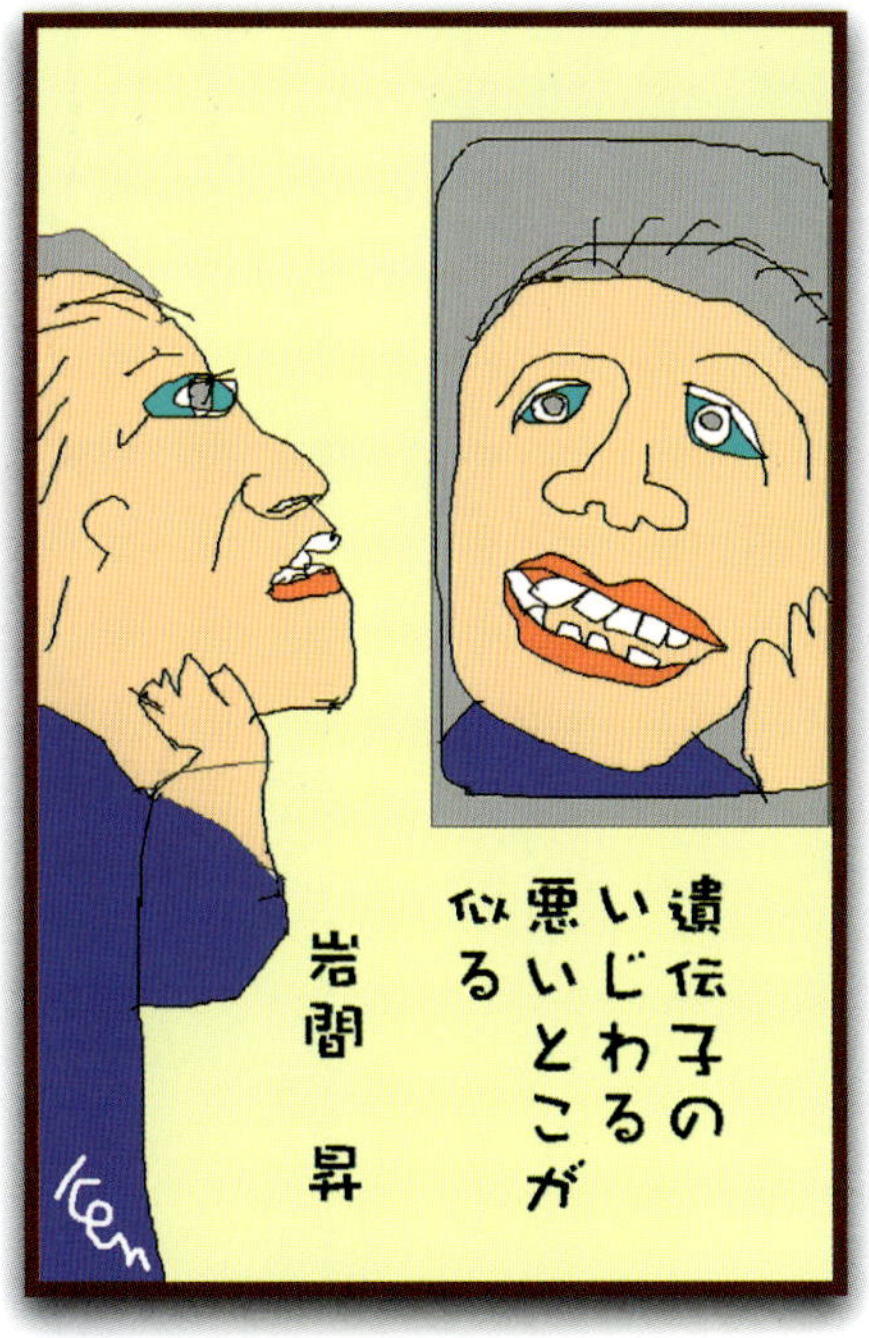

目鼻立ちには誰もが、なにかしら不満はある。神様の不手際を言わねばなるまい。可哀想《かわいそう》にこの子は若禿《はげ》のタイプ。なに言ってるんだ、母さんに似て鼻が。いいのよ、肝心なのは「気立て」なんだから。それが心配、母さんの根性悪。

佳作

携帯の専用車両があればいい

山崎美樹子（松山市）

携帯電話は、いつでもどこでもがいいところ。

しかし、車内でしゃべるのは、マナー違反。「携帯専用車両」をつくれば、多くの乗客が恩恵に浴することになるのになあ。

だけど、他人の電話に聞き耳をたてる楽しみも捨てがたいなあ。

この肉がここにあればと寄せてみる

加賀山一興（宇和島市）

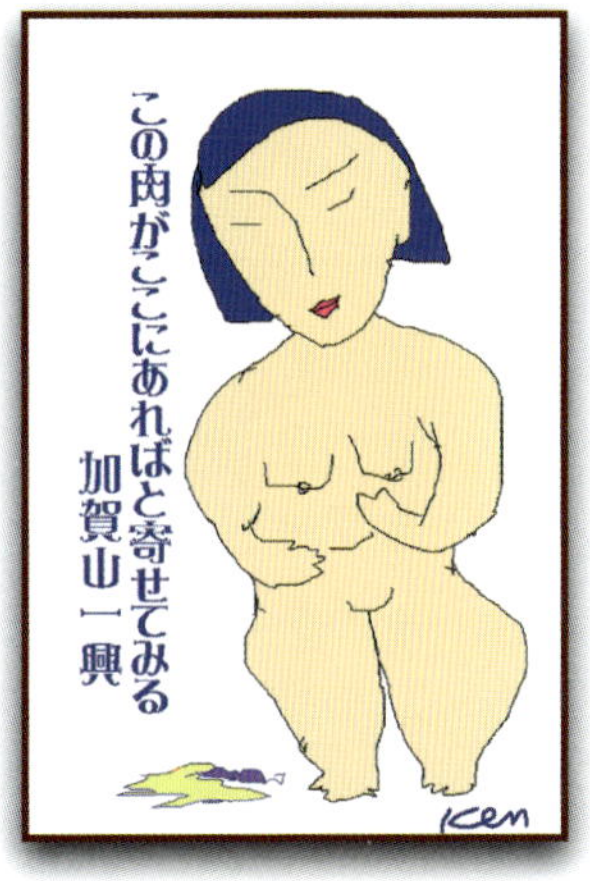

ダイエットでは減らしたい部分が減らない。逆に減らしたくない部分が減ります。だぶだぶの洋服でカバーしましょうか。問題は常に露出している部分。たとえば低い鼻。伝統的定番は「洗濯ばさみ」で挟んで寝るんでしたっけ……。

三日月のこれより無理よダイエット

榊原　康子（四国中央市）

擬人化ですね。しかし、この句は三日月のスリムな体形を羨望《せんぼう》したのではありませんか。三日月ほどに痩《や》せてみたい……。しかし、三日月さまも早晩太りだします。半月もすれば。臨月……いえ望月になります。

どちらへも味方が出来ず下を向く

岡部　月下（新居浜市）

A案にもB案にも賛成するわけにはいかない。A案に賛成すればBさんと気まずくなる。B案に賛成すればAさんの反感を買う。とかくこの世は義理と人情の板ばさみ。ひとつ、どうだろう。今月はA案、来月はB案ということで。

あいまいな折衷案が日本人の得意技。河野談話はその好例。

古今の名句

金魚鉢かきまはしたい気にもなり

浅井　五葉

川柳は「心」を詠む文芸。五葉は金魚鉢を眺めてふとそんな気持ちになったのだ。金魚の優雅さを破壊してやろう、という不道徳も川柳だからこそできること。もっとも「気にもなり」と一歩手前で踏みとどまってはいるが。

五葉は写生吟で知られる作家。大阪生まれで昭和七年五十一歳で没。

今月の八木健

国会をさぼって選挙応援へ

八木　健

民主党の小沢一郎代表が衆院本会議での新テロ対策特別措置法の採決直前に退席。国会議員の責務を果たさぬことを非難されるなどと想像もせぬ。民主党執行部の鈍感にはあいた口がふさがらぬ。小沢さんが言った通り「政権はまだ無理」だ。

八木健の川柳アート 35

川柳で時代を記録

時事川柳は、現在進行形を詠むから鮮度のよい作品となる。
最近の拙句から
「暫定」に使い勝手のよさの意味
厚労省伝家の宝刀振り回す
「中国製」の文字は小さくて卑屈だな
若者を死なせて忘れた頃逮捕
ねぎらいの言葉を要求するお馬鹿
アメリカの正義に期待ロス疑惑

特選

休みたい水車へ水がけしかける

加藤　明（西予市）

川柳も俳句も直感力が決め手になるということがよく分かる作品ですね。かたちとしては擬人化ですが、休みなく回り続ける水車に同情しているのがよろしいですね。川柳は作者のやさしさがモロに出ます。

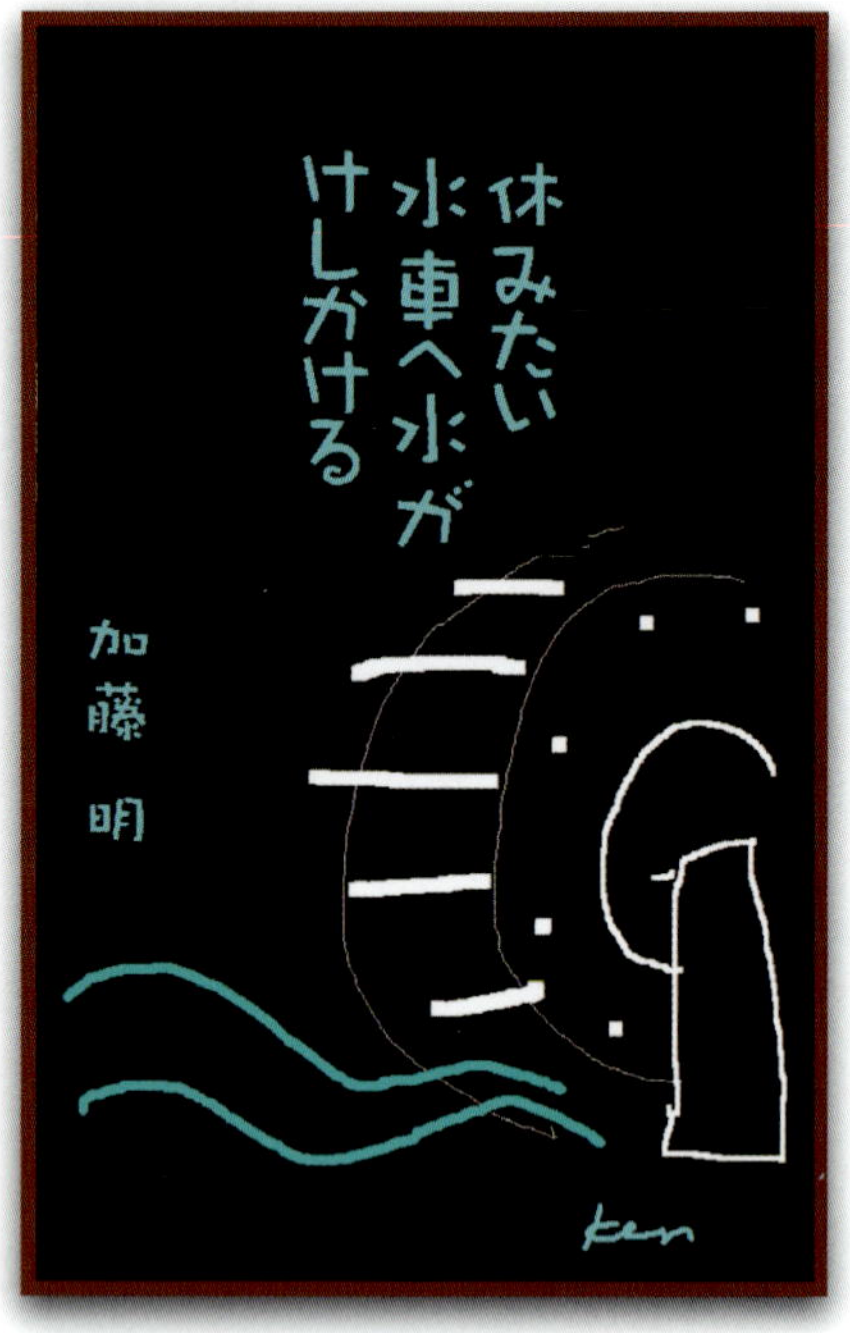

佳作

眠れない目覚まし時計頼まれて

前田　重信（愛南町）

夜中に幾度も目覚めてしまう責任感の強い方。頼んだほうは目覚まし時計が鳴らない場合のことを考えてのこと。千円札一枚出して「ほら、これで目覚まし時計買いなよ」と啖呵《たんか》切ってみましょう。千円で買える時代なんだからさ。

夢に見たみかんジュースが蛇口から

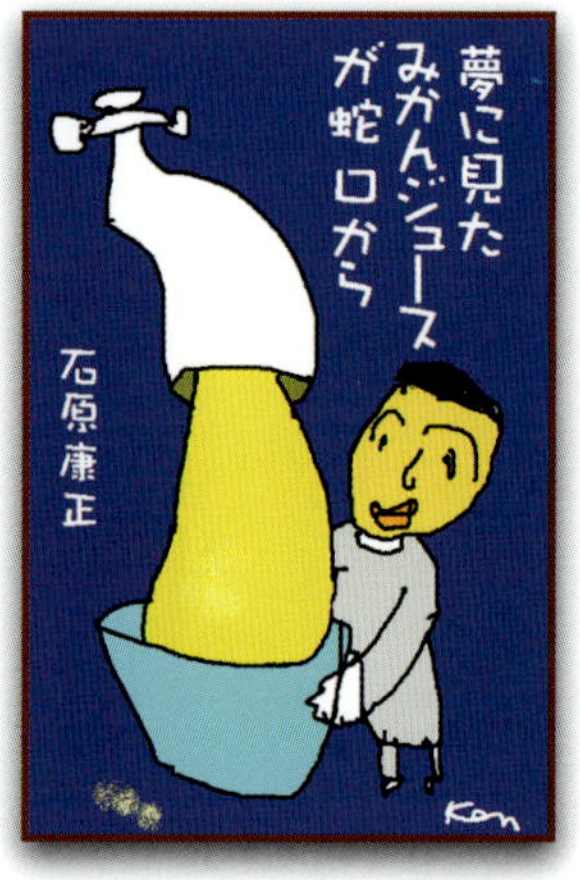

石原　康正（松山市）

「噂《うわさ》を現実のものにした企画は天晴《あっぱ》れじゃ」と作者のコメント。全国版のニュースにもなったからモトはとれたわけ。このあとはすべての道後温泉旅館にみかんジュースの蛇口をとりつけることですね。ついでに、宿泊客にみかんを売りましょう。

地球へお灸すえてるような活火山

大政　利雄（松前町）

そう言えば、お灸《きゅう》と火山はかたちが似てますねえ。宇宙からすれば環境破壊の進む地球はかなりの「ワル」でしょうね。宇宙空間に人工衛星のゴミを撒《ま》き散らし、温暖化の地球は海面上昇でとんでもないことに……。ホントは人間に灸をすえなくちゃね。

マラソンの先頭集団黒くなり

松岡タヅ恵（松山市）

「黒人選手は強い！」と作者のコメント。先祖代々草原を走り回っていた人種にはかなわないね。普通車の競争にスポーツカーのエンジン載せた車が混じっているのと同じ。高校駅伝なんかそのために留学させていることも。ヤメロとは言えないが、興ざめだよなあ。

古今の名句

春の草代議士などに踏まれるな

麻生　路郎

麻生は明治二十一年尾道生まれ。職を捨て妻子を泣かせて川柳に熱中してプロの川柳作家となった。掲出句は、春の草の無垢《むく》な清純さと対比させることで穢《けが》れた代議士を糾弾したもの。妻子を捨ててことを成し遂げた人物に、尾崎放哉、種田山頭火、西東三鬼など……。

今月の八木健

観光の目玉は知事だけ宮崎県

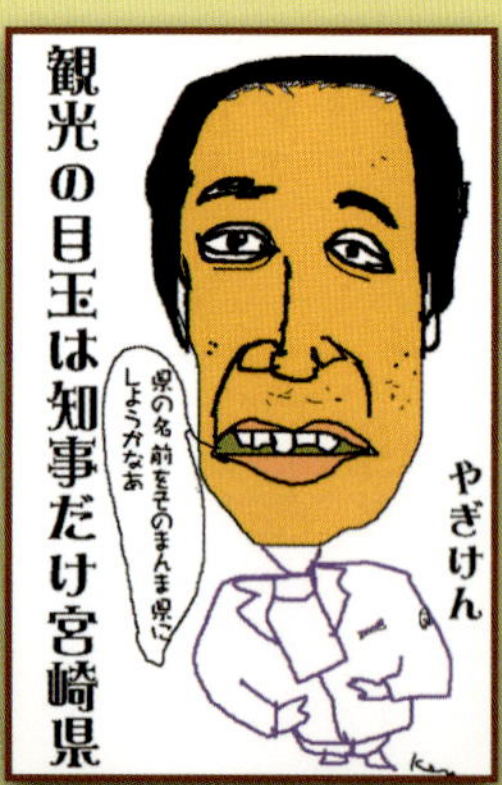

八木　健

東国原知事の活躍は眼《め》を見張るばかり。宮崎県庁は観光コースに組み入れられた。ことあるごとに宮崎の産物を宣伝する知事は観光の目玉になった。しかし、知事が目立てばそのほかのものは影が薄くなるのが道理というものです。宮崎名物は何でしたか……さて。

八木健の川柳アート 36

常識的なコメントを否定する

例えば、女子マラソンで惨敗の高橋尚子を「へこたれないのがいい」とか「次への挑戦をぜひ」とプラス志向でコメントするのが常識。自分の心の中の「イジワル」を覗《のぞ》いてみよう。拙作……。

失速者だけが目立った女子マラソン
弁舌は快走高橋尚子さん

特選

たらいまわしを覚悟して乗る救急車

金子 亶（東温市）

新人医師の研修は大学病院でなくてもできることになって、大学病院の医師が減った。そこで、大学は地域の病院に派遣していた医師を引き揚げた。その結果、医師不足で地域医療は崩壊した。

佳作

評論家だけで内閣造ったら

松山 仙彦（松山市）

「小泉劇場が懐かしいね」
「あれは雰囲気だけでしたが」
「福田さんはつまらん」
「橋下知事のように失言すればいいのよ」

捨てきれぬ子のお古着て若返る

丸山由紀子（宇和島市）

子の成長に親の意識がついてゆけない。脱ぎ捨てた服を親が着るのは子離れができぬ証拠とも。なぬ、「ケチなだけ」でしたか。

温暖化進めば無くなる島問題

小野 市雄（虎造節保存会）

温暖化で水位が上がっております。

領有権問題は「水没」で解消するのだが。

領有権問題の早期解決のために温暖化を加速させるわけにもゆくまい。

霜焼にならずにすんだ洗濯機

大政 利雄（松前町）

洗濯機、掃除機、炊飯器の「スリーエス」は女性を家事から解放したが、洗濯機はしもやけ対策にもなったんだね。その結果、日本人女性が「怠け癖」を会得。

古今の名句

飲んで欲しやめても欲しい酒を酌ぎ

麻生 葭乃

飲んで饒舌《じょうぜつ》になるあなたが好き。でもからだに毒だからほどほどにしてね、とやさしい。同じく川柳作家の麻生路郎との間に九人の子をもうけた。昭和五十六年に八十九歳で死去。

今月の八木健

暗いうちから出歩く船を撥ねちゃった

八木 健

イージス艦と漁船の衝突事故は、まだ暗いうちに出歩いて車に撥《は》ねられる老人の死亡事故を思い起こさせる。交通事故と同じく痛々しい。

八木健の川柳アート 37

非常識こそが川柳の発想の原点

例えば最近の拙作を例に。
〈障害物が次々出現〉
新種目聖火リレーのハードルは
〈ひとりで年間五百万円使った国交省職員〉
ガソリン税でタクシー通勤してみたい
〈バターが品不足らしいと聞いたからには〉
メタボ解消の好機バターの品薄は

特選

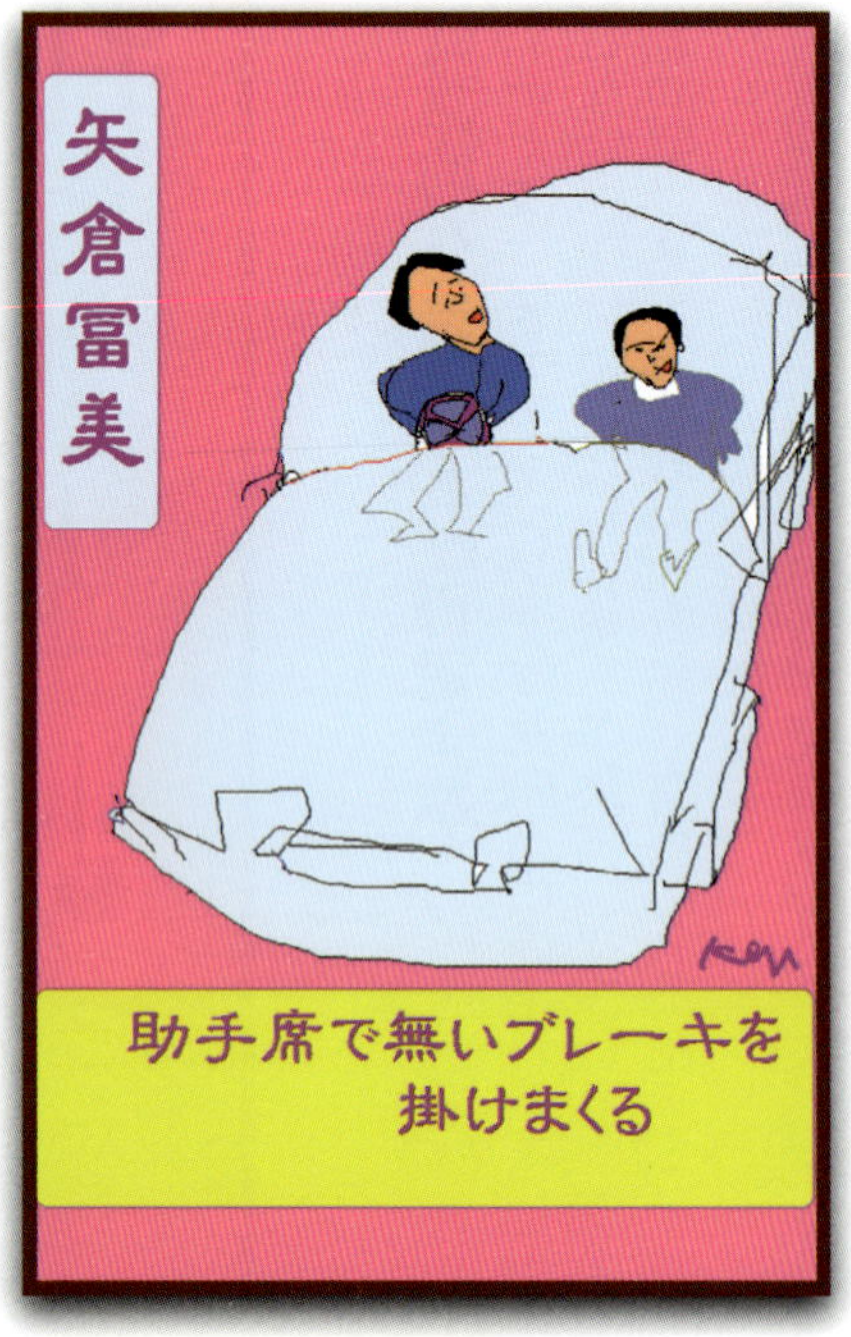

助手席で無いブレーキを掛けまくる

矢倉　冨美（西条市）

運転免許を持っている人を助手席に乗せるとこういう風景になりますね。長距離ドライブでは運転者より疲労。助手席にもハンドルとブレーキつけるのが妙案じゃんか。

佳作

レシピいろいろ溜めて結局お茶漬に

宮岡　沙代（松前町）

スーパーでレシピをもらってくる。テレビで見て広告の裏にメモをとった。そんなのが溜《た》まりましてね。だけど、どれもこれも油っこい料理ばかりでねえ。

Mサイズに嫉妬3Lがぴったりで

宮脇マサエ（鬼北町）

太っている方にとっては、スリムな人は羨望《せんぼう》の的であろう。それが嫉妬《しっと》に変化し、ついには憎しみの対象となるのである。

メモ忘れ余分なモノを買ってくる

船本伊知子（宇和島市）

メモを忘れたばかりに、肝心なものを買わずに冷蔵庫に在庫のあるものばかり買い戻ることはよくあることですね。
なぬ……メモを手にして見るのを忘れたのか。

生涯を偽装で通すカメレオン

藤原　白男（今治市）

カメレオンは周囲の色に合わせて自身の色を変えるとされている。しかし、すべての色ではないらしい。偽装には違いないが、本当に怖いのは永田町のカメレオン人間だ。

古今の名句

大病が心の窓を開けて呉れ

阿部佐保蘭

佐保蘭は明治三十九年京都の生まれ、昭和四十九年死去。川柳の英訳、仏訳、独訳、伊訳など外国語への翻訳に粉骨砕身の生涯を送った。
自身の号「佐保蘭」はフランス語のサボタージュのもじりである。川柳は奥の深い作品が多い。

今月の八木健

聖火ランナーは騒動の火付け役

八木　健

臭《くさ》いものに蓋《ふた》をして五輪開催へ……という中国の人権侵害に抗議して各地で聖火リレーへの妨害が相次ぐ。聖火ランナーは騒動の火付け役なのである。かつて、チベットへの侵略を見て見ぬふりをした国連はまた知らんぷりをするのか。

八木健の川柳アート 38

反対側から見て描くこと

川柳の方法として、反対側の立場から眺めるのがよろしい。

〈船場吉兆の残り物使いまわし事件も〉

地球にやさしかったね船場吉兆は

〈上野動物園のパンダが死んでみんな残念がったけれど、パンダにしてみれば〉

拉致されて異国で死んだパンダ君

というわけである。

特選

上下するガソリン価格に血圧も　池内　弘志（伊予市）

ガソリン価格の上昇に比例して血圧も上がる。最近は上下するどころか上がりっぱなし。その結果、血圧の上昇に反比例して国民は意気消沈する。給油しながら血圧を測るサービスをするガソリンスタンドをつくれば儲《もう》かるかも。

佳作

置き土産とは行楽地のごみのこと　花山　昇（松山市）

いまだにゴミ籠《かご》が置かれている公園・行楽地がある。愛媛県内の市町もしかり。せっかく置かれているからと置き土産に弁当の殻を捨てる。赤字の自治体に多く見られる。回収するには人件費もいるだろうに。橋下知事の大阪府はどうかな?

虫喰いを病葉《わくらば》と呼ばれることに異議　板倉　肱泉（滑稽俳句協会）

病葉は使いようによっては詩的な表現であるが、単なる虫喰いを病葉と呼ばれるのは不服ということらしい。

それに虫喰いの葉は美しい。

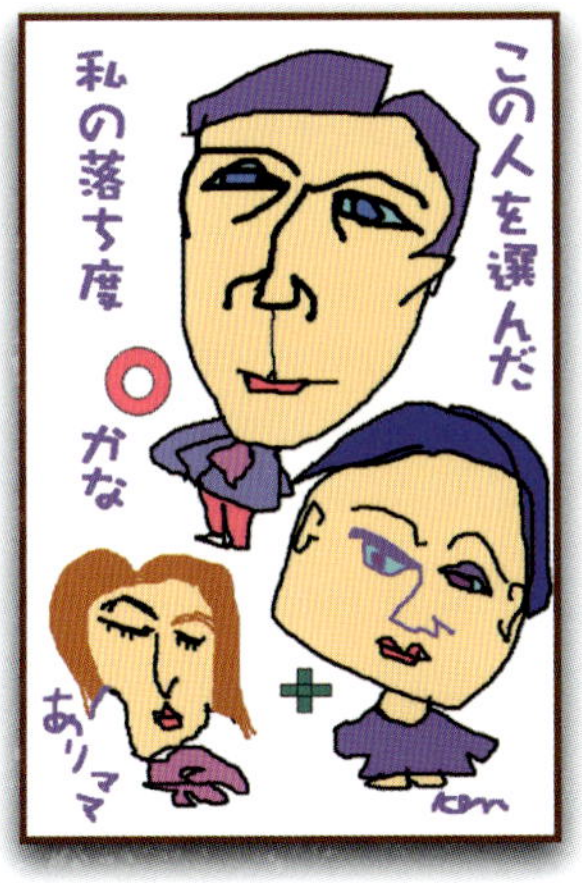

この人を選んだ私の落ち度かな　ありママ（松山市）

結果が期待はずれだったということだろう。美人は三日で飽きるというが、イケメンも同じこと。というより男を顔で選べば、失敗率が高いらしい。「私の落ち度」と嘆いているようだが、うまく行かないのが人生。「あきらめ」が肝心なのよ。

老いを実感孫を相手に頑張って　城導寺しん（八幡浜市）

孫は来てよし帰ってよし。教育の責任はないから爺婆《じじばば》は孫を溺愛《できあい》する。その結果、爺婆はなんでも聞いてくれる存在となり、孫の餌食となるのだ。そしてほどなく「クソババア・クソジジイ」という言葉を覚えた孫から見捨てられる。

古今の名句

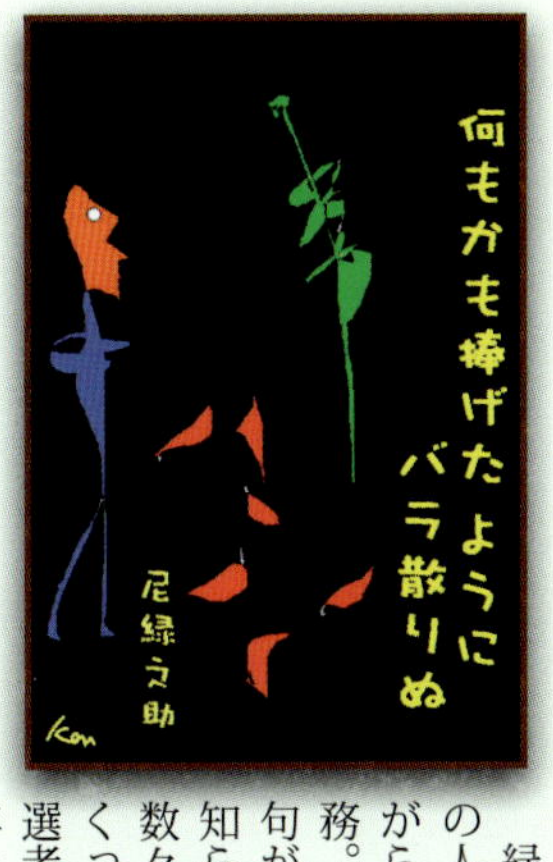

何もかも捧げたようにバラ散りぬ　尼　緑之助

緑之助は島根県出雲市の人で、川柳をつくりながら三十三年間役場に勤務。「川柳は吐息酒から句が生まれ」という句で知られ、酒と妻を愛して数々の自然体の作品をつくった。新聞やラジオの選者も務め、昭和六十三年に八十一歳で死去。

今月の八木健

山中に立派な道を造る税　八木　健

いまやとんでもない山の中にまで立派な道路ができて、タヌキやキツネがひき殺されている。意外に知られていないのは山の中まで道路ができて「過疎化が加速されたこと」である。息子たちは爺婆を残して街へ移住した。車でいつでも帰省できるからである。

八木健の川柳アート 39

川柳の材料を見つけるのは

あなたの「?」マークです。左記の拙句もすべて「?」マークによる発想なのです。

護送みたいだシートベルトで縛られて
輸入米放出味がイマイチで
蚊のやうに採血器具を再使用
点滴が天敵となる恐ろしさ
タクシーが居酒屋兼業とは便利

特選

犬の尻拭く娘が拭かぬ親の尻

藤原　白男（今治市）

娘《こ》をもって老後が安心なんてのは昔話なんですね。親の遺産をもらう以上は世話もせにゃならんが、可愛《かわい》い犬を世話するときのように身が入らないんですね。だって犬は言葉を話せないから人が察知してあげないといけないのよ。はいはい。

佳作

加えたい予報にナマズ中継を

石原　康正（松山市）

中国の大地震を見て作者が思いついたのは、「なまずの地震予知能力の活用である。各地のなまずの様子を天気予報の中で中継で伝えてはどうか」ということである。一度試してみる価値はありますね。ダメだったら食べちゃうのか。

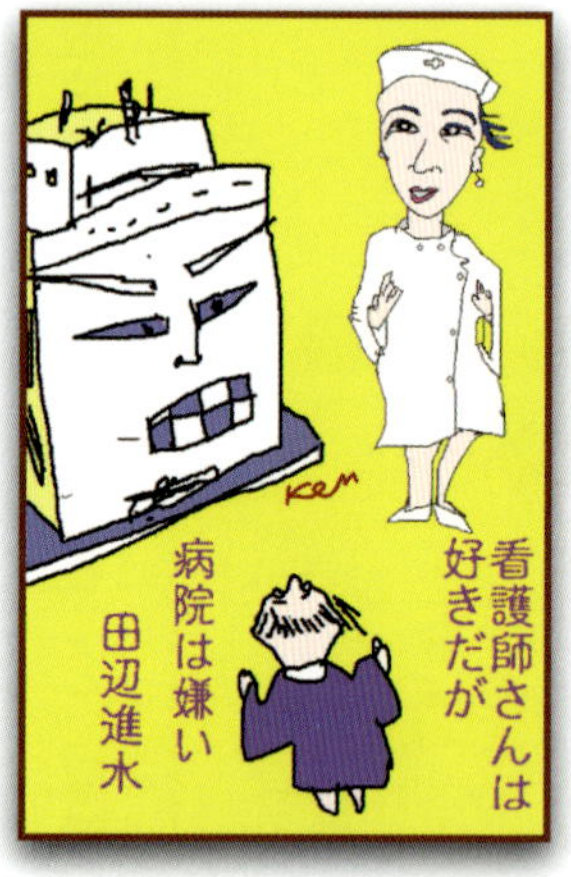

看護師さんは好きだが病院は嫌い

田辺　進水（松山市）

看護師さんが好きだから病院に行く、というのは案外多いだろう。「癒やし」の効果はあるが、結局それが医療費の無駄使いにつながっている。だから医療費抑制には看護師採用の時点で美人は不採用とするのが効果的だろうね。

自分史がいつか自慢史めいてくる

岩間　昇（東温市）

自分史を書くということは、自分を活字にして書物に留めることだから、自慢するのが好きな奴は大いに自慢話を書いたらいい。ただし、タイトルは自分史でなくて自慢史となる。しかし、自慢と気づかせないで自慢するのが技である。失敗談をひとつ、吉永小百合とデートしたときに屁《へ》をひりましてね……。

北条の梅雨の合間に飛沫あぐ

前岡　重寿（松山市）

作者は多忙な眼科医。梅雨晴間を狙って泳いだのだろう。飛沫あぐに喜びが出ている句。「北条の」と具体的に書いたのも読者の理解を助けてよろしい。

古今の名句

電柱に犬を真似てるいい月夜

村田　周魚

大正九年、川柳界の名門、きやり吟社を創設した。川柳特有の「穿《うが》ち」がなく、おだやかな作風で知られる。父と祖父が俳人という家系に生まれ自身も当初は俳句をつくっていた。だから俳句の季題川柳が多く、全作品の四十パーセントもある。東京生まれ、昭和四十二年に七十八歳で没。

今月の八木健

みんなで作った自暴自棄生む社会

八木　健

秋葉原の無差別殺傷事件の青年の動機を分析、「きわめて個人的な特別な事件」として幕を引くのか。不安定な身分の派遣社員として百万単位の若者が将来に絶望して暗澹《あんたん》たる思いで日々を過ごしている。そういう社会を許している私たちも責めを負わねばならぬ。

八木健の川柳アート 40

新聞の社会面はネタの宝庫

社会面に見つけた最近の拙句。
〈ブラジルで受刑者がハトを使って外部からモノを調達の記事から〉
拍手喝采受刑者の悪知恵に
〈大分の教員採用汚職の記事から〉
捕まって反面教師になっちゃった

特選

食品値上げはメタボ解消のチャンス

金子 亶（東温市）

こんな風にプラス思考にすれば楽しい生涯を送れるよきっと。燃料費高騰で漁業が成り立たないから漁業資源が回復する。車に乗らなくなって歩くから健康になり医療費が抑制される。いいことずくめだね。

佳作

賞味期限を舌と臭いで決めるとは

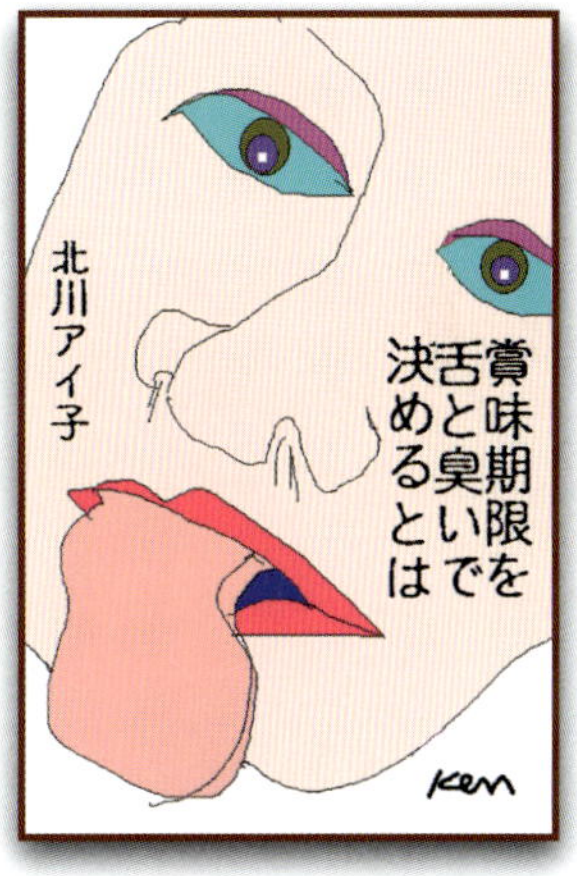

北川アイ子（松山市）

船場吉兆を筆頭にさまざまな食の信用が損なわれたわけだが、消費者も自身の嗅覚《きゅうかく》と舌で判断せねばならん。給食の時間にそれが可能ですね。「今日の給食で中国産がひとつあります。分かりますか、嗅《か》いでみてください」

誕生日銀行員が知らせに来

森 精一郎（松山市）

ある時期から誕生日を祝ってもらえなくなり、結果として自身の誕生日を忘れがちに。二、三日過ぎてから気がつく始末。そこで銀行が誕生日に、花の鉢植えを持ってきてくれるようになった。利子が安いんだからその程度のことはね。

世が世なら北朝鮮へ黄門様

藤原 白男（今治市）

米国は北朝鮮のテロ支援国家の指定解除。日本の政治家も足並みが乱れているから、国家犯罪がうやむやになろうとしている。こんなときには水戸黄門様の登場が待たれる。黄門様のごとき、真の実力のある政治家が欲しい。

夜は寝る真っ暗もよしエコライフ

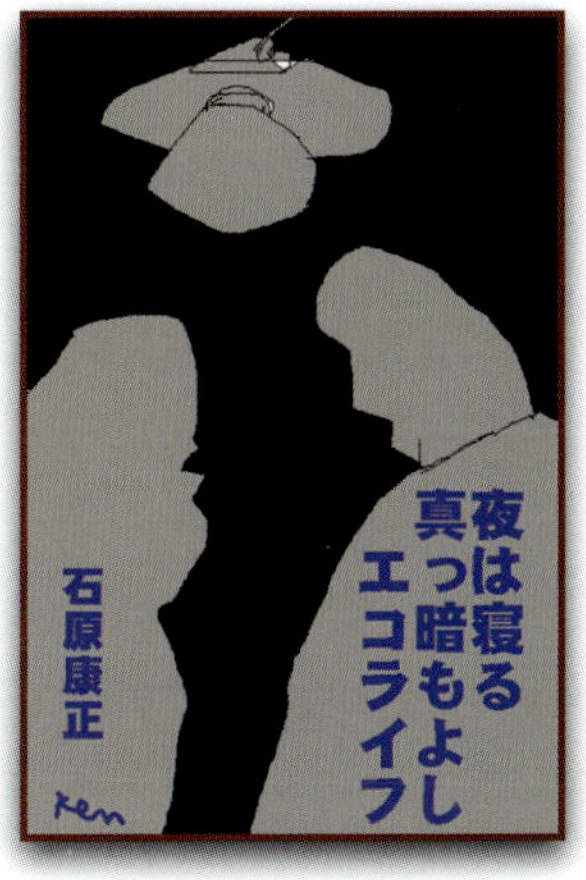

石原 康正（松山市）

コンビニが使う電力は大変なもの。国土交通省が残業に使う夜間の電気代も馬鹿にならんぞ。だから庶民が節約して環境に優しい国にせにゃならん。

古今の名句

物忘れ甲乙がない老夫婦

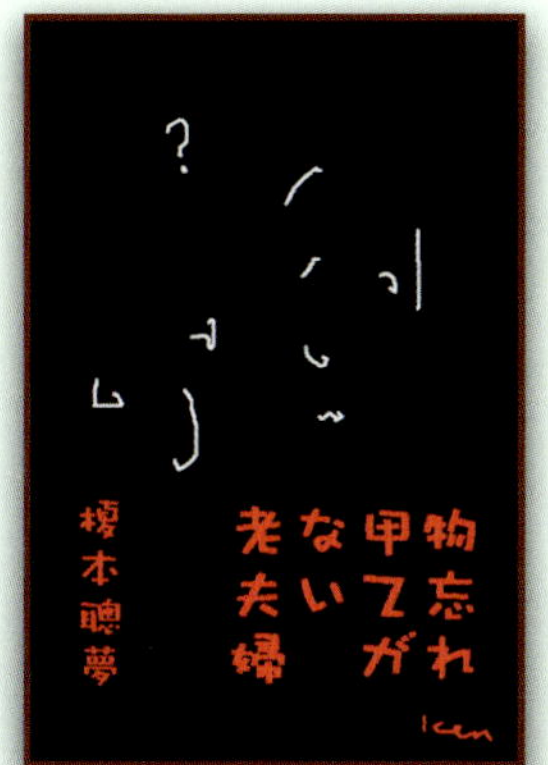

榎本 聰夢

明治四十年東京生まれ、新聞の川柳欄に投稿したのが川柳にのめりこむきっかけだった。後に新聞や放送の選者を務めるなどの活躍。東京番傘川柳社の創設にも加わった。平成九年に八十九歳で死去。

今月の八木健

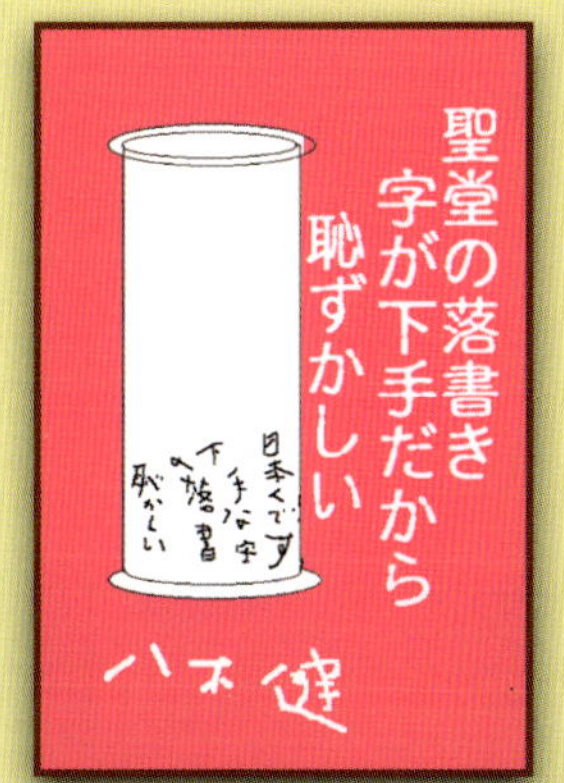

聖堂の落書き字が下手だから恥ずかしい

八木 健

日本人が下手な字で落書きをして、世界遺産を傷つける出来事が頻発している。それらは、決まって文字が下手である。学校教育で書道に力を入れてもらいたい。海外での落書きで恥を書かないためにもね。

八木健の川柳アート 41

用語や言葉遣いに関心を持つこと

世の中で使われている言葉は問題点が多々。それも川柳の題材になる。
最近の拙句から。

メタボより内臓脂肪症候群

〈文化審議会で「俺」が常用漢字の仲間入り〉

これまでは無視されていた俺なんだ

〈「足元をすくわれる」は間違いで「足をすくわれる」が正しい〉

言葉遣い違えば足をすくわれる

特選

試合よりビキニに関心あるゲーム

城導寺しん（八幡浜市）

川柳は正直を書くから、人の心がきちんと記録される。オリンピックの記録に「肉体美は観衆をおおいに魅了した」とか「大部分の観客は試合経過には無関心だった」などとは書かれない。だから、川柳にしておかなくちゃね。

佳作

混浴と聞いてそわそわする足湯

田辺　進水（松山市）

江戸時代は男女混浴でしたから、もし進水さんが江戸時代に生まれていたなら、おそらく夢のような日々でしょうね。その後、風紀を乱すからと禁止された。いっそ道後温泉を男女混浴にしたら……地元の人だけで満員になるか。

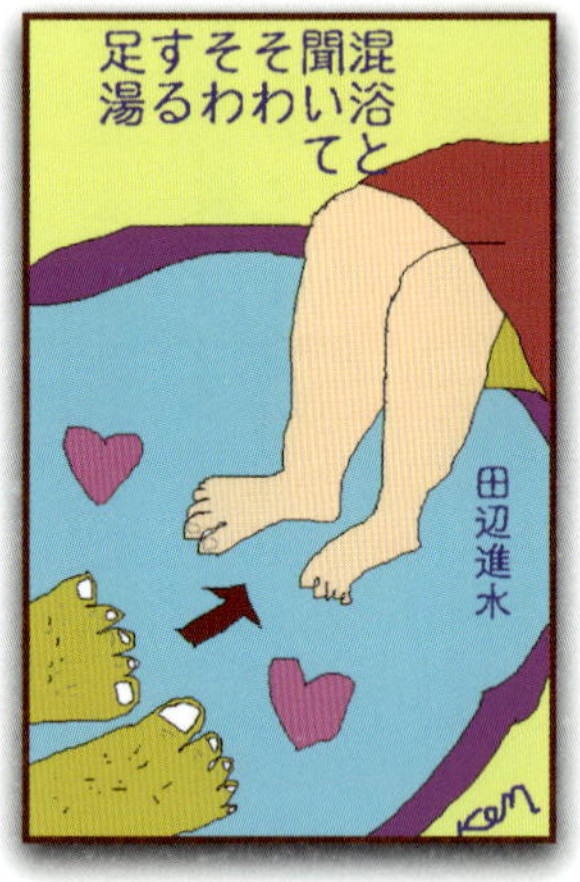

定年を境に妻が舵をとる

藤原　白男（今治市）

会社人間で世の中を知らない男が多い。まずスーパーでの買物のお供から始め、次に全自動洗濯機の使い方を習います。「止めるのはどのボタンなんだ？」「あんた馬鹿ね。全自動だから自分で止まるのよ」「なるほど」という具合。

商品券で採用昇進買う先生

金子　亶（東温市）

「ズル」がまかり通る世の中である。多くの府県で議員さんが口利きをしていた。そういう議員さんが当選する。世の中はソンナモノ。優良企業への就職を可能にする「コネ」も実力のうちとあきらめて、みんな生きている。

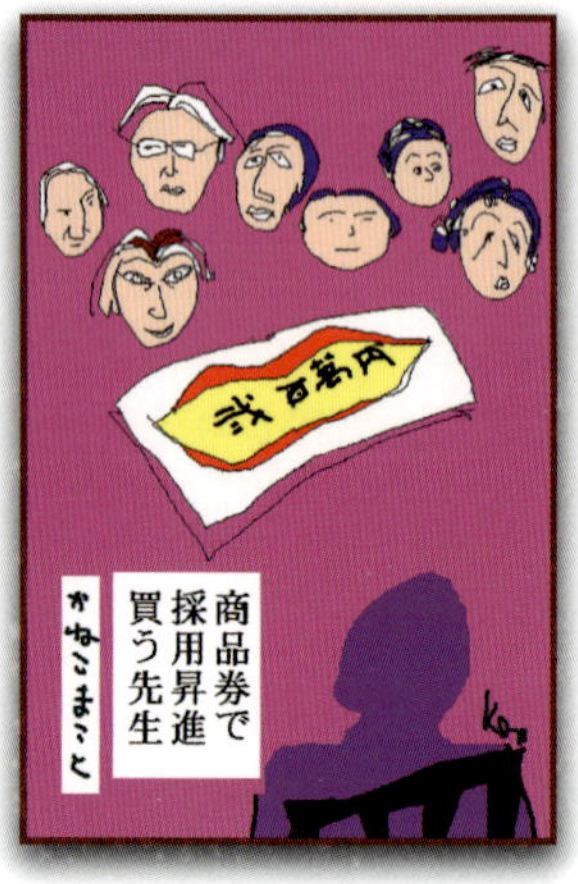

ボロを着て上等の服は虫にやり

丸山輝余子（松山市）

上等の服は滅多に着ないからそんなことになる。こんなことになるならパジャマの代わりに着たらよかった。虫に食われなくても「サイズ」が合わなくなる、という悲劇もある。

古今の名句

馬鹿な子はやれず賢い子はやれず

小田　夢路

壮年期に妻に先立たれて、四人の幼い子を抱えて途方にくれたとき、親戚《しんせき》から引き取る話が出た。その時の句である。結局は子を手放さなかった。夢路は、明治二十六年、広島生まれ。原爆で、爆心地から七百メートルの所で死んだ。

今月の八木健

五輪前薄型テレビ買ったのに

八木　健

日本選手はそれぞれに頑張ったから、こんな川柳を作ったら失礼だろう。筆者はスポーツはからきしダメだ。テレビの前で「ガンバレ」と怒鳴ることぐらいしかできぬのだ。

それでも……川柳は川柳。

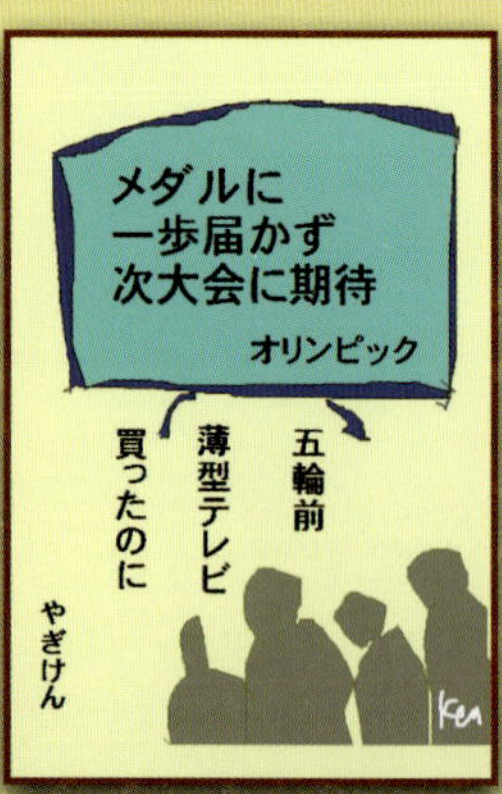

八木健の川柳アート 42

時事川柳のすすめ

川柳を作ることは、評論家になるということ。世の動きについて自分の意見を持つことは健全な精神を維持するための基本です。

最近の拙句。

先輩に安倍さんがいる辞任劇
浄め塩大量に要る大相撲
安全な食品あるなら教えてよ

特選

四国旅行の招待状を雨雲に

石原　康正（松山市）

「雨雲さんに四国旅行をしてもらってはどうか。できれば長期滞在をしていただいて、気に入ったならまた招待状送ります」とは、作者のコメント。童心が生んだ川柳である。

佳作

美しい人は美人と並ばない

田辺　進水（松山市）

「美人」という用語は差別を生むから最近使われなくなっているが、現実には美人不美人の格差は厳然として、存在する。もっとも、美人には美人の苦労があるらしいのだが。

やせ男メタボ男に憧れる

城導寺しん（八幡浜市）

愛媛の方言で、成長することを「太る」という。「メタボ」は最近まで目標だった。それが一転目の敵にされている。しかし、やせ男からすれば「うらやましい」は実感なのだろう。

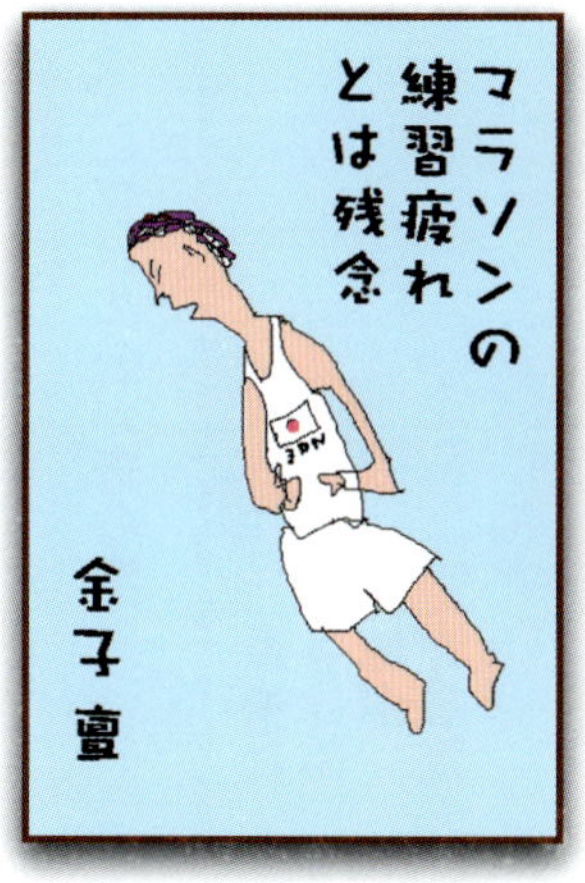

マラソンの練習疲れとは残念

金子　亶（東温市）

ハードな練習も国民の期待に応《こた》えようとしてのことだが、度を過ぎてはいかん。野口みずきさんも頑張り過ぎた。土佐礼子さんも頑張り過ぎた。川柳作って批判するのが一番ラクチン。

金食って金のなる木になれぬとは

岩間　昇（東温市）

投資と考えれば、これほど勘定の合わないものはない。都会の大学に進学してそのまま就職。おばあちゃん、長生きして松山の家に住んでください。空家にすると家が傷みます……。おやおや。

古今の名句

上の子は足だけ母にふれて寝る

丸山弓削平

明治四十年岡山県生まれ。歯科医師。住みよい郷土づくりを目指して弓削川柳社を立ち上げた。地域の活性化を川柳でという運動である。掲出句は、妹か弟ができて……誰でも体験したこと。

今月の八木健

電圧は二百ボルトかジャマイカは

八木　健

北京五輪のジャマイカの陸上は見事だった。中でもウサイン・ボルトの余裕ある走りは憎たらしいものでした。瞬間的に日本人と比較して電圧の違いを実感し納得したものでした。

川柳アート 八木健の 43

川柳にワンコメント

つけてみるのも楽しいよ
振り込め詐欺の話術大会なんかどう?
（次々に新手を繰り出す悪知恵に感心）
ロス疑惑自分勝手に幕を引き
（裁判の経過を見たかったのにね）
ノーベル賞貰いすぎると価値下がる
（日本はこれで合計十五人となるらしい）
楽しみなのは弁舌の格闘技
（石井慧が格闘家に転向と聞いて）

特選

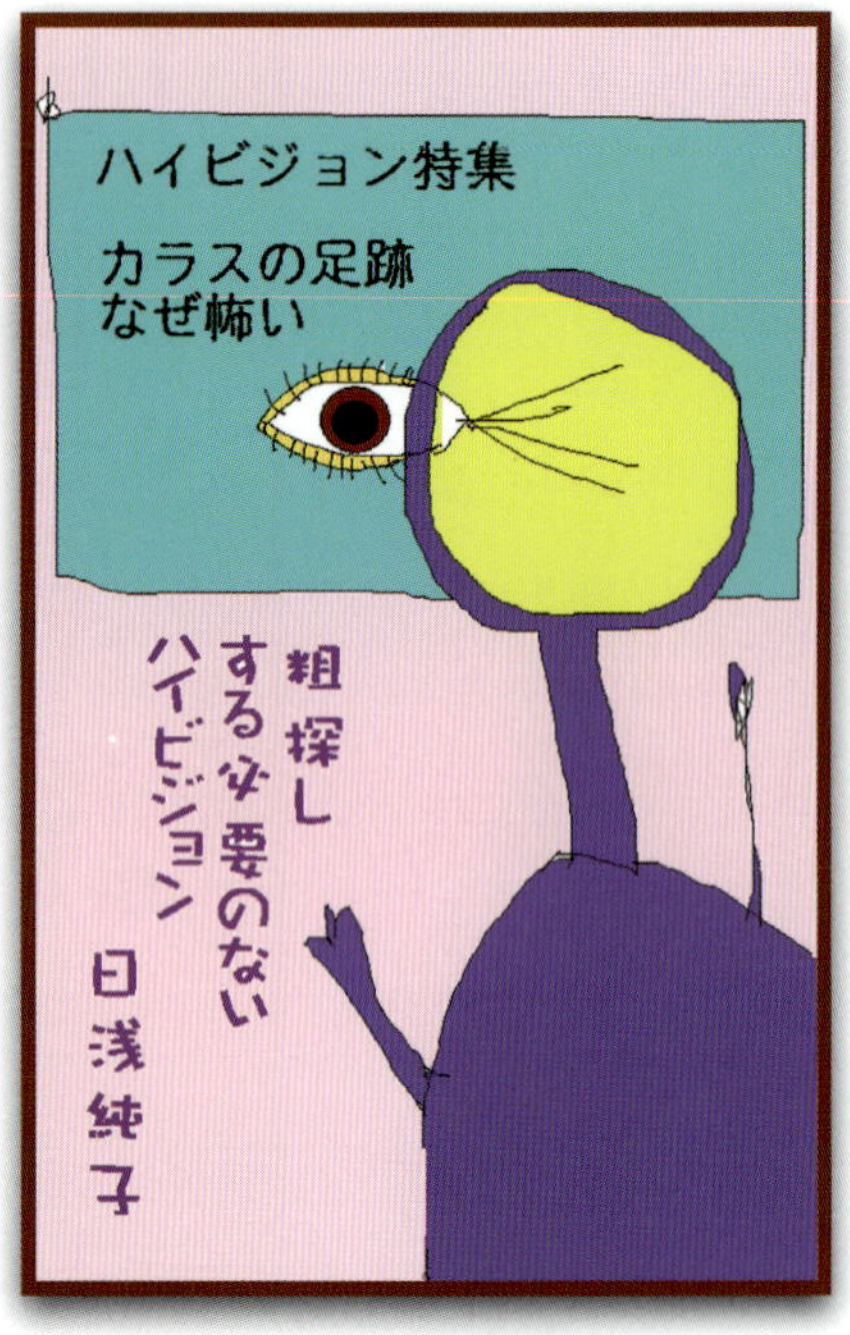

粗探しする必要のないハイビジョン

日浅　純子（松山市）

シミソバカスからカラスの足跡までくっきり映し出すからね。政治家のゴルフ焼け、テレビキャスターも前夜の飲酒過多が露見するから要注意とか。ハイビジョンを開発したNHK放送技術研究所は、ノーベル賞をもらってもいいと思いますね。

佳作

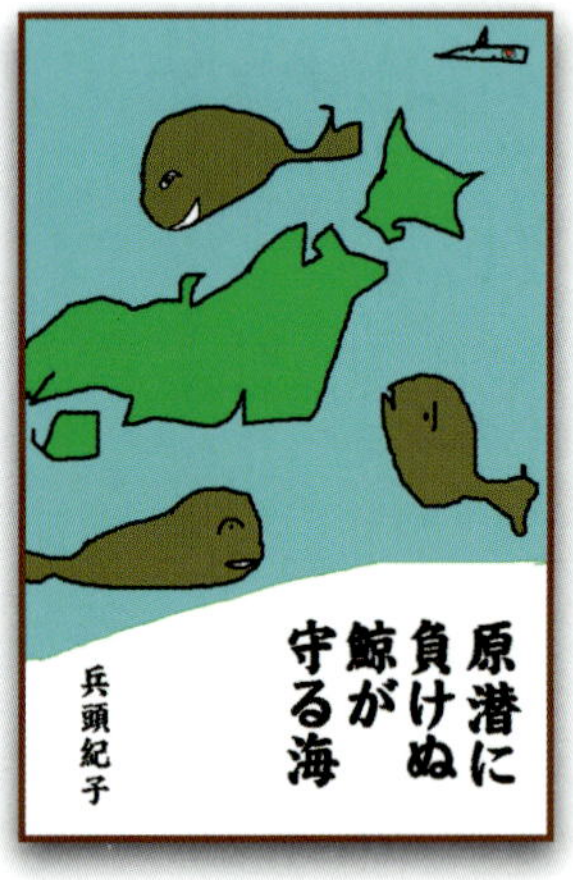

原潜に負けぬ鯨が守る海

兵頭　紀子（鬼北町）

海上自衛隊のイージス艦「あたご」が見つけた「潜水艦」は、クジラだった可能性がある。最新鋭の機器でクジラを潜水艦と誤認したとすれば、そんな自衛隊に日本の防衛を任せてよいものでしょうか。いっそのこと警備はクジラにお願いしましょうよ。

鍋奉行だけが知ってる肉の位置

岩間　昇（東温市）

役得……ですよね。かあさんが鍋奉行すると、野菜に隠していた部厚い肉をかわいい末っ子に回したりするものです。もっとも、最近は鍋物における肉の値打ちが下がって肉だけ残ったりするから、早めに表面に出すことも……。

便座にて秋の気配をしりました

渚　ちまた（松山市）

便座のひんやり感に秋の訪れを知ったということ。「尻」と「知り」をかけたところがミソ。しかし、「あったか便座」が普及しつつあるから近い将来、便座では秋の気配が分からない……ということになるかもしれませんね。

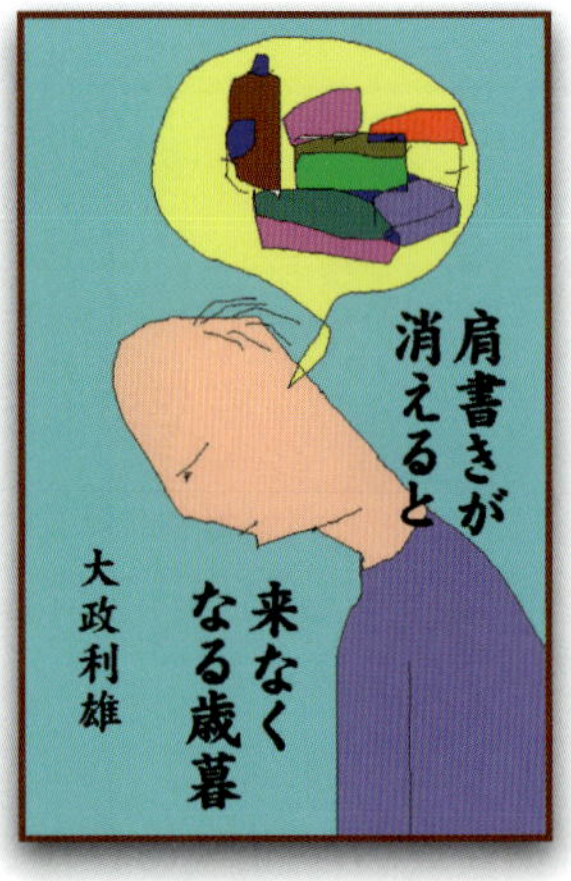

肩書きが消えると来なくなる歳暮

大政　利雄（松前町）

歳暮中元は会社の上司に贈る場合は「賄賂《わいろ》」の役目をするから、当然ですね。お歳暮セール、お中元セールに、ひとこと「〝公然賄賂〟で昇進、栄転を勝ち取りましょう」と書き添えれば、歳暮中元の意味が理解されて売上倍増するかも。

古今の名句

ラブレター書かぬ息子をはがゆがり

笹本　英子

明治四十三年、島根県生まれ。大阪砲兵工廠《こうしょう》の工員時代に川柳と出会った。貧しい農家に嫁いだが、姑《しゅうとめ》、義弟、夫が次々と精神障害者になる不幸に見舞われながら、川柳を生きがいとして気丈に生きた。

今月の八木健

KYですね無風の町に風車とは

八木　健

早大製の風車がつくば市に設置されたが、無風地帯のため回らず訴訟となり、二億円の賠償支払い判決となった。KYは周囲の風が読めない人を言うがこれはホンモノのKYでしたね。

八木健の川柳アート 44

川柳・俳句の二本立て

人間の掌《てのひら》には感情線と知能線がある。俳句は情である。川柳は知である。どちらが勝ってもいけない。ふたつが相和してこそ円満な人物になると思いますね。ということは、俳人が川柳をつくり、川柳人も俳句をやるようになるとよろしいわけで……。

特選

便乗の新車へ靴を脱がされる

松友　順三（松山市）

「すまないねえ、便乗させてもらうよ」「いやあ、いいんだいいんだ。おい君、土足だけは勘弁してくれたまえ。結婚四十年のかみさんは古ぼけて、築三十年のマイホームも傷みだして、ピカピカなのはこの車だけなんだ」

佳作

多すぎて歴代総理覚えられず

高岸サヨ子（八幡浜市）

二世議員なら誰でも順番で総理大臣になれることが分かってきて、ありがたみが薄らいでしまった。折角覚えるなら、在任期間の短い順に覚えてみたらいいんじゃないか。

急いで食べてアタマキーンとするものは

瀬尾沙夕里（松山市）

答えはアイスでも氷でもいい。

医学的にはアイスクリーム頭痛と呼ばれるもので、氷頭痛とも呼ぶ。

この句は「ものは付け」と呼ぶ古くからの言葉遊びである。

顔以外ブランド纏うお金持ち

大政　利雄（松前町）

全身をブランドでかためると、不思議なことに人間が安っぽく見えるのである。人間は中身で勝負せなあかん。ましてやブランド品と不釣合いな容貌《ようぼう》ではブランド品が嫌がるかもしれんぞ。

へそくりの本へ迫ってくるはたき

田辺　進水（松山市）

このあとがどうなるのか……。川柳でドラマの展開の過程を描くのは珍しい。多くは結果を書いて人間心理に共感を求める。この句のように危機感を書いて読者参加型というのも面白いね。

古今の名句

失敗でふくらんでゆく雪だるま

小出　智子

大正十五年生まれ。平成九年七十二歳で没。身辺のあれこれを詠んで気取らぬ川柳の佳句が多い。

合格をしたのか会釈してくれる

ほっとした処に置いてあるみかん

今にして子が膝に居た頃はよし

今月の八木健

税金を大盤振舞いする総理

八木　健

二兆円もの金を選挙対策としてバラまく。それは麻生さんのポケットマネーじゃないから。結局は税金で賄われるわけで、それを国民多数はありがたく頂くのだ。このように「民」をみくびることが政治の基本姿勢らしいね。

八木健の川柳アート 45

選者の悩み……

本欄に掲載できる作品はわずかだから、毎回胃に穴があくほど悩みます。掲載できなかった秀句とは、たとえば……

姿見にお一人様が開くショー　大西知子
妊娠は主治医が決まってからのこと　仙彦
牛丼が好きな彼女で安くつく　岩間　昇
フムフム、ナルホド、ホホホ、ハハハ……。

特選

一日分の水を貰って鉢で老い

藤原　白男（今治市）

「植物に生まれなくてよかったなあ。観葉植物は、世の中のことを知らずに鉢の中だけで生涯を終えるんだ」と、つぶやいた時に自身をイメージしたのである。人間もいつかはコップ一杯の水を楽しみにするようになるんだと。

佳作

星合ひに大雨神の嫉妬とも

大澤祐伊（松山市）

ヒコボシとオリヒメ。ふたつの星が出会う年に一度の七夕に大雨とはカミサマの嫉妬だとする想像力がいいですね。
七夕のことを「星合ひ」と呼ぶ。

ATMに来る携帯に付き添われ

田辺　進水（松山市）

「息子が会社の金を使い込んだ。早く弁済しなくちゃクビになるんでね」「あらら。うちの息子は電車の中で痴漢行為。三百万で示談にしてもらうのよ」「うちの息子は……あらら、考えてみたらうちは娘しかおらへんで……」

漫画見て漢字が読めぬ我が首相

北川　正治（松山市）

「ダメダメ漫画ばかり読んでちゃ」と母親。「麻生さんは漫画だけ読んで総理大臣になったじゃんか」と子が反論。母親が「漫画だけ読んでると総理大臣になったとき恥をかくわよ」と言えば、「大丈夫だよ、ルビをふってもらうから」

乳がんがないかと触り妻の胸

金子　亶（東温市）

金子さん、乳房を子に奪われて以来、何十年ぶりの事件なのでしょう。「しこり」があるのかどうか入念なチェック、意識は純粋に医学的なものでなければ正確な触診にはなりませんよ。「しこりはないか堂々触り妻の胸」ですね。

古今の名句

稼ぎ手を殺し勲章でだますなり

鶴　彬

明治四十二年、石川県生まれ。大正から昭和にかけての米騒動や婦女子の売買、日中戦争など悲惨な時代環境の中、プロレタリア川柳作家として活躍。二十九歳で獄死するまで九百句を作った。反戦川柳「手と足をもいだ丸太にしてかえし」で知られる。

今月の八木健

煙のように消えたばこ税値上げ案

八木　健

アメリカ発の金融不安が世界恐慌の様相を見せる中、わが国では、相変わらず利権がモノをいう政治が続く。たばこ税値上げ案が消えたのは象徴的である。値上げは税収増だけでなく健康被害をなくして医療費抑制にもつながるのだが……。

川柳アート 46
八木健の

ちょっと添削

年賀状印刷ばかりは味気なし　池内　弘志

印刷の年賀状は素っ気ないね。とすると喜ばれるのはどんな賀状だろうか。達筆はこれ見よがしで嫌味だね。すると下手な字の手書きが温かい。「ひとこと添え書きがあればいいのに」とは池内さんの弁。

下手な字の手書きの賀状喜ばれ

特選

くじ運が悪くて当り裁判員　花山　昇（松山市）

仕事が忙しいから断るか。まてよ、俺は無職だった。残忍な奴、死刑にしちまえ……なんてテレビに向かって叫んでいたのに。トホホホ。重い犯罪じゃなくて、結婚詐欺とか万引きなら名判決出す自信があるのになあ。

佳作

ほどほどで降ろして欲しい縄電車　藤原　白男（今治市）

じいちゃん大好き。お年玉を「ばあちゃんに内緒だよ」って一万円もくれて、宿題もやってくれた。じいちゃんのいいところは、くたびれたなんて言わないところ。嫌な顔しないで付き合ってくれるのは、ばあちゃんが相手してくれないから。

支持低下シジヒクカとは読まないで　金子　亶（東温市）

日浅純子さんの川柳に「読み違い人の振り見て売れる本」がありました。「首相の漢字読み間違いから漢字の本がベストセラーになっている」とコメント付き。漢字は許せるが、政策の読み間違いは困るね。

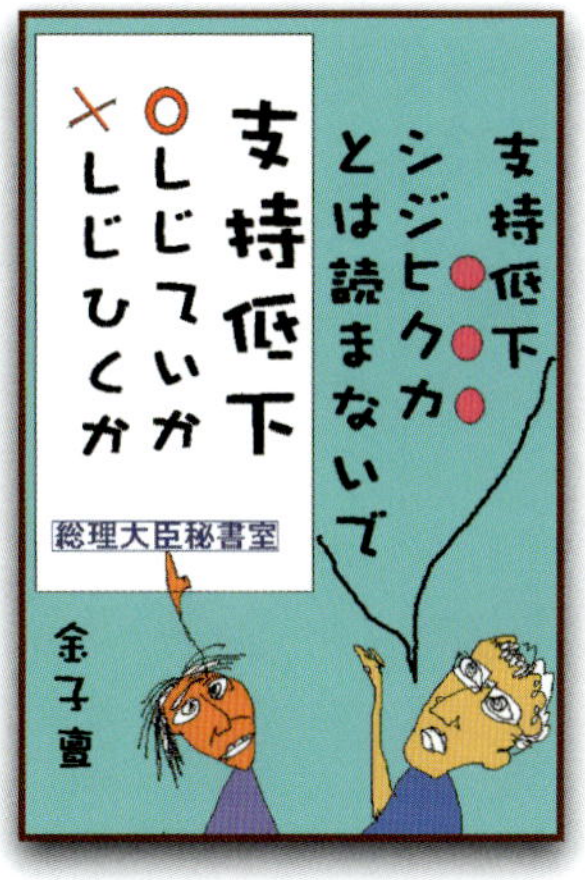

部屋ひとつ貰い欠伸とくしゃみする　北川アイ子（松山市）

プライバシーは若い夫婦だけのものじゃないことに気づかされる一句。思い切り大きな屁《へ》をこいたり、なんだか分からんが「馬鹿野郎」と怒鳴ってみたり。それがストレスの発散になる。じじばばに自由な空間をプレゼントしようぜ。

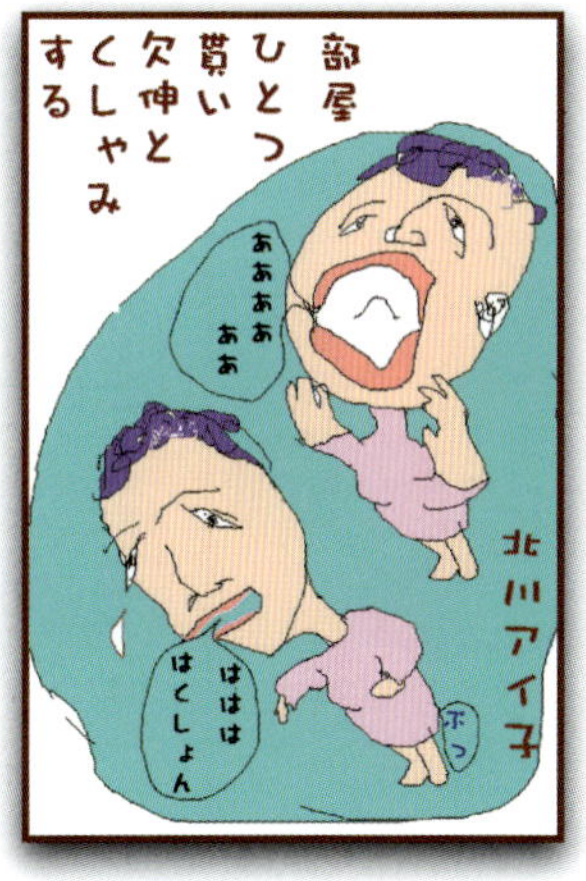

ほどほどが難しいのよバイキング　石原　康正（松山市）

バイキングで大皿に山盛り……そういう方は間違いなくメタボなんです。グループ旅行で困るのは、「あなたの分も取ってきたのよ」と取り分けてくれる親切なお方。本当は、食べきれなくてのお裾分けだから始末が悪い。

古今の名句

肝臓に会って一献ささげたい　大木　俊秀

肝臓に人格を与えた面白さ。酒で疲れた肝臓にお詫《わ》びするのに、酒を振る舞うという可笑《おか》しさ。振る舞うには自分が飲まなきゃならんから、「いい思いをする」のは肝臓の持ち主という可笑しさである。著書に『俊秀流川柳入門』がある。

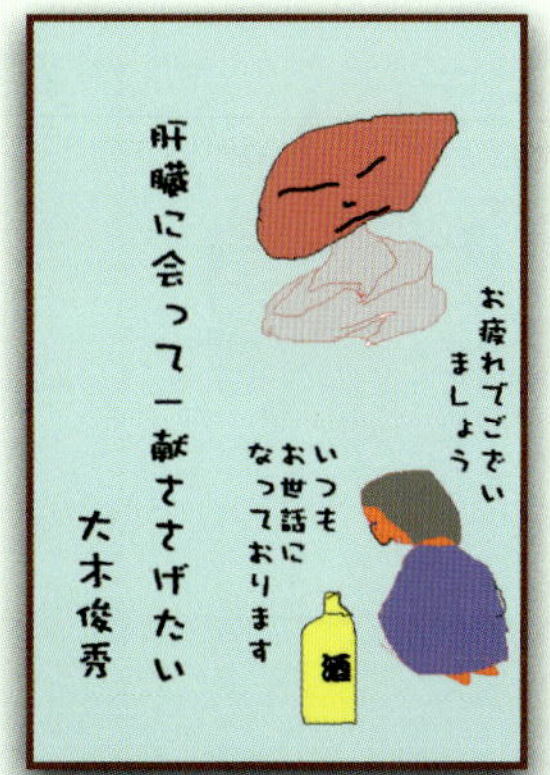

今月の八木健

マスコミが不景気風を煽るから　八木　健

不景気なニュースしかないから、仕方なく取り上げる。すると、国民の心理はますます不景気に対応して買い控えになる。それを報道するから堂々巡りになって煽《あお》るかたちになる。不景気風を吹き飛ばすようなニュースを見つけなさい。

八木健の川柳アート 47

特選

海賊をだしに戦費をふくらませ

川添　明美（宇和島市）

作者のコメントによれば、ソマリア沖の海賊のために海上自衛隊が哨戒機、護衛艦を派遣とある。なるほどなあ……。川柳は「ホンネ」を言い当てるものだ。

佳作

このボタン食欲止めるバロメーター

山内　元子（伊予市）

ボタンがはまらなくなったら食うのを止める。そりゃいい考えだね。だけど元子さん、最近Lサイズ着るようになったね。

総裁は漢字検定で選びましょ

花山　昇（松山市）

麻生さんは総理としては短命だが、短命では名を残せない。だけど漢字を読めない総理として後世に名を残すことになった。それに、川柳作家を喜ばせた。

競い合うまつ毛にのせるマッチ棒

北川アイ子（松山市）

まつ毛はゴミやホコリを防ぐ機能を持つ。湿気が多い日本では退化してしまった。火事は怖いけどカリフォルニアのような乾燥地帯に住めば、まつ毛は伸びる。

久々に再会したら病院で

城導寺しん（八幡浜市）

あら、お久しぶり、ご無沙汰ばかりで、何年ぶりでしょ。この前お会いしたのは、記憶喪失になる前のことだわ。お元気ですか。元気じゃないからここに来たんだ。ホントね。ホホホ……。

ダイエットは明日からのこと氷菓食ぶ

河野　久美（松山市）

今日からダイエットをすると宣言していたが、アイスをもらった。アイスには糖分が多くダイエットの敵。

しかし、楽しいことは今でしょ。つらいことは明日に。

古今の名句

手の内を見せてはならぬ順不同

塩見　草映

幹事の苦労は宴会の席順。人物の評価が露見するからだ。メインテーブルには誰と誰。そのならびも苦労だ。「籤をつくる」そして丸テーブルが良い。

今月の八木健

本物の鳥が迷惑する渡り

川柳で時代を切る

八木　健

水産庁長官を務めた農水省ＯＢが天下りを繰り返し、推定三億円以上の所得を得ていた。前任・後任者も同省幹部経験者。「渡りルート」が設定されている。本物の渡り鳥がイメージダウン。

八木健の川柳アート 48

特選

ペットには行ってくるよと声をかけ

河端　皎（西条市）

最近はペットが夫婦の「かすがい」になっている。空気のような存在の夫は妻の眼中にはない。ねえあなた、この子のために長生きして……。年金がこの子の食事代になってるんだから。

佳作

ヒラリーと日本に舞い降りクリントン

金子　亶（東温市）

この句は「ひらり」をうまく使った。フットワークのいい女。なにより知的だ。あのスケベおやじ・クリントン元大統領の夫人にしておくのはもったいないね。米国は日本に金を出させるために美女を使う。

叩いたら鳴り出すラジオ懐かしい

前田　重信（愛南町）

最近の電気製品はどれもこれも電子部品を使っているから、故障したら、そっくり取り替える以外にない。それに比べて昔は良かった。叩《たた》いて直したんだから。ちょいと手が痛いが。

貰うまで送り続ける御香典

藤原　白男（今治市）

寒波襲来で、また人が死にますよ。あらら、お香典用意しとかなくては。私たちって、提供するばかりでした。頂く側に回るのはいつのことかしら。早くしないとみんな死んじゃうわ。

デザートのようにお薬飲んでいる

山本　富子（宇和島市）

富子さんのお母さまは九十一歳で、大変な「薬好き」とのことです。薬をデザートのようにとは、おそらく効き目のない薬。だから副作用もなくて、長寿なのかも。

古今の名句

芭蕉翁ぼちゃんといふと立ち止まり

古川柳

『古池や蛙飛び込む水の音』の名句をものにして以後スランプの芭蕉は古池のあたりを散策することが多い。
柳の下に二匹目の蛙はおらんかと俳聖を揶揄。

生きるとは素晴らしきこと草萌える

妻鳥　定造

季語とのとり合わせで俳句のつくりに近い。川柳アートの柳社紹介のコーナーにお寄せ下さった、四国中央川柳社代表の作品。

今月の八木健

テポドンをまたも脅しに使うのか

八木　健

川柳の基本「話しかける」

北朝鮮がまたぞろ「テポドン」で脅しをかけている。日米が迎撃すると言ったら「迎撃したら戦争だ」なんて無茶を言う。ここは毅然とした態度で啖呵《たんか》を切ろうぜ。

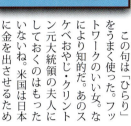

八木健の川柳アート 49

特選

幸せな風モンローの脚を見る

田辺　進水（松山市）

俳句でも川柳でも〝正直〟が面白い句の原点。進水さんは「男性」なら誰でもチラと思うことを描いた。進水さんは来世は千の風になって……マンホールにもぐることになる。

佳作

報道陣来る日は茶摘赤襷

藤原　白男（今治市）

茶摘は大部分茶摘機で行う。茜襷《あかねたすき》に菅《すげ》笠《かさ》なんて随分昔のこと。自主的に赤襷にするのは「ヤラセ」ではない。茶摘らしい扮装《ふんそう》でお願いします……とマスコミが頼むのは「仕込み」という。

喫煙者見てホットする喫煙者

金子　亶（東温市）

最近、ある医師が講演で「タバコ吸って早く死んでもらわないと老人医療費が嵩《かさ》む」と言って問題になった。喫煙者がホットするのは、喫煙しても長生きしている人に会ったとき。それに禁煙ブームの被害者同士という連帯感かな。

発信機つけておきたい老眼鏡

山内　元子（伊予市）

老眼鏡を一日に何回探すかで認知症の進度が分かる。八木健の判定では一日五回以上だと認知症予備軍。老眼鏡をかけていて探すのはかなり重症。私は携帯電話とひもでつないでいるからすぐに解決できるが。

倦怠期寄り添ってるのは車だけ

芙　蓉（四国中央市）

芙蓉さんのコメントでは「車庫がせまいのでいつも寄り添って駐車。車だけは新婚の気分」とのこと。大西知子さんの句に「そばに居てくれるだけではうっとうしい」がある。芙蓉さん、車にも尋ねてごらんよ。

古今の名句

子を持ってやうやう親の馬鹿が知れ

古川柳

『子を持って知る親の恩』これが普通の言い方だが、さすが川柳。

子を持って知る親馬鹿ということ。

馬鹿の二字つけて褒められ馬鹿な親

瓜実《うりざね》を見せて南瓜とりかえる

古川柳

仲人口もこれはやりすぎだろう。

商取引じゃないから法律的に訴えることもできない。

不美人は三日で慣れる。

美人は三日で飽きる。

だから我慢しましょ。

今月の八木健

対戦中サインが気分転換に

川柳の方法・逆説的風刺

八木　健

朝日新聞の委嘱記者が、対戦中の羽生善治名人に扇子を差し出しサインを求めた。対戦は羽生が勝ったから、あのサインが良かったとしか考えられない。羽生さんも十秒か十五秒のことですからと大物ぶりを見せて点数を上げたんだし。良かったんじゃないか。

八木健の 川柳アート 50

特選

逆立ちで引退をするマヨネーズ

大政　利雄（松前町）

ナンセンスも川柳の主要な分野です。擬人化をして可笑《おか》しい句となりましたね。家族から「自発的引退」を切望された。食卓の一新のために後進に道を譲る。これが「マヨネーズの本懐」です。

佳作

ダイエット勧める医者も太ってる

山本　富子（宇和島市）

作者のコメントでは「知人の体験談。少しやせんといけません、と医者から言われて、先生もやせんといけんと言い返した……」。診察室の大笑いが聞こえてくる楽しさ横溢《おういつ》の一句です。

化粧などいらぬ美人がコマーシャル

岩間　昇（東温市）

不美人がコマーシャルに登場したら、化粧品使ってあの程度ならやめとこうということになります。コマーシャルに美人が登場してよろしい。ですが……「私の場合は化粧品不要ですが、あなたには化粧品が必要です」と言うべきですね。

胃の調子悪くなるまで薬呑む

藤原　白男（今治市）

漢方は別として、およそ副作用のない薬はないと言われています。副作用対策の薬を併用すべきなんです。便通を良くする薬と下痢止めを同時に飲むとか、お酒飲むとき血圧降下剤をつまみに食うとか……。

トゲのある仲間集るバラの会

松友　順三（松山市）

花を愛《め》でる方々は心やさしいものですね。しかし、人間は二面性のある動物だから、メンバーの中には「トゲ」のある方もおありでしょう。そういう方が増えたら会の名称を「トゲ」の会としましょう。

居眠り頭は美人の肩へゆきたがる

日根野聖子（滑稽俳句協会）

これは「料金の発生するサービス」。この美人は次の駅で降車予定らしい。どなたか代わっていただけないでしょうか。

肩代りの語源はこんなところに。

古今の名句

作詞家は木の芽作曲家はわたし

井原みつ子

自然との対峙の仕方を作詞と作曲になぞらえて描いたものである。

芽立ちは饒舌。それぞれの命の春を詠み上げるのが川柳作家というもの。

今月の八木健

儲かると言わず多忙とマスク屋さん

「穿《うが》ち」が肝心

八木　健

人間の本音を抉《えぐ》りだすのが川柳。だから〈川柳は言葉のレントゲン〉なのです。最近の川柳は面白くないとみんな言うんですが、それは「穿ち」がないからです。なんとかしてほしいですね。

八木健の川柳アート 51

特選

長寿犬補聴器メガネ欲しくなる

加賀山一興（宇和島市）

犬も高齢化社会……ということか。作者は犬と自分を重ね合わせ、犬に補聴器やメガネを進呈したいと優しい気持ちになっている。ついでに入れ歯や腰のマッサージ器も欲しいんじゃないか。

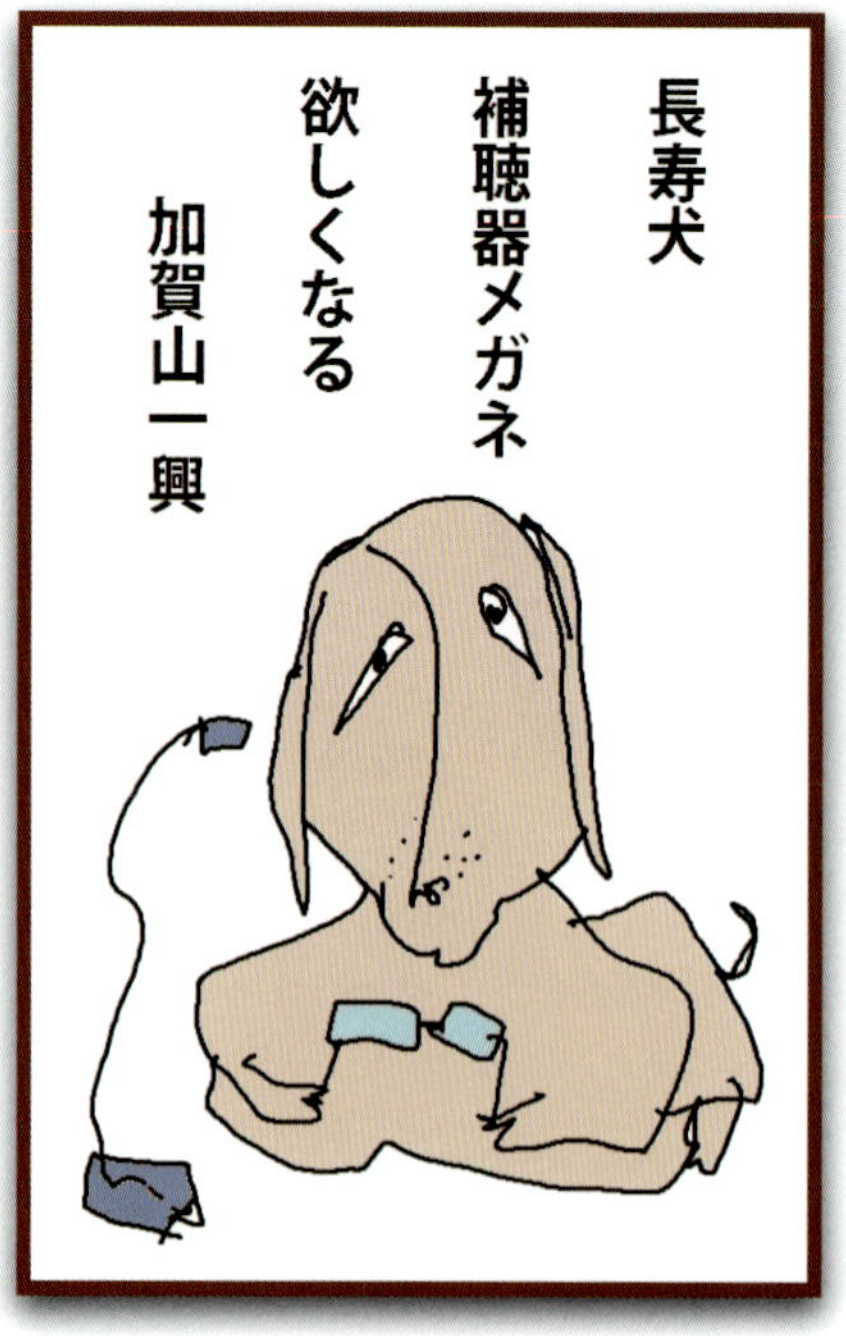
長寿犬
補聴器メガネ
欲しくなる
加賀山一興

佳作

お葬式司会上手に拍手ない

森　精一郎（松山市）

葬式の司会は、結婚式の司会より難しい。基本的には、声のトーンを落として話す。抑揚も抑える。畳み掛ける速いテンポは駄目。哀《かな》しみを堪えて、しかし、涙を零《こぼ》さぬ冷徹さと、弔辞を受けとめる温《ぬく》もりの心……ですね。

お葬式
司会上手に
拍手ない
森 精一郎

山本山はお断りですかずら橋

田辺　進水（松山市）

山本山の巨漢ぶりを称《たた》えた一句であるが、「お断りです」と逆説的なところに可笑《おか》しさがある。かずら橋のかずらが切れるとも思えないが瞬間そんな風に思った……をうまく捉《とら》えた。

山本山は
お断りです
かずら橋
田辺進水

イケメンにマスクは一寸お気の毒

蓮　風（新居浜市）

作者によれば「マスクをつけた方がイケメンに見える人も」とのこと。これを解決する唯一の方法、「透明のマスクの開発」が待たれる。イケメンに限って透明のマスクというのも嫌味だねえ。

イケメンに
マスクは一寸
お気の毒
蓮風

インフルに一番安全若田さん

衛門　三郎（松山市）

新型インフルが怖くて地球に戻るのを先延ばしたという「ウワサ」の若田光一さん。次回は新型インフルが宇宙船内でどのように感染するか実験をしてほしいね。

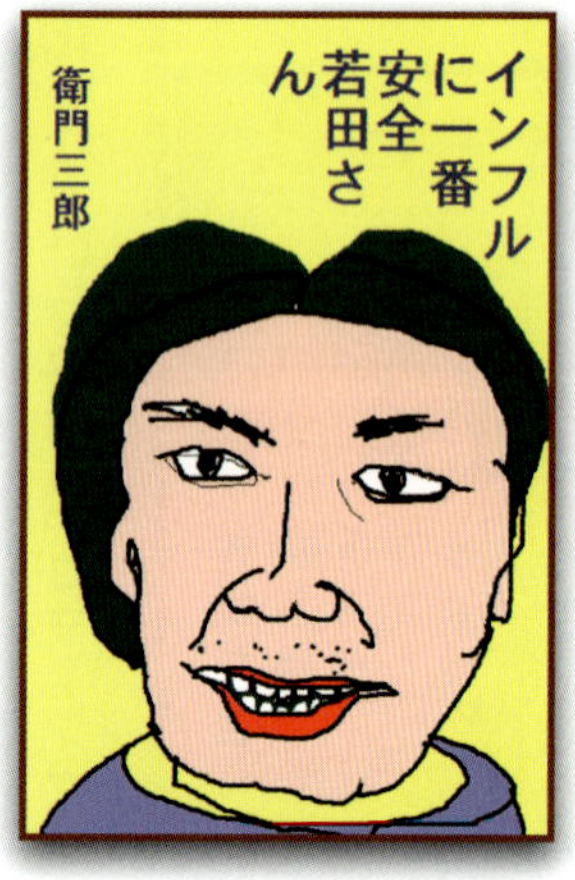
インフル
に一番
安全
若田さ
ん
衛門三郎

古今の名句

生真面目に生きて夫婦の雪月花

藤原眞佐美

雪月花は日本古来の美意識の象徴である。夫婦の歳月を日本の美と重ねているが、それは夫婦ともに実直に生きてこそという思いがある。

生真面目に
生きて夫婦の
雪月花
藤原眞佐美

不揃いのトマトにあった陽の匂い

金子　一孝

不揃いのトマトは出荷もされぬままに木に残されることも多い。

それらのトマトは太陽光を浴びて完熟するのである。自然の恵みの味。

不揃いの
トマトにあった
陽の匂い
金子一孝

今月の八木健

世の中の出来事の先を読む

国連の制裁決議どこ吹く風

八木　健

北朝鮮の「核実験・弾道ミサイル発射」は、「憎まれっ子世にはばかる」である。制裁決議がまとまるまでに時間がかかりすぎた。制裁の実効性も疑わしいとなれば、制裁決議は「蚊」が刺したぐらいのこと。このあとの展開や如何《いか》に……。先を読むとすれば「国連の制裁決議どこ吹く風」

国連の制裁決議どこ吹く風
やぎけん

八木健の川柳アート 52

特選

千円で出かけた先は拘束道

木村　陽子（東京都）

高速料金が千円とは、チャンスじゃんか。とにかく出かけてみましょうよ。などと出かけてはみたものの、渋滞に拘束されちまった。高速と拘束。同じ発音で可笑《おか》しい。東京からメールで投稿。

佳作

たけのこが宿していそうかぐや姫

前田　重信（愛南町）

タケノコの下腹部の膨らみに注目して「かぐや姫が入っている」と睨《にら》む。その昔、『竹取物語』の翁《おきな》も同じ体験をしたに違いない。人間の感覚は時代を超えて共通するところがあるようだ。

ラムネも娘もくびれに意味がある

藤原　白男（今治市）

かつて、コカコーラの瓶は女体のフォルムをモチーフにしたという噂《うわさ》があった。そういえば、ラムネの瓶も女体と言えなくもない。頑丈で痩《や》せてるが。「くびれ」一点に注目したスケベ根性がいい。

イケメンか想像してはラジオ聞く

山本　富子（宇和島市）

作者のコメント「想像が広がるラジオが好き。この人はイケメンだろうと嬉《うれ》しくなることも。何歳になってもイケメンがいい」。だけど、イケメンの大部分はテレビに出るんですよ、富子さん。

暑い日は涼みがてらにデパートへ

金子　亶（東温市）

デパ地下の試食コーナーで美味なるものを頂き、休憩コーナーでひと眠り。家でゴロゴロして邪魔になるより涼しいデパート。カミサンも喜ぶだろう。第一エコだよ。地球にやさしいなあ。

古今の名句

人並と云う幸せがまだ不満

菅　伊佐子

人が幸せか不幸かは何処に基準を置くかで決まる。上を見たらキリがない。下を見てもキリがない。結局、人並みであるということで納得するものだが、人の欲望は際限もなく、句のような結果になる。読者諸君はどこに基準を置いているのだろう。

袖の下たび重なってほころびる

古川柳

和服の袖は「袂」とよばれ袋状である。この中に賄賂の金品をこっそり差し入れた。袖の下は、現代でも使われている。洋服の時代も使う袖の下

今月の八木健

政党の違いはわからないけれど

感じたことを簡単に書く

八木　健

川柳を書くのに、難しい言葉は知らなくてよろしい。とにかく正直に書くことです。川柳は他人を批評するものですが、まずは自身を批評の対象としましょう。するとあら不思議……他人も似たようなものだね。

八木健の 川柳アート 53

特選

しつっこくデジタル急かす画面隅

山内　元子（伊予市）

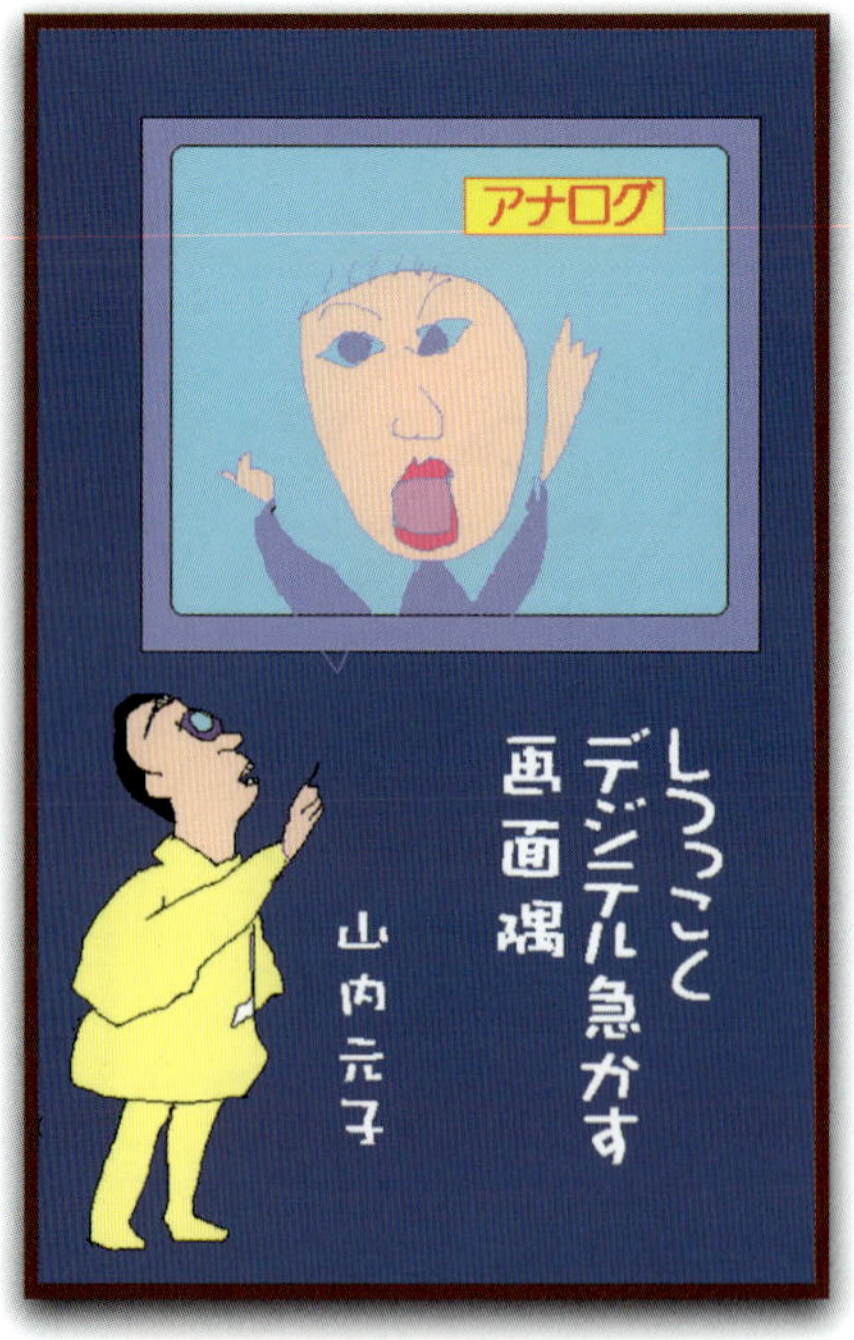

二〇一一年七月二十四日が近づくが、いまだにアナログテレビを使っている人間は肩身が狭い。なのに、デジタルにするお金がないのかと迫るのは現代版「ああ無情」だね。

佳作

全力で走っただけでは芽が出ない

藤原　白男（今治市）

遮二無二頑張れば認められる時代は終わった。全体を見渡す能力が求められている。全力で走っていては、それは無理というわけですね。

核持つな持ってる国の言うセリフ

森　精一郎（松山市）

これは北朝鮮の言い分だが、一理あると、みんなどこかで思っている。しかし、その言い分を認めたなら、全世界に核の脅威が広がってしまう。そこをなんとか。

札束と積もる話がしてみたい

大西　知子（松山市）

経済的に苦労なさったとお見受けします。百萬円、弐百萬円の札束を手に積もる話を。お話だけでよろしいのですね。なるほどねふむふむ……使い方が分からない。

そのまんま腰すえしかと県政を

城導寺しん（八幡浜市）

東国原氏の高い支持率に魅かれて某党が近づいたが、結局失敗。しかし総裁にしてみたかったねえ。旬とは逆に、大暴れしていつの日か国政を担ってほしいね。

古今の名句

結局は妻の味覚に慣らされる

木原　一柳

嫁いでしばらくはこの家の伝統の味にしたがうものの「なしくずし」に妻の味に慣らされてしまう。妻に「ワザアリ」だね。

我が好かぬ男の文は母に見せ

古川柳

本命は親には内緒なんですな。娘に男ができたと親を喜ばせるためなのか、それとも縁談を避ける防波堤なのか、この分じゃできちゃった婚になるかも。

今月の八木健

一年中あるから旬と言われても

疑問を持つことが大切

八木　健

促成栽培、抑制栽培。はたまたバイオの技術により、なんでも一年中手に入るようになった。代償として大切な「感動」を失ったのですが……？

川柳アート 八木健の 54

特選

新学期父母の力作並べられ

加賀山一興（宇和島市）

絵日記の半分はママ、工作はパパ。自由研究は爺《じい》ちゃんが手伝ってくれた。だから夏休み作品展示会は一家総出で見物に行く。タイトルは「父母作品展」とすべきだろう。

佳作

記憶力の良い母ちゃんで肩が凝り

藤原　白男（今治市）

半年前五千円貸したの返してよ。誕生日にご馳走《ちそう》してくれるって去年言ったじゃない。今夜、部長さんと飲みに行くって……部長さんは海外出張中でしょ。

マニキュアの爪息できぬほど飾り

山本　富子（宇和島市）

作者によれば「爪は呼吸している」のだそうで、いろいろ飾り付けると息苦しいとのこと。「第一あれで料理できるのかね」「私は鼻クソほじる時のこと心配なんですが」。

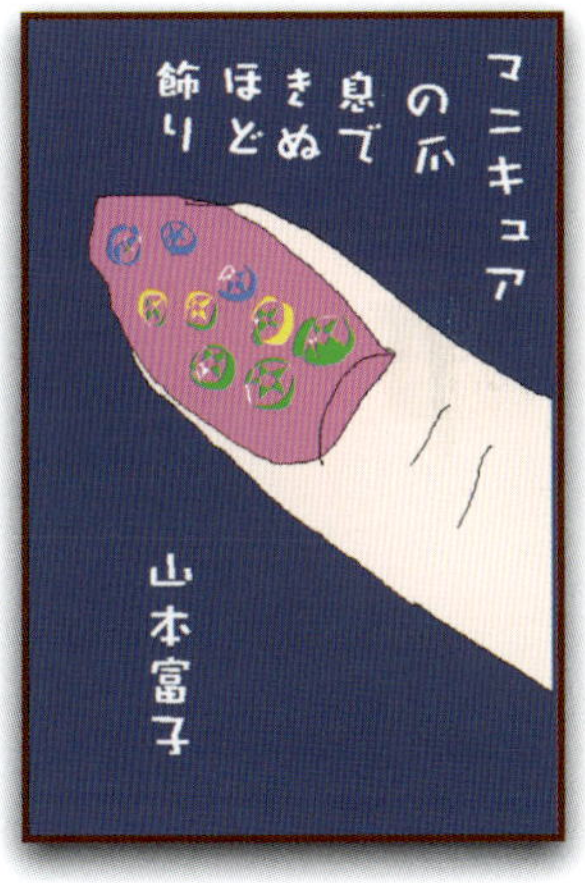

偉そうに歯ブラシまでが反りかえる

大西　知子（松山市）

坊主憎けりゃ袈裟《けさ》まで憎いと言いますから。社長さんの歯ブラシのことですか？　それともご主人の？　それとも息子のお嫁さん？　全部よ全部。

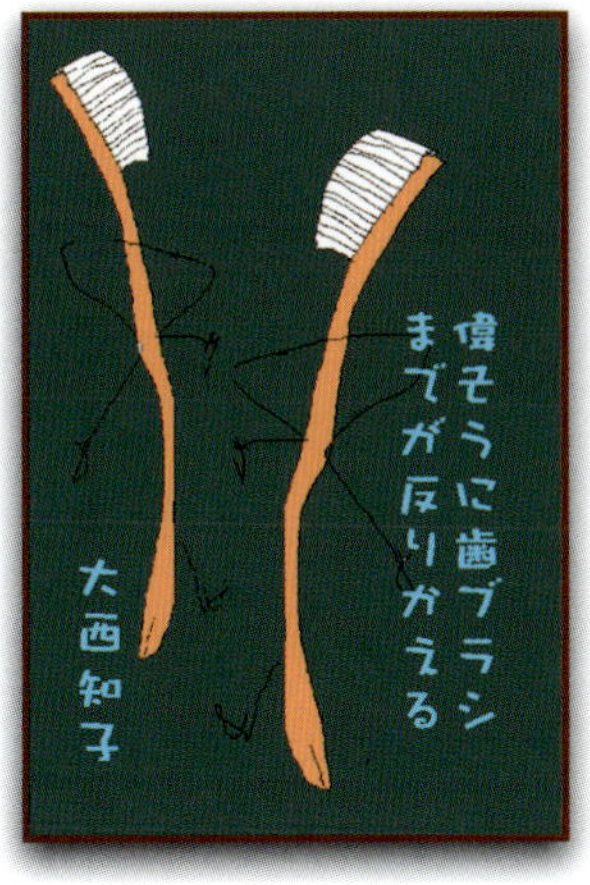

野球拳アウトセーフのどっちなの

金子　亶（東温市）

判定はヨヨイのヨイで、つまり「あいこ」で踊り続けるわけです。判定の曖昧《あいまい》さに気づいたのが手柄。野球拳踊りはお座敷芸で、愛媛の川柳の立役者・前田伍健の作。

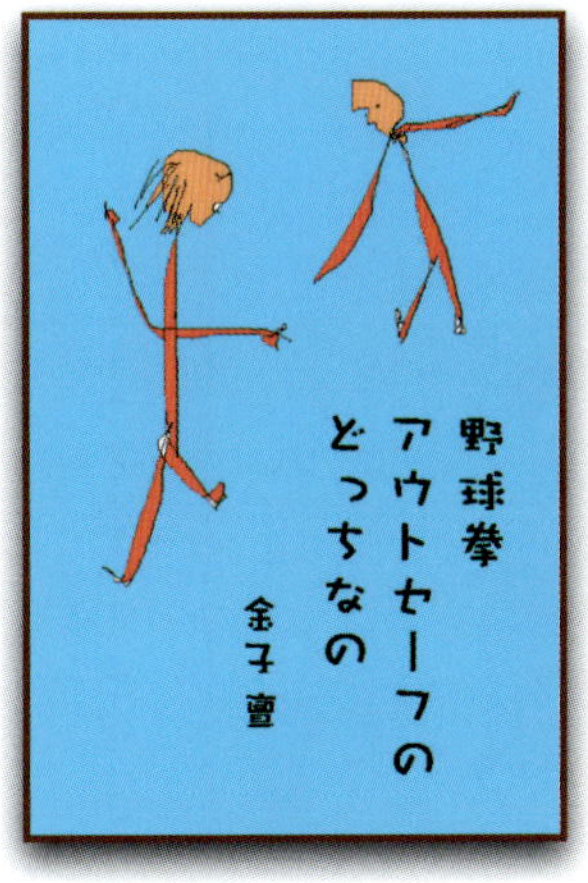

四捨五入して満開と言う幹事

日根野聖子（滑稽俳句協会）

いわゆる「大目に見る」という奴ですね。

大目に見るは極めて日本的な慣用語で多少の悪事なら免罪してしまう。多少という言葉にも日本的曖昧さ。

古今の名句

町内で知らぬは亭主ばかりなり

古川柳

間男の噂はあっという間に広まる。

小話に妻の密通を知った亭主が近所の人に「密通」について尋ねた。

俺の知っているだけでもみっつやよっつじゃない。

今月の八木健

法律を学びノリピーの弁護士に

八木　健

脳裏に浮かんだことを書く

逮捕されたアイドルを取り調べる係は、ファンだったかもしれぬ。役得だなあ、オレも法律勉強しときゃよかった……などと思ったらそれを書く。

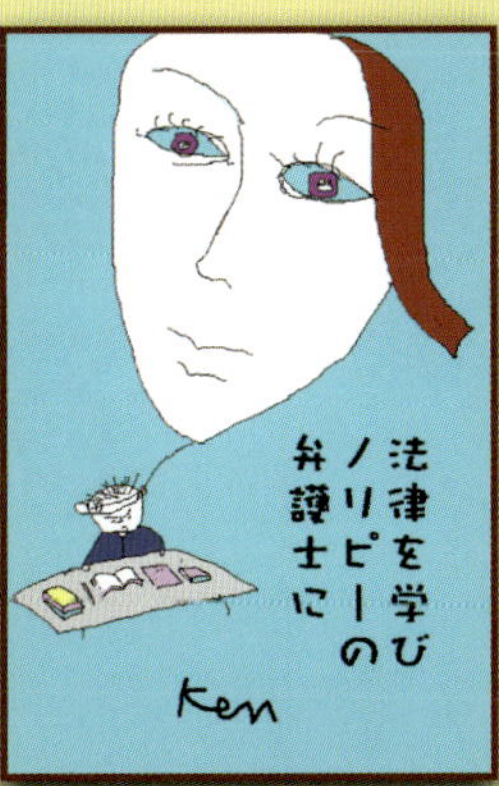

八木健の川柳アート 55

特選

多数決で極刑決める裁判員

藤原　白男（今治市）

記者会見で「裁判員制度は順調だ」というがホントかね。死刑判決がでたらどうなの。履歴書に「人を殺したことがある」なんて書けないじゃんか。

佳作

交番にATMを置けばいい

森　精一郎（松山市）

確かに親しまれる交番になるだろうし、オレオレ詐欺もここで食い止めることができる。こんなうまい方法……手始めに一カ所テストしてみないか。

すんだのがよかって拍手する祝辞

大政　利雄（松前町）

結婚式で祝辞を長々とやる奴はぶん殴ってやりたいね。十五分もしゃべって、はなはだ簡単ではありますが……なんてお馬鹿さん。

朝食後五種の薬で満腹に

池内　弘志（伊予市）

医療費削減なんてできるわけないんだ。腹いっぱい薬飲むんだから。それにサプリメントも。飲み過ぎて医者にかかるほどさ。そしたら医者に漢方を勧められてね。

逆立ちをして持ちあげる青い星

田辺　進水（松山市）

発想の転換は川柳の基本でしょうね。上下を逆にすれば確かにそういうことになる。もうひとつ逆にして、逆立ちをしてぶらさがる青い星……よくないなあ。

古今の名句

寝て居ても団扇のうごく親心

古川柳

親心は川柳の題材とされた。

句は親が子に風を送ることを描いているが、句は眠っていてもじゃなくて寝ていてもなんだね。

今月の八木健

オリンピック招致を種目にできないか

八木　健

常識が生む非常識への疑問

招致に百五十億円とは、よくもまあ使ったもんだ。何十万円のプレザーとかさ。この際、オリンピック招致競争を競技種目に加えてもらうしかない。優勝できるかも。

貧乏を清貧と云い胸を張る

八木　健

食事も質素でいい。糖尿や通風にならずに済む。清貧がいいと胸張ってたのに肉を食わなかったので胸の肉が落ちて胸を張れなくなりました。

八木健の川柳アート 56

特選

中流の暮らしローンが同居する

大政　利雄（松前町）

給料据え置き。残業減で下流に近いが、中流意識が邪魔してローンで欲しいものを手に入れる。しかし……モノは考えようで、掃除機が故障したら箒《ほうき》を使ってエコ。車をやめて歩けば健康になる。これは上流かもよ。

佳作

家なしと蛞蝓見下すかたつむり

藤原　白男（今治市）

蝸牛《かたつむり》と蛞蝓《なめくじ》は親戚《しんせき》関係にある。世の中の争いは似た者同士による、若干の格差を巡ってのものが多い。なめくじは反論して「持ち家を背負ってお気の毒な蝸牛さん」などと。

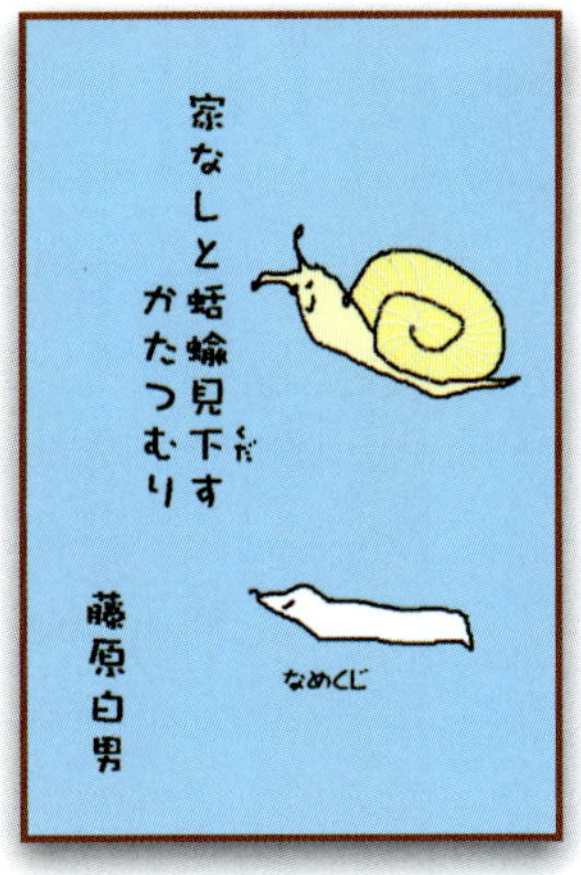

提灯をたたんだようにズボン脱ぎ

森　精一郎（松山市）

川柳は「可笑《おか》しい」を見つけると簡単にできるものですね。玄関に靴をばらまくように脱ぎ、落とし物みたいに靴下の片一方。万年床の穴へ蓑虫《みのむし》みたいにね。ズボラな方が句の材料になるんだなあ。

逆転でダム建設がムダとなる

加賀山一興（宇和島市）

「地口《じぐち》」は、同音異義語を見つけるものだが、同時に内容の可笑しさを伴うと、この句のように深みが出る。川柳をつくる人は、常に社会の動きに敏感。新聞の切り抜きしても川柳つくらなんだら「ムダ」です。

深刻な顔で見つめるブラシの毛

山内もとこ（伊予市）

ご主人を句にしましたね。身近なところにいくらでも句材がある。「ブラシの毛」だからいい。「家計簿」だったら当たり前。「空財布」ならなおのこと。「ブラシの毛」という意外性が句を新鮮なものに。

薄くなるテレビ中身も薄っぺら

日根野聖子（滑稽俳句協会）

科学技術の進歩に文化が追い付けない。

この句はテレビ番組の内容のお粗末を嘆いているのだが、白黒テレビの時代の方が番組に熱があった。

古今の名句

禁酒ともまさか言えない友が来る

仙波　覚

飲みたいという欲求に勝てぬのが人間で、それが川柳。
見舞いに酒を持ってくるかも。句は困惑でなく嬉しい期待を描いている。

今月の八木健

医者の子を親の期待が押し潰す

世間の風潮に味方しない

八木　健

世間の風潮は常に正義の味方である。その風潮に疑問符を投げかけるのが川柳の役目だと思う。親の期待に応えられず多くの若者が道をそれる結果に。月光仮面のような顔で袋叩きにしてよいのだろうか……。

八木健の川柳アート 57

特選

子が育ち猫がとりもつ夫婦仲

鶴井　啓司（松山市）

　ところがなんですよ。餌をもらう時だけ妻に擦り寄って、それ以外は寄り付かないもんだから、妻のご機嫌が悪くって。メスの猫ですからねえ。最近は、「こんな野良猫棄てちゃえ」なんて言うんですわ。子も猫も夫婦喧嘩の種となり、ですなあ。

佳作

どうにでもしてと丸太は横になり

前田　重信（愛南町）

　擬人化は川柳の技法のひとつ。この句のように特定の人物になりきると一層、可笑《おか》しい句となる。川柳は読者の想像に任せる部分は少ないのが普通だが、この句は珍しく読者参加型。

予定よりうんち高い縄電車

藤原　白男（今治市）

　古来、爺さん婆《ばあ》さんは孫に優しい。小遣いをやりたくてたまらん。しかし、理由のない小遣いは孫の親から禁じられている。そこで乗車賃とするのだが、孫たちは、特別運賃を要求する。こうして「たかり」を覚えることに。

コーヒーのホットでホットひと息を

金子　亶（東温市）

　喫茶店で、ウエイトレスから「何にしましょう？」と尋ねられたら「ホットするようなコーヒーをくれないか」と言ってご覧なさい。ウエイトレスは、瞬間、怪訝《けげん》な顔をしてすぐにニコリとしてくれるだろうよ。

ヨン様のにっこり稼ぐ日本ツァー

大西　知子（松山市）

　ヨン様は、韓国での人気はそれほどでもない俳優さんだ。甘っちょろいだけなのに日本人がチヤホヤするから度々やってきてガッポリ稼ぐ。こういうの腹が立つんだねえ。男性の身としては……。

記憶力薄れて夫婦仲が良い

花山　昇（松山市）

　僕たちはお見合いだったかな、恋愛だったかなあ。イヤですよお爺ちゃん。ああ、できちゃった婚か。昔は夜這いの風習がありました。今なら不法侵入ですね。

啜られる流しそうめんと天の川

門脇　愛（松山市）

　流し素麺は天の川の延長線上にある。
　逆に言えば流し素麺は天の川から流れてくるという想像上の発見である。想像上の因果関係を断定的に描いて説得力がある。

今月の八木健

肝心はもらったカネの使い道

傍目八目《おかめはちもく》こそが川柳

八木　健

　傍目八目を見つければ手柄である。鳩山さんが母親からもらった金は親子関係。企業にもらったんじゃないから比較的キレイな金。問題は、大金を何に使ったのかナンデスネ。そこを追及せんといかん。検察もマスコミもせえへんのやから。

八木健の川柳アート 58

特選

無免許の口が運転助手の席

谷原　則夫（松山市）

交通事故の原因のひとつに、運転中の夫婦げんかがあると筆者は睨《にら》んでいる。大方は脇見運転と報告されるが……。開発中の自動運転システムの実用化が待たれる。

佳作

食べるより絵になる柘榴喜ばれ

藤原　白男（今治市）

食べるものという「観念」を否定したところが手柄。たしかに柘榴《ざくろ》は絵の素材として魅力的だ。俳句や川柳にも詠まれる。「口あけてはらわた見せる柘榴かな」なんてのがありましたね。

マスクが増えて容易にできぬモンタージュ

大政　利雄（松前町）

「マスクをしてたんですね」「はい、大きなマスクでした」「すると口は大きめですね。目はどんな」「はい、マスクしてたから花粉症かも」「すると涙目ですね」……はい、似顔絵のでき上がり。

旋回し着陸できぬ基地移設

金子　亶（東温市）

沖縄県民の思いを本土の人間は実感できない。だからといって、この問題を沖縄と政府とアメリカの問題だとしてはならない。日米合意は沖縄の犠牲が前提ですからね。

抱いて寝てやがて蹴り出す湯たんぽは

加賀山一興（宇和島市）

あくまで「湯たんぽ」のことですから「深よみ」は禁物です。電気毛布を使っていたが、エコブームもあって、最近また湯たんぽを使い始めたんです。これを復縁ともいうが。

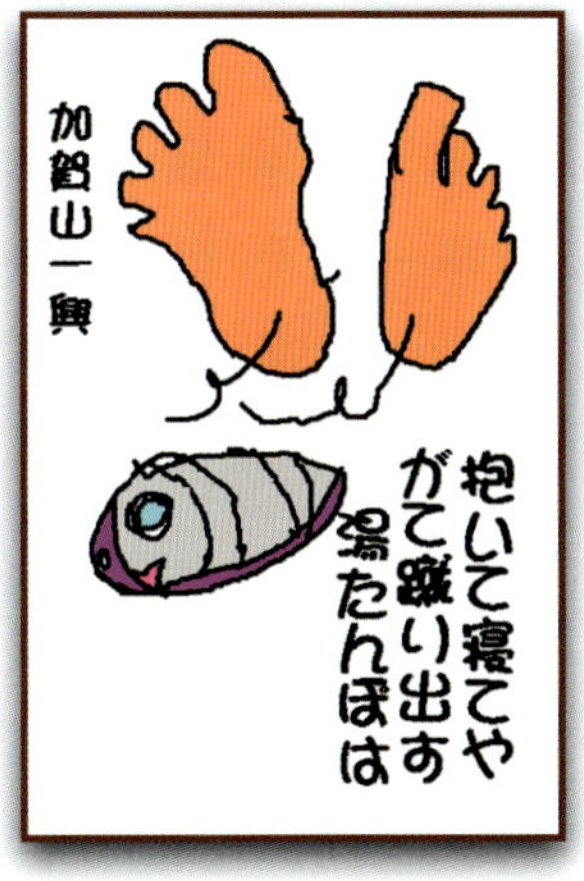

桃太郎はワルかも知れぬ鬼ケ島

山崎美樹子（松山市）

鬼たちが幸せに暮らしているのに仮想敵国として侵略略奪をした。姫救出も正当性に欠けることでこうした昔話はよろしくないなどと言う人もいる。

にぎやかに食べてこそなりかき氷

松井　真実（松山市）

ものを食べるのは一人より二人。賑やかがよろしいとは作者の弁。かき氷は喋っていると溶けるから、ほら溶けるわよ、メロンがいいのイチゴがいいのと喧しさも味覚のうち。

今月の八木健

借金の棒引き癖になる怖れ

八木　健

怒りを書く

日航の破綻《はたん》に国は千八百億円の支援をする。国民一人当たり千八百円。四人家族なら七千二百円となる勘定だ。俺なんか五百円のランチで我慢してるのにさ、冗談じゃない。借金を無理やり棒引きの銀行さんもお気の毒。

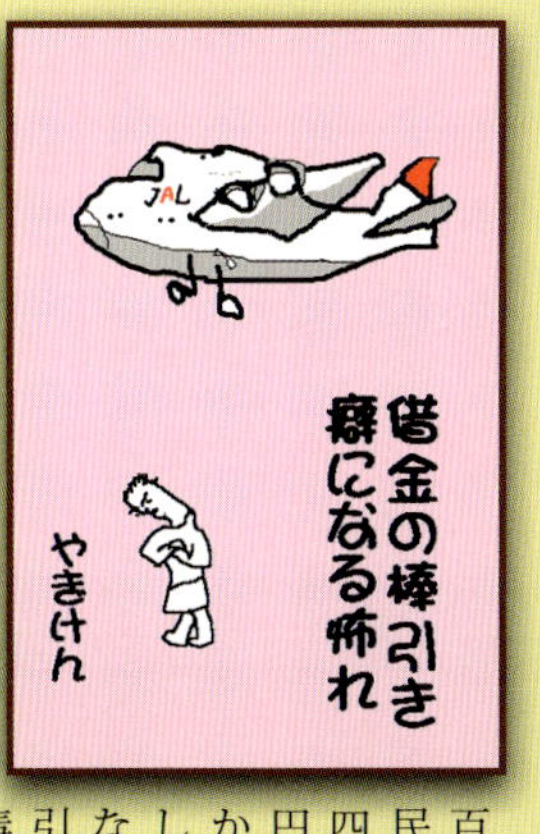

八木健の 川柳アート 59

特選

お土産のメインは胎児里帰り

藤原　白男（今治市）

少子化の時代である。とにかく子どもを増やすことが時代の要請である。「できちゃった婚」だろうが、かまわない。この時代に生まれる子どもは、すべてが祝福されなければならぬ。

佳作

お迎えをほしいと言いつ薬のむ

森藤　松美（鬼北町）

介護保険料を払いつつも、介護は受けたくない。ポックリ死にたいと言いながらウォーキングで健康を維持。矛盾はない。死ぬまでは健康でありたいのだ。死刑囚も、刑執行の朝に下痢《げり》していれば治療を受ける。

地デジテレビ気の毒なほど皺写す

加賀山一興（宇和島市）

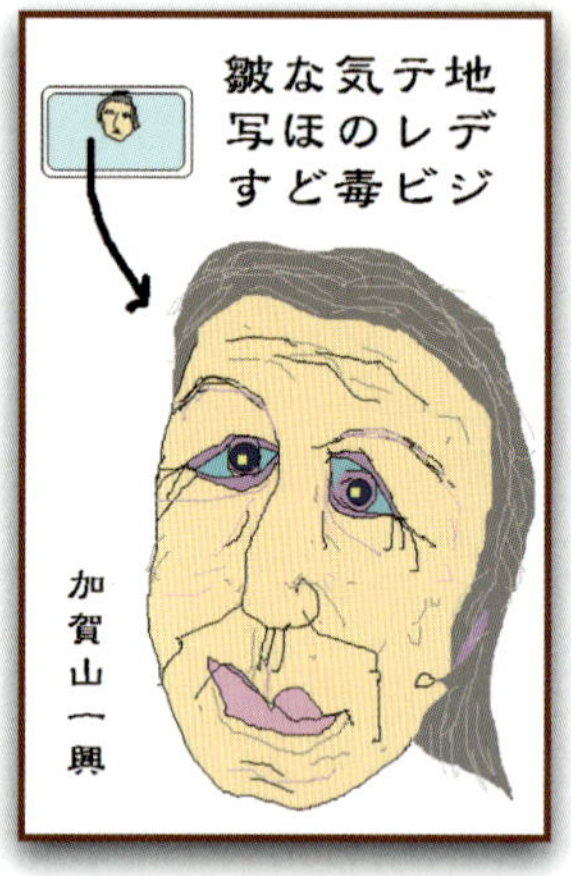

大スターの肌の老朽化に失望する。そして明らかに顔面コンクリート。古い言い方だが、そういう加工の跡もバレバレに。匂《にお》いつきテレビの開発が進んでいるから近々、加齢臭も嗅《か》げるようになる。進化は時に罪つくり。

本当の眼がわからないつけまつげ

古野セキエ（松山市）

肝心の眼《め》を見せないのは如何《いかが》なものか……と作者は疑問を投げかけている。就職試験の面接では不利だろう。意思を明確に伝えるには眼が肝心だ。三分ぐらいで着脱できるつけまつげを開発せねばならぬ。

将来はネクタイになるよだれかけ

大西　知子（松山市）

よだれかけは乳児のトレードマークで、ネクタイはサラリーマンのシンボルである。作者は乳児を見て青年像をイメージしたのである。この子の将来に幸あれと思う健全な意識が好ましい。

悔しがる孫の走りに追いつけず

増田　育顕（松山市）

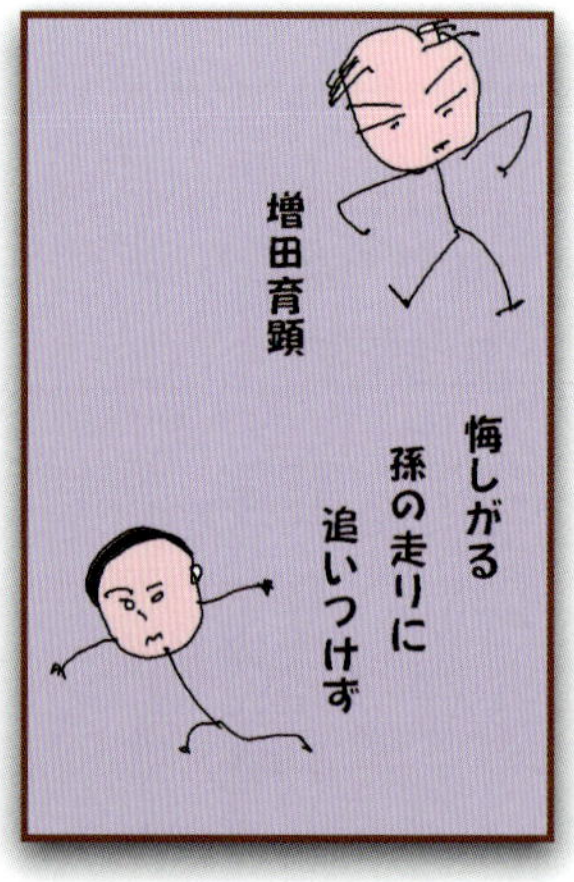

爺ちゃんは口ほどになく走るのが遅い。負けると悔しがってみせる。

親馬鹿という言葉あるけど、わざと負けて悔しがるのは爺馬鹿と思うんだけどなあ。

老翁の齢に驚くのは礼儀

武智かずを（松山市）

年齢を尋ねてご高齢に驚く。それだけで十分である。

老人は若さを褒められるのに飽きている。十歳ぐらい若く見えると呟くだけでいいだろう。

今月の八木健

不具合を頬カムリして高くつき

キーワードを織り込む

八木　健

海外旅行の際に日本車を見かけると、正直言って嬉《うれ》しい。しかし、このところ雲行きが怪しい。クレーム対応が遅い。頬《ほお》「カムリ」した結果のイメージダウンだ。

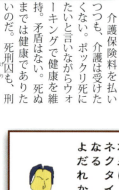

八木健の川柳アート60

特選

ユニフォームだけはプロ並草野球

松友　順三（松山市）

ある程度、素質を見極めてから買ったほうがよろしいですね。習い始めてすぐグランドピアノを買って、二束三文で処分したなんて悲しい。ユニフォームの場合はすぐ「つんつるてん」に。

佳作

コンビニのトイレ結構高くつき

山内もとこ（伊予市）

地方都市の多くの商店街がシャッター街になっている。原因はトイレがないから……ということに気づいてない。コンビニが流行《はや》るのは「トイレがあるから」なんです。

ハイブリッド買えず心配せずに済む

金子　亶（東温市）

すぐに新車を買うからこうなるんだ。評価の定まった中古を買えば、そんな心配は無用だね。庶民の母親は、毎月千五百万も小遣いくれないから安心。なぬ、千五百円返せだと？

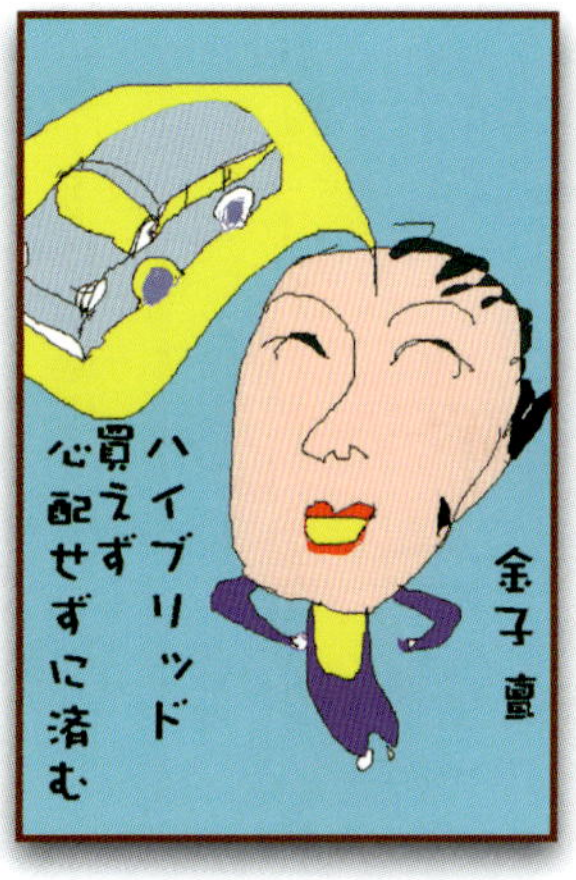

腰ズボンの良さがなんだかわからない

藤原　白男（今治市）

ご高齢の男性は用足しをして腰ズボンで出てきます。あらあらおじいちゃん。昔、スノボーやってオリンピックにまで行ったのに。ああ、あのときも、ごちゃごちゃ言われたなあ。

生活のレベルが漏れる換気扇

山本　富子（宇和島市）

だからさ、換気扇の下に張り紙しておきなよ。「秋刀魚焼くときには換気扇止めること。鰻《うなぎ》焼くときは換気扇回すこと」。なに？鰻の匂いを無料で嗅《か》がせるのは勿体《もったい》無いだと？馬鹿かお前は。

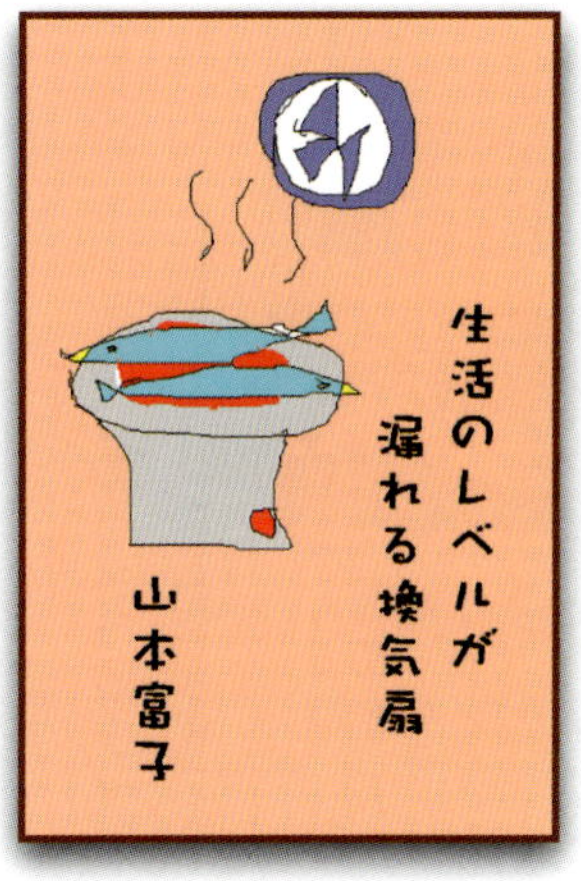

延命の願い叶わぬ線香花火

岡﨑　元美（松山市）

延命の願ひの虚し花火落つ

手花火は人の生涯に似て諸行無常の象徴とも言えるようだが、お終いと思わせてビッグバンの奇策を試みる花火もある。

外国で遊ぶが外遊文字通り

門屋　定（松山市）

外遊と呼ぶものを今は視察と言う。

中身は変わらない。外遊の場合は同行する役人が行きたい所を選ぶ。先生今度は何処へ？

うん、確かヨーロッパだ。

今月の八木健

吃驚仰天タデ食う虫が売れるとは

川柳は説明してよろしい

八木　健

俳句は説明しない。読者に「驚いたこと」を想像してもらう。川柳は「驚いた」と説明してよろしい。この場合「英国に売れたこと」に「吃驚《びっくり》仰天」したのだ。

八木健の川柳アート 61

特選

違反はないが後続パトカーに硬くなる

高岸サヨ子（八幡浜市）

誰でも一度は体験したことだろう。緊張感から逃れようとして、バイクの少年がスピードを上げて捕まった例がある。正義の味方が交通事故の遠因となっていることの不思議。

佳作

家族間通話タダでも会話なし

西岡　久（松山市）

そのことを分かっていて家族割引をやってるんだろうね。姑が嫁に直接話せないので携帯を使う例がある。嫁から姑に電話した場合は給付金が出る制度はどうだろうか。

長電話愚痴を聞くのもボランティア

葛川志満子（鬼北町）

心療内科の医師によると、誰かに話すことで悩みの大半は消滅するとのことである。医療費削減のために愚痴電話ボランティア制度を設けることを、次回マニフェストに提案する。

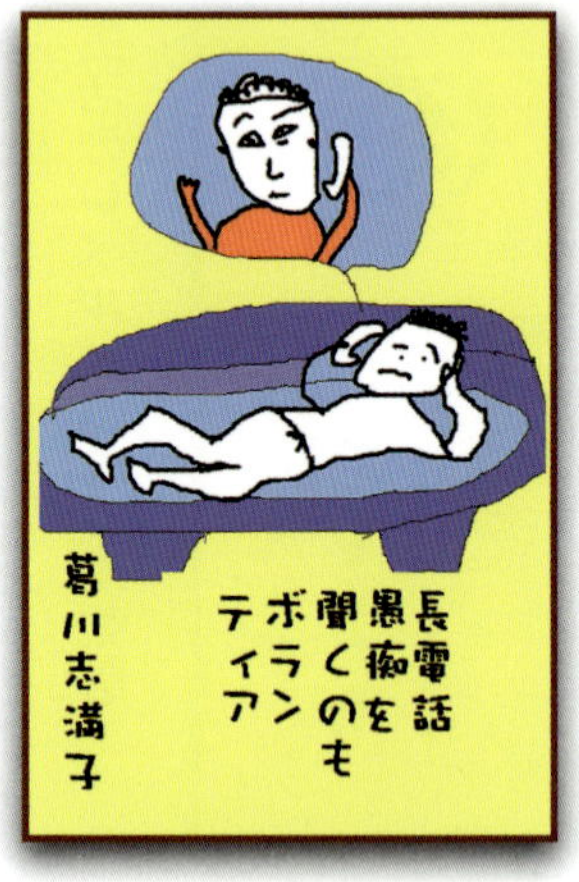

散髪日倍に延ばして節約す

金子　亶（東温市）

経済低迷の悪循環は、すべての業種に及んでいる。最優先すべき緊急の課題は「若者がフリーターにならずに済む政策」である。

「怒れ日本人」党をつくろうよ。

デザートはお薬にするレストラン

森藤　松美（鬼北町）

はっきり言って「薬」で儲《もう》けるしかない……とは病院関係者の本音らしい。だから満腹感ゆえにデザート不要となる。だから薬局がレストランを経営すべきなのだ。

着信を慌てて見ればDMか

増田　育顕（松山市）

気になるあの娘かと会議中でもメール確認する奴がいるもので、同席の方々はメール確認に気づかぬふりをする。毎日どこかである日本の原風景です。

くしゃみしてボタンが飛んだ試着室

清家　厚美（松山市）

試着室に持ち込んだ服が窮屈だった。少しでもスリムに見せたいという女心。くしゃみ一発でボタンが飛ぶ珍事を描いて可笑しいが、なにやら哀しい。

今月の八木健

毒入餃子を時効にしたのか日本人

視野を広く持つ

八木　健

毒入り餃子《ぎょうざ》事件は一件落着した。あの事件は中国を信じがたい国と日本人に思わせた。学ぶとすれば、国際的問題は国民こぞって黒を白と言いくるめる傾向があるということ。

八木健の川柳アート 62

特選

お花見の陣取り上手で出世とは

城導寺しん（八幡浜市）

入社以来、場所取りを担当の総務部係長は、来年は課長になる。お花見の場所取りがうまいから仕事もできるはずというのだが、奴が仕事らしい仕事をするのは、この時期、つまり場所取りだけなんだなあ。

佳作

丸い地球に休耕する人餓える人

藤原　白男（今治市）

餓死する人が三秒に一人もいる地球。なのに日本人は、いまだに豊かな田を休耕して、休耕農家には補助金を大盤振る舞い。「休耕田廃止餓死者救済党」を立ち上げましょう。

堂々と脱いで膏薬貼る女房

山内　賀代（西条市）

作品では、女房自身が貼《は》ってるように読めるからそんな絵にしたけど、「貼らせる」のじゃないですか。だったら「膏薬を貼っておくれと女房脱ぐ」……ということですか。一応豊満に描いておきました。

「あ」がこけて立ち枯れ党になるかもね

金子　亘（東温市）

雨後のたけのこ党、泡沫雲散霧消党、立ちあがれどっこいしょ党などなど、民主とも自民とも縁を切る新党ブーム。複雑多党政治の国になる気配。民主も自民と同じ金権政治だと国民を失望させて、政治離れを加速した罪は誰が負うのか。

妻よりも言うことをきく洗濯機

村田　節子（八幡浜市）

洗濯機は、全自動化されて久しいから男衆も結構使いこなすわけで、女房と離縁して洗濯機の新型買おうかなんて思わぬわけでもない。そのたびに慰謝料の額と比較して思いとどまるのだが。なんとかわいい洗濯機ちゃん。

嫁ぐ気がないのか脚を投げだす娘

増田　育顕（松山市）

「こんな娘じゃ貰い手がない」と言えば、「正座は脚が変形し格好悪くなるのよ。男性の前では脚投げださないわよ」だと。父親を男性と認めていないんだな。

ケリつけたとたん三杯食べました

加藤　桂子（宇和島市）

「ケリ」がついたのですね。思い焦がれていた男にフラれたとか、退職を決心したとか、何かに踏ん切りがついたのですね。そこで馬鹿食い。

今月の八木健

豊かさの尺度に笑いがない日本

八木　健

世の中全体を俎上《そじょう》にのせる

一年半前に八木健が出版した滑稽《こっけい》俳句集『平成の滑稽』は、古書界で定価の三倍以上の値がついている。読者は「笑い」を渇望しているということになるが……。愛媛をはじめ全国の俳人たちは旧態依然のマジメオンリーとは情けない。

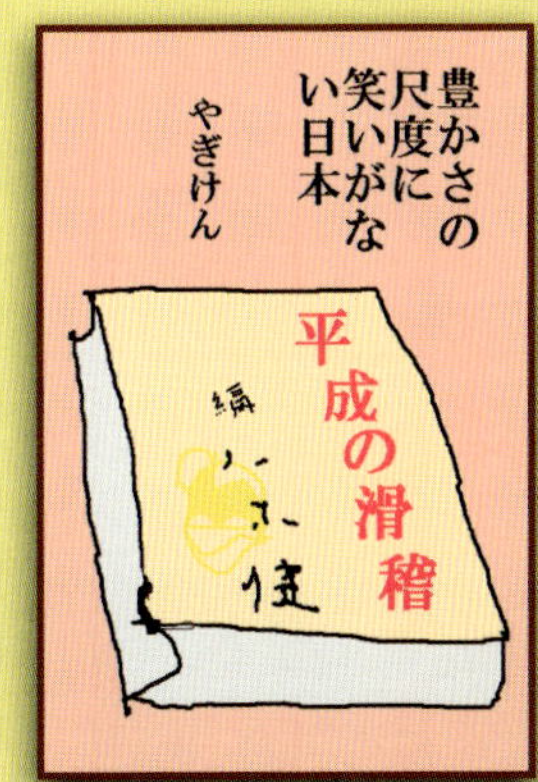

八木健の川柳アート 63

特選

重い椅子次々軽い人座る

金子　亶（東温市）

総理大臣が短期間に変わる。当初は期待させるが、ほどなく買いかぶりだったことが判明する。椅子《いす》の重みが分からないから、すぐに放り出す。人間が軽いから、椅子が傷まないらしいね。

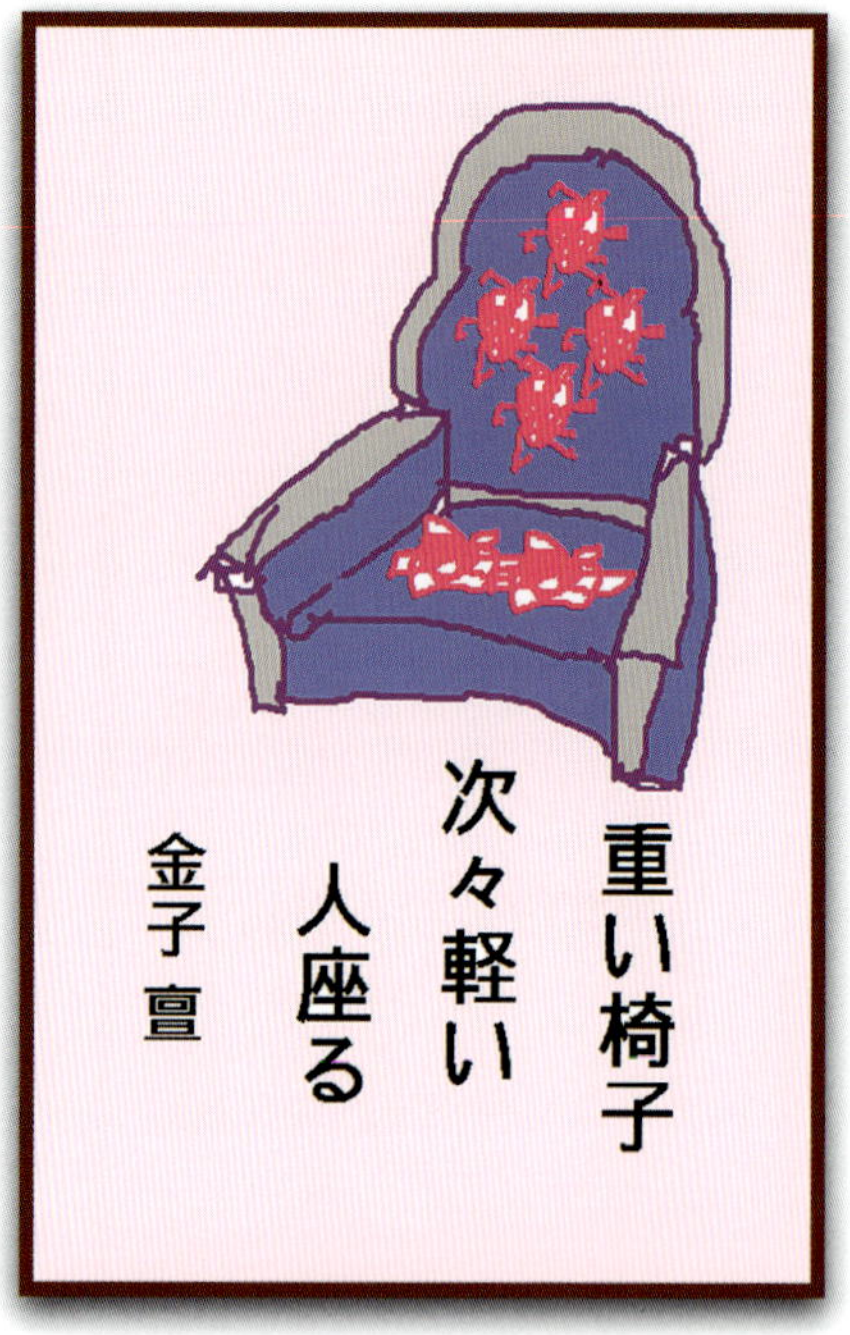

佳作

嗚呼うわさバトンタッチでリレーする

大西　知子（松山市）

「人の口には戸をたてられぬ」とは良く言ったもの。「絶対誰にも言わないで」が、うわさを広めるキーワード。しまいには尾ひれが付いて発信人に戻るから可笑《おか》しい。

横向きで写してくれと今も言う

松友　順三（松山市）

横顔美人なんだろう。あるいは左右の一方だけが美人ということ。「どちらでもいい」なんてえのは不美人だ。「今も言う」……八十歳になっても美しく写されたい。

財布の穴繕いながら路地に棲む

藤原　白男（今治市）

川柳人は金持ちであってはならない。批判精神が衰弱してしまうからだ。この句の作者は貧乏が好きで、裏長屋に住んで財布の穴を繕うのが好き。もちろん、中身はほとんど無い財布である。

百均でときどきゴミも買ってくる

大政　利雄（松前町）

百円均一だから、額を気にせずに買える。品質を問わなければ、一応満足できるがすぐ捨てられる。ゴミ袋も買う。その袋に入れて持ち帰れば、そのまま捨てることができる。

ダルマ落としか日本の総理大臣は

石原　康正（松山市）

国会議事堂では昔ながらのお遊戯をしている。総理大臣のダルマ落としである。歴代の総理の顔を描いたダルマ落としは売れるかもしれぬ。腹が立てば思いっきり叩《たた》ける。

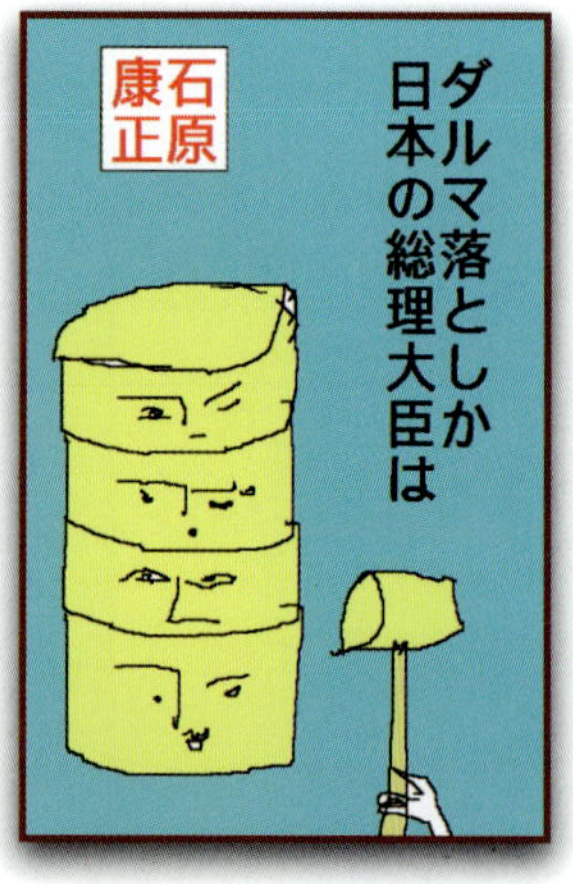

古今の名句

美しい男勝りで遠い縁

北　羊

美しいのに未婚のままでいる人は、気分に「男」が混じっていることが多い。「男は度胸、女は愛《あい》嬌《きょう》」とはよく言ったものである。「ブスは三日で馴《な》れる、美人は三日で飽きる」と言うが、心理の真理だろうね。

（北原晴夫編『川柳博物誌』より）

今月の八木健

不可解だ口啼疫の拡大は

川柳は「非常識」がいい

八木　健

疑問をそのまま書く。これが川柳の方法。川柳は疑問をそのまま書いてよろしい。その場合、答えまで書く必要はない。作者が抱いた疑問に読者が共感し、一緒に考えてくれるからだ。そしてなにより最大関心事が何なのか。当事者につきつける必要がある。

八木健の 川柳アート 64

特選

テレビつき姥捨て山が町に出来

藤原　白男（今治市）

かつて「姥《うば》捨て山」は、必要悪として村人たちの「暗黙の了解」だった。介護施設や老人ホームを「テレビつき姥捨て山」とするのは言い過ぎだが、「預けっぱなし」はどこかに「後ろめたさ」が。

佳作

参観日美人教師で長居する

八木　住夫（松山市）

そういうこともあろうが、そりゃあ本来の目的を外れているのではないか。なぬ？父親が教育に関心を持ち始めたと？いいじゃないか。なぬ？子どもが最近不機嫌。父親をライバル視だと？

手で振って帳尻合わす万歩計

渡邊ツヤ子（今治市）

何にでも帳尻を合わさないと気が済まぬ性格だな。例えば……放尿した分だけ水分を補給するとか。支出した分だけ夫の財布から抜き取るとか。

掃除機はブラックホールムカデ吸う

丸山輝余子（松山市）

なるほどね。掃除機とはグッドアイデアだね。電気メーカーに提案してごらんよ。ムカデも吸い込む強力掃除機。待てよ、掃除機がムカデに見えてきたぞ。ああいやだ。

土俵より賭博に賭ける力士哉

金子　亶（東温市）

こういうニュースは、マスコミも月光仮面になって煽《あお》るから、大げさになる。宝くじや公営競輪も賭博だから本質的には同じなんだが、特に暴力団絡みがイケナイ。生まれてくる子の性別を夫婦で賭けたりも良くないなあ。

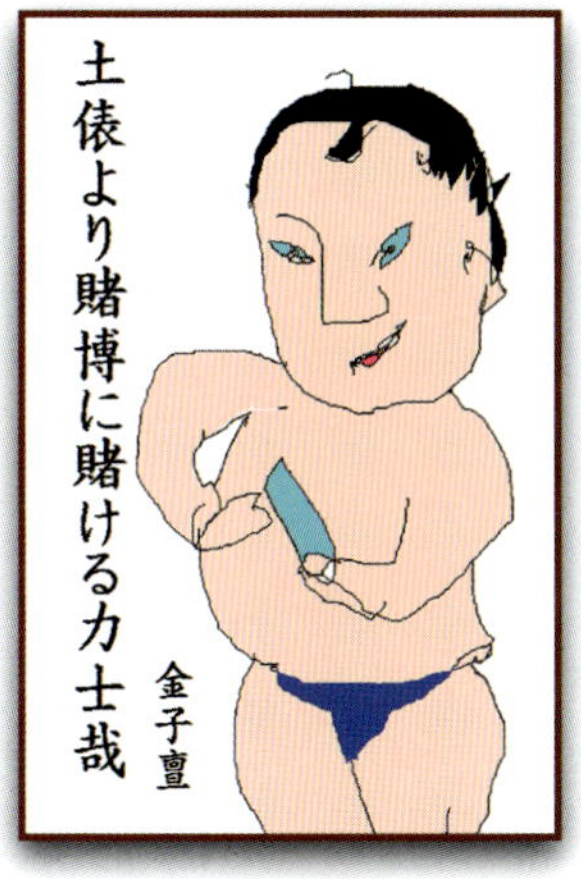

金箔で地金を包む初デート

大政　利雄（松前町）

分かりやすく言えば、ブランド品で身を固めるようなこと。あるいは使いつけない敬語を使うとかですか。お気持ちは分かりますが、「ブランド品は一切持たず、方言だけ」という生き方が好まれるかもよ。

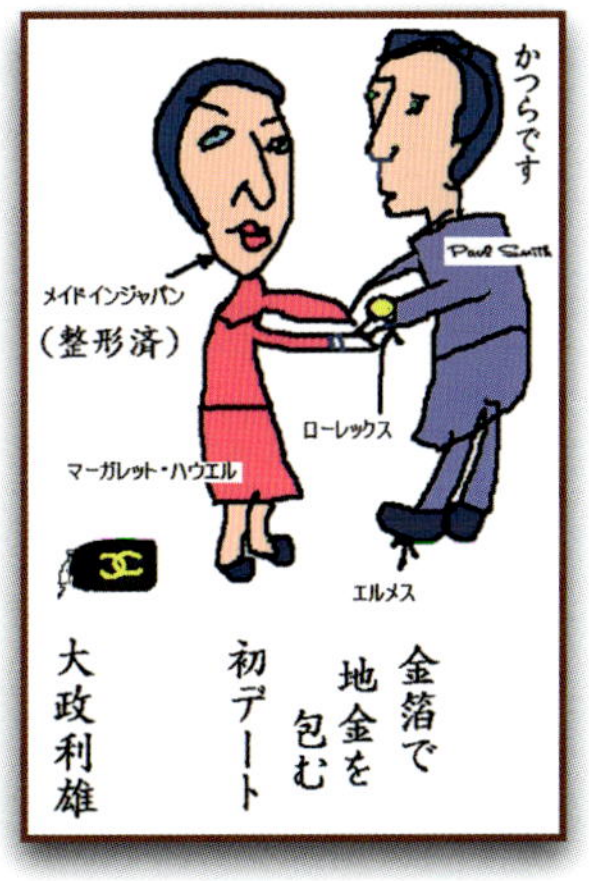

古今の名句

金魚鉢金魚に聞かず連れを入れ

凡　茶

昔の見合い結婚を彷《ほう》彿《ふつ》させますね。農村では「足入れ」といって、入籍せずにしばらくテスト結婚して、相性が良くなければご破算にしたものだ。なぬ？ 今も似たようなものだと？

金魚もそうするか。

（北原晴夫編『川柳博物誌』より）

今月の八木健

悪い世の中吾が子に児童虐待は

悪い世の中を嘆く

八木　健

最近、児童虐待のニュースが目立つ。児童相談所への相談数は十年で十倍の増加である。さまざま原因はあろうが、不景気が続いて、はけ口のない世の中という状況も、児童虐待の遠因だろう。

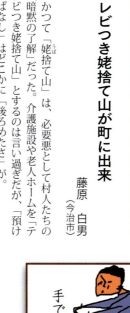

八木健の川柳アート 65

特選

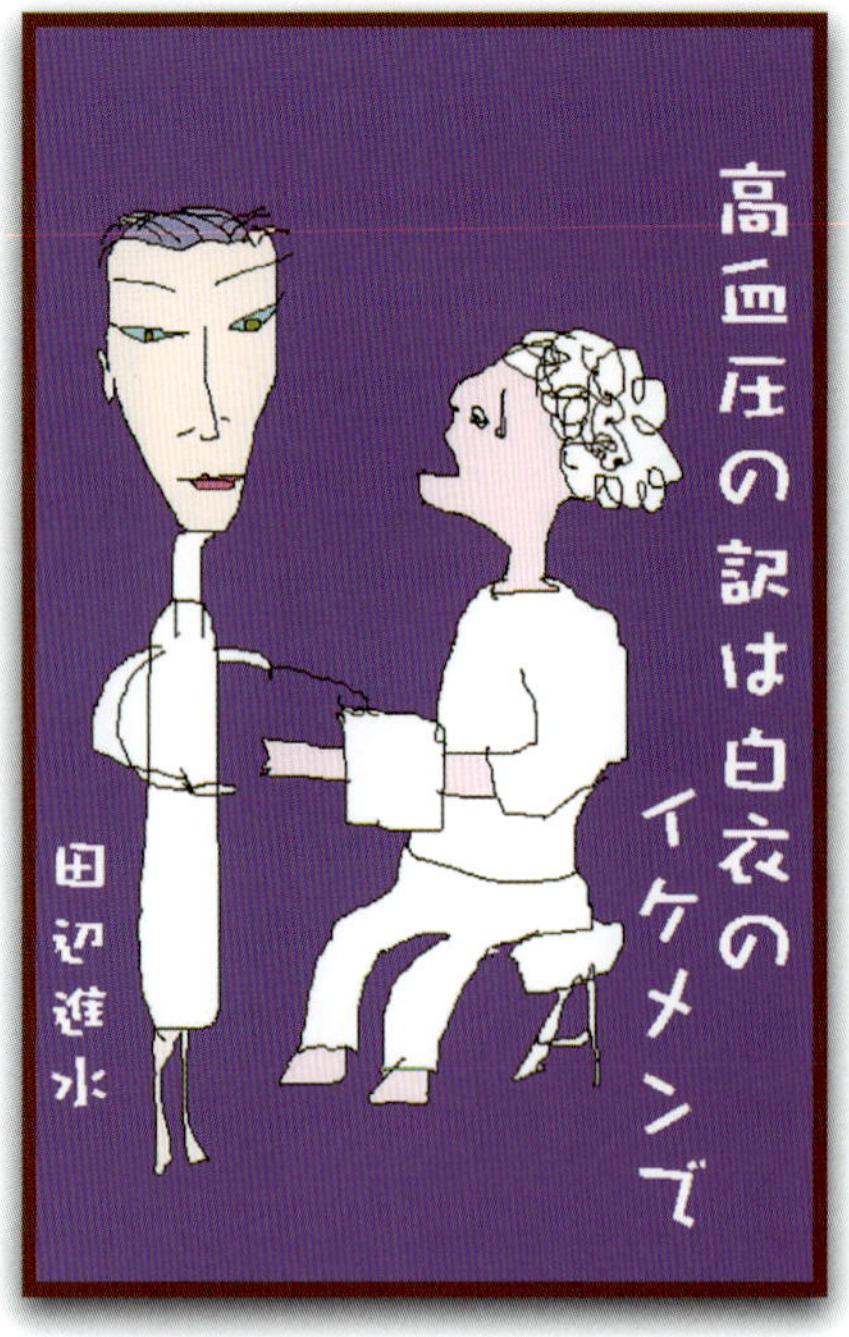

高血圧の訳は白衣のイケメンで

田辺　進水（松山市）

逆もありですね。低血圧のわけは看護婦不美人で……失礼しました。多少血圧が不正確になっても、イケメンの方が「オトクカン」がありますね。田辺進水さんは全国的に知られた川柳作家。

佳作

首相交代海外メディアも忙しい

高岸サヨ子（八幡浜市）

誰が首相になっても同じだが、海外のメディアからすれば、奇妙な国ということに。頻繁な首相交代が珍しくなくなってニュース価値が減ると、今度は「珍しく長命な首相」としてメディアが忙しくなる。

高齢者所在不明で長寿国

金子　亶（東温市）

日本が世界一の長寿国になっている理由として、韓国のメディアが顛末《てんまつ》をいち早く伝えた。「所在不明」は、まさか姥捨山《うばすてやま》の現代版ではあるまいが、可能性としてはある。それを今は、誰も口にしないだけのこと。

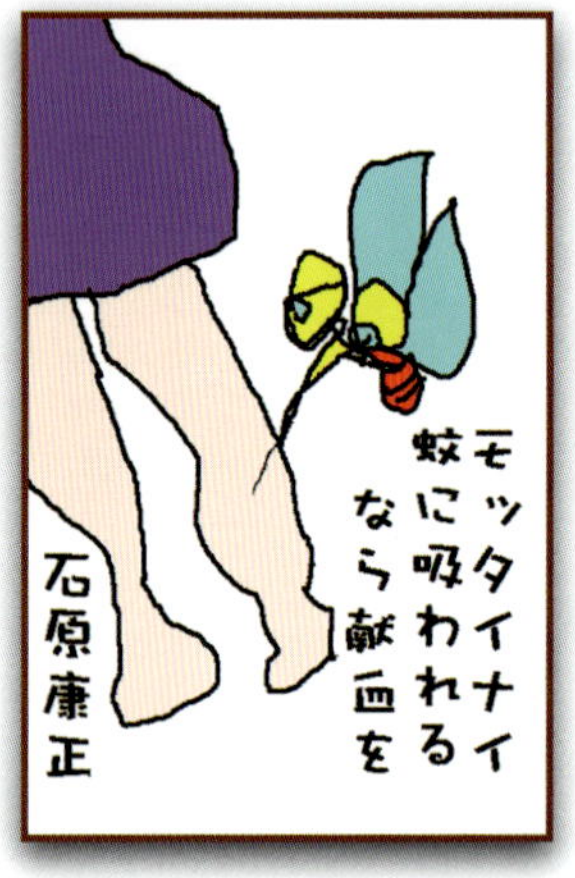

モッタイナイ蚊に吸われるなら献血を

石原　康正（松山市）

献血は一度に二百とか四百ミリリットルだから、蚊に吸われる量と比較にならない。なのに「モッタイナイ」なんて石原さん。献血一回分で数百匹の蚊を喜ばせることができるのですよ。

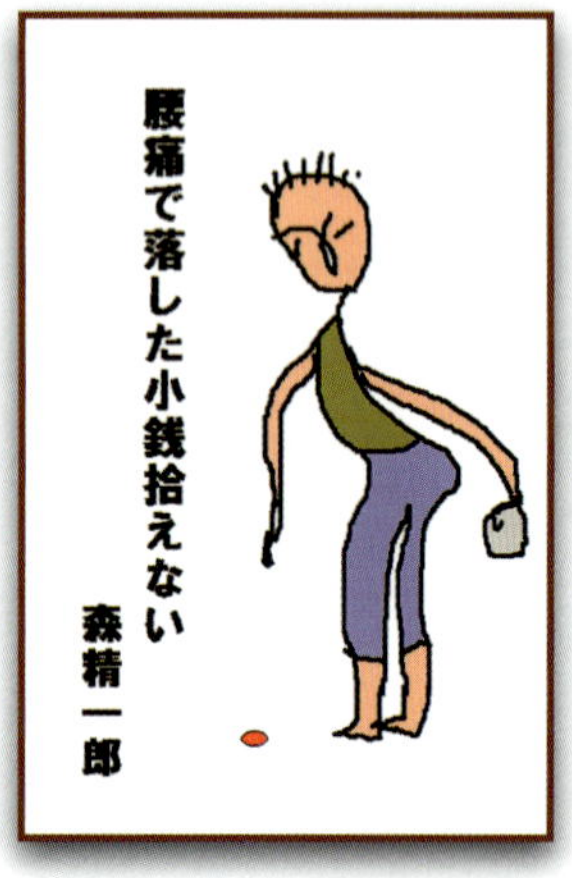

腰痛で落した小銭拾えない

森　精一郎（松山市）

落した小銭拾って腰痛が悪化した……なんてことになりかねない。私も腰痛だが常に杖《つえ》を持ち歩いていて、こんな場合は、杖の先に両面テープを付けて小銭を回収する。小遣い稼ぎ用として、新案特許「ネコババ杖」を売り出すか。

丁寧な言葉の裏を読める耳

兵頭　紀子（鬼北町）

「川柳は言葉のレントゲン写真」。このキャッチフレーズは八木健の創案したものだが、まさに「言葉の裏を読む」のが川柳ですね。そういう耳があると「本音」を焙《あぶ》り出すことができる。

古今の名句

本降りになって出て行く雨宿り

古川柳

川柳は誰かを揶揄《やゆ》するものだが、それはまた、自身にもあてはまるから可笑《おか》しいのです。五十歩百歩を笑うわけですね。それは人間共通の心理による行動を笑うということです。

今月の八木健

エコカーに納めた税が使われる

出来事を「自己中」で見る

八木　健

エコカー減税のため、八月初めには一日に三十四億円もの財政支出。政治は税金の配分が主たる仕事。エコカーを買えない俺が納めた税金を、あんなことに使ってる。ああ……。

八木健の川柳アート 66

特選

言い訳を捜す男の目が泳ぐ

大西　知子（松山市）

「ううんと、確かあれは……」などと接続詞を使いながらアリバイを捏造《ねつぞう》する。男なら誰でも身に覚えのあることだが。

佳作

四人家族皆ケータイと添い寝する

村田　節子（八幡浜市）

テレビがなくても困らない。新聞がなくても困らない。妻がいなくても、困らない。夫はいない方がいい。生涯の伴侶・携帯がないと困る。

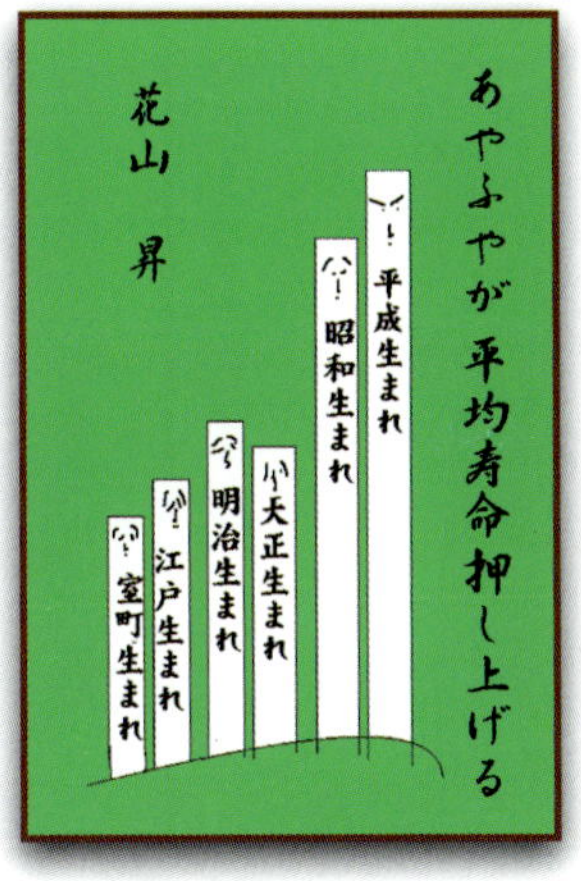

あやふやが平均寿命押し上げる

花山　昇（松山市）

人間の天寿は百二十歳。はるかに超えて江戸時代に生まれた人が生きたままで……なんて、びっくりですね。平均寿命の実態が暴露されちゃった。

太陽の温度調節用リモコンないか

渡辺つや子（今治市）

温度調節機を太陽に取り付けるのは難しいです。お気持ちは分かりますが、無いものねだりですね。えっ？　そんなこと知ってて書いた川柳ですか。

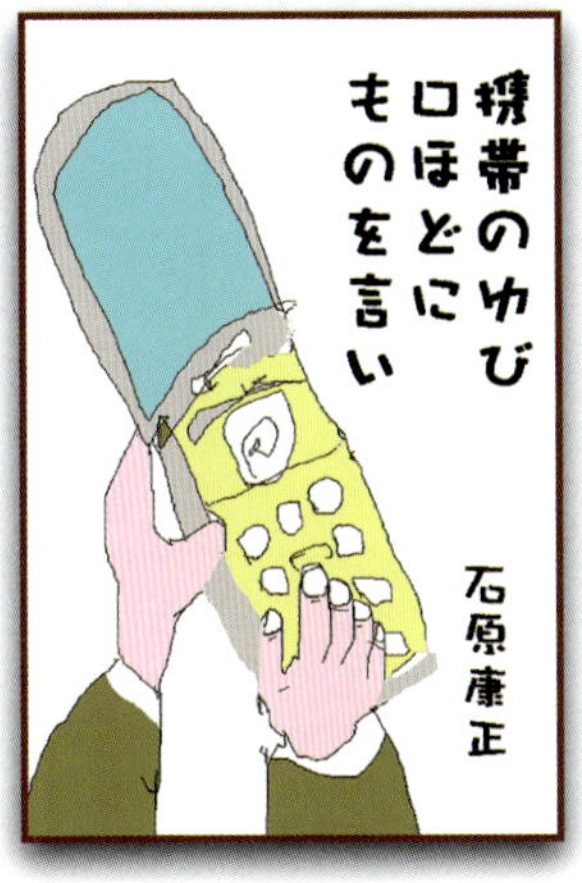

携帯のゆび口ほどにものを言い

石原　康正（松山市）

口べたを自認する人ほど携帯メールに頼る。頻繁なやりとりで大方の意思疎通が可能である。聞いてないとは言わせない送信記録がある。

運動会用にとっておきたいほどの晴れ

愛　子（四国中央市）

その逆もある。干ばつにとっておきたいほどの雨。この句は不可能を言いながら、もしかしたらという願望に子や孫への愛情があふれる作品ですね。

古今の名句

うちわ売り首へかけると残暑なり

古川柳

行商人の中に「うちわ売り」というのがあった。真夏が過ぎて残暑のころになると、うちわ売りをやめて花火売りになる。首へかけるのは花火の箱である。

今月の八木健

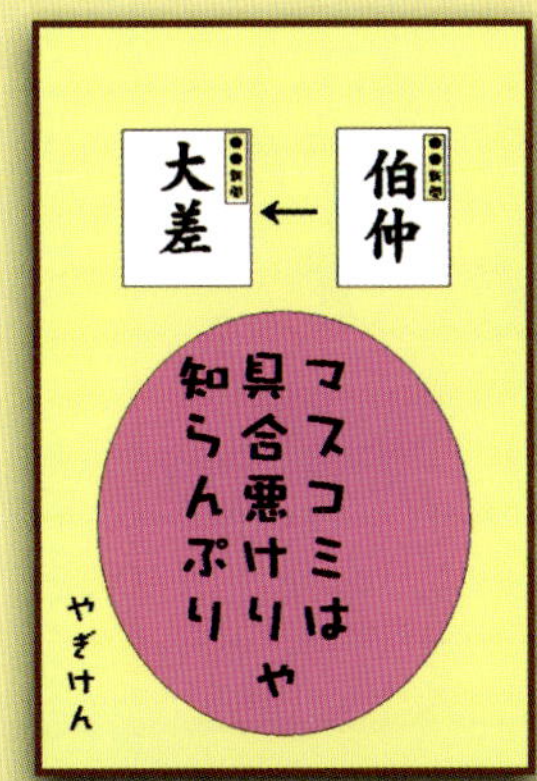

マスコミは具合悪けりゃ知らんぷり

八木　健

マスコミを批判して

マスコミを批判できるのは川柳だけである。最近の民主党代表選挙が好例。小沢さんと菅さんの大差を予想したマスコミはない。予想と違ったら……だんまり。

八木健の川柳アート 67

特選

ゴミの日をメモしているかにカラスくる

山本　富子（宇和島市）

人間VSカラスは、カラスに軍配が上がる。句はカラスを憎むのではなく、その才能に敬意を払っている。この場合、人間を風刺することにもなる。ゴミの日はいつだったかしら？　カラスに教えてもらいなさいよ。

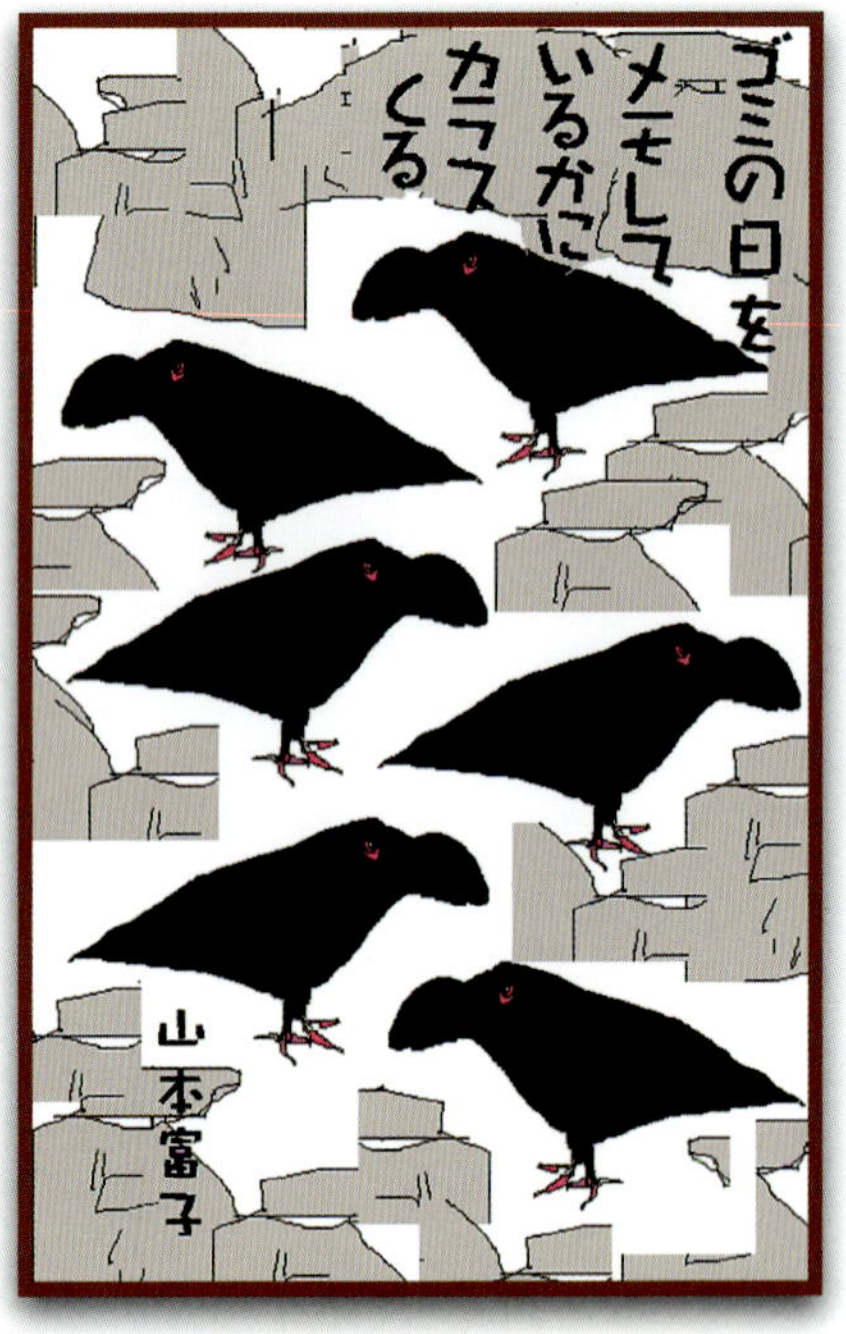

佳作

タッチした足に炬燵も赤くなる

田辺　進水（松山市）

寒くもないのに炬《こ》燵《たつ》に入っている。テレビをつけているのに上の空。会話がトンチンカンで噛み合わぬ。こんな場合は怪しい。古来、炬燵は足のデート場となってきた。水虫菌の拡散という副産物もあるが。

おんぶして子の体温を暖房に

大西　知子（松山市）

地球に優しい暖房であり、親子の絆を深めることにもなる。子だくさん家庭なら、貸し出しもできる。府知事の橋下さん、まず大阪から始めませんか？

捕まえる側が捕まる新時代

武井　基次（松前町）

検事が証拠のデータを書き換え。道徳の時間に熱弁を揮《ふる》う教師が痴漢。警察官が飲酒運転の上にひき逃げ。世はまさに逆転の時代である。川柳の材料が増えすぎるのも困る。

汗だくで妻が出てくる試着室

村田　節子（八幡浜市）

サイズの小さいのを試着するからボタンがはまらない。時間もかかる。結局ダイエットが必要と納得。ダイエットしてからの着用見込みとして購入。三年後にそのまま粗大ゴミに……。図星でしょ。

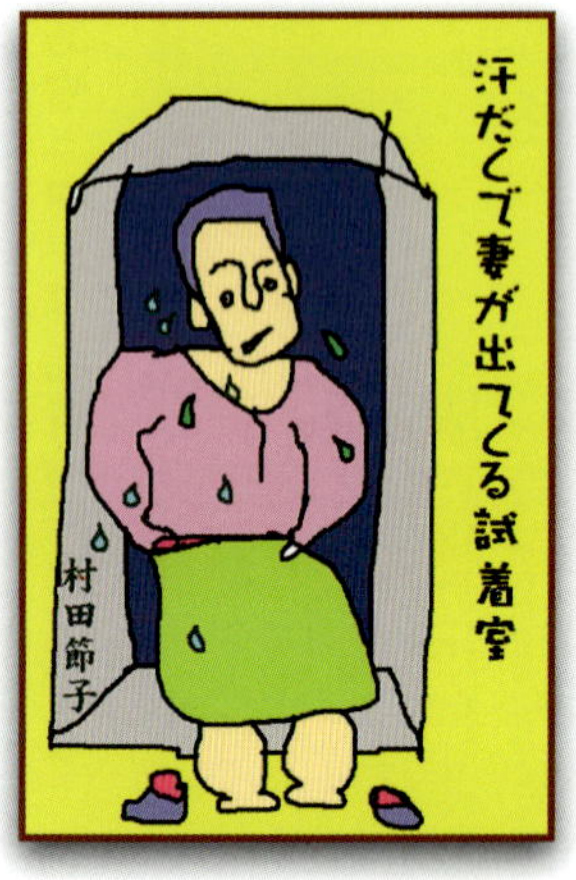

タレントに間違えられたサングラス

古野セキエ（松山市）

サングラスを外したときに驚くほどのイケメンはいない。イケメンにサングラスは不要。サングラスに頼る男はつまり、イケメンではない。

違反車を捕えて諭す得意顔

高岸サヨ子（八幡浜市）

手加減したくなるほどの美人を捕えたことはありません。この前、彼女に振られたので腹いせに女性なら、片っ端から捕まえたい。勿論冗談です。

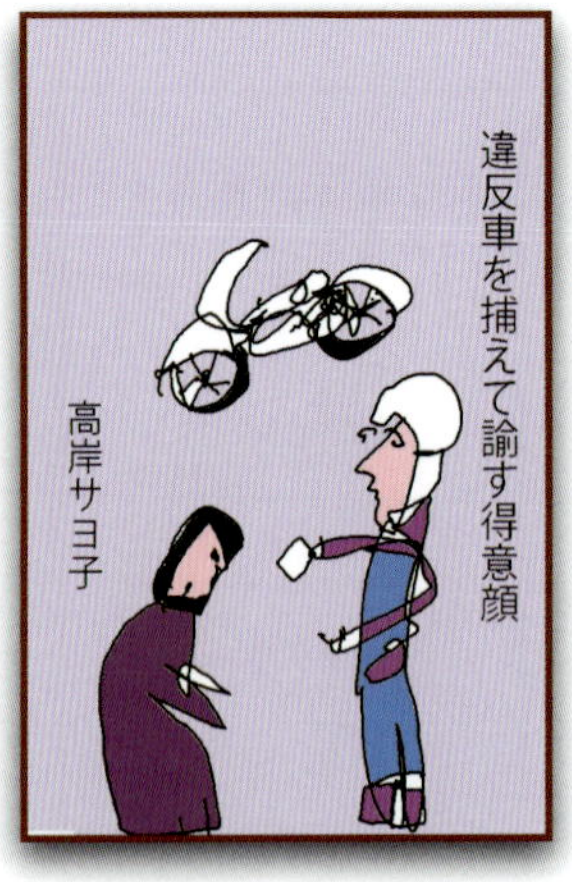

今月の八木健

せまい日本ますますせまくするリニア

八木　健

時代や科学の進化を風刺

リニアモーターカーの中央新幹線は二〇二七年の開業を目指しており、東京―名古屋を最速で四十分。将来的には東京―大阪を最速六十七分で結ぶ。新宿でお茶飲みますか？　道頓堀にしましょうよ。

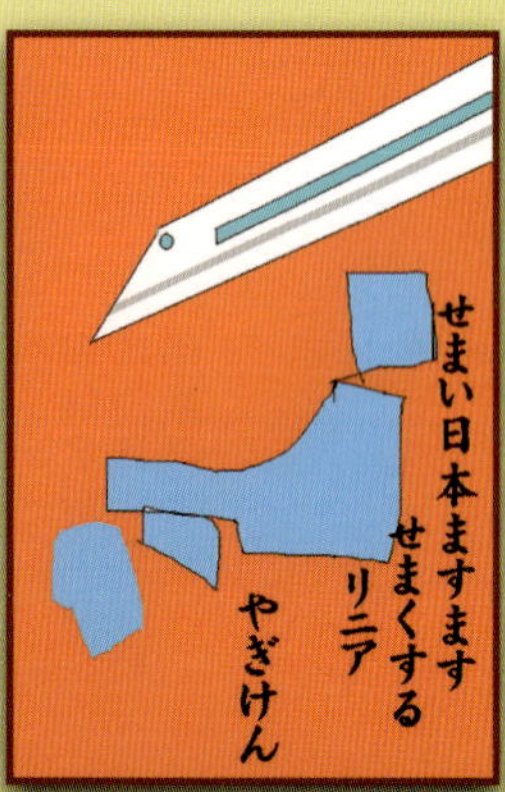

八木健の川柳アート 68

特選

見ないでよ見てよで揺れるギャルのミニ

村田　節子（八幡浜市）

ミニスカの姿を彼に見て欲しい
セクハラの視線でミニの脚を見る
ミニスカの丈最短は何歳か
スカートの丈が伸びだす三十歳
半世紀前のミニスカゴミ捨てに

佳作

達筆すぎて読める字がない書道展

大政　利雄（松前町）

読めなくても雰囲気は楽しめるもの。時々、指差したり大きくうなずいたりが、書道展を見る「コツ」です。良い墨をお使いですねとか、滲《にじ》みがオモシロイという表現を交えてもいい。

ブランドにある足拭きという余生

丸山輝余子（松山市）

ブランドのシャツは着古したらば、足拭《あしふ》きに再利用するとよろしい。ロゴが目立つようにするといいですね。「去年あなたが下さったシャツ……あら、水虫の足乗せないで」

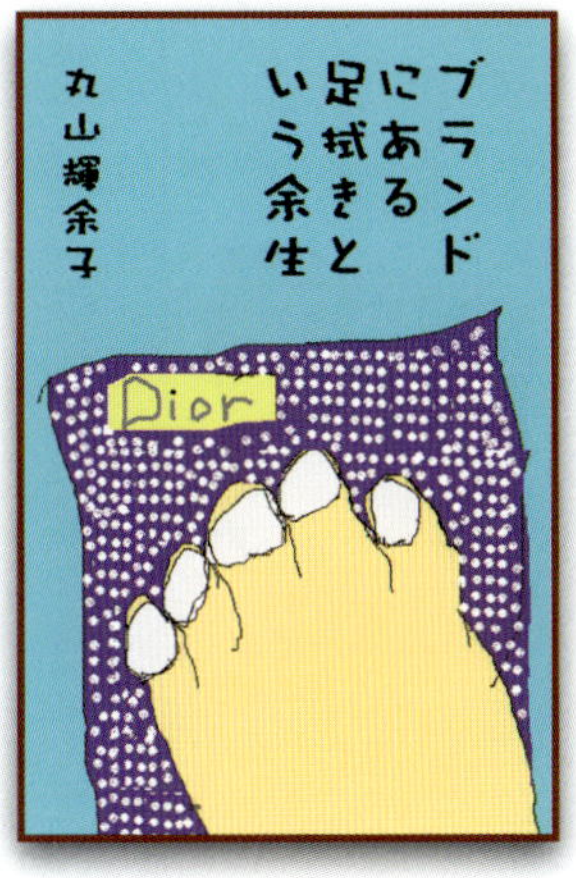

きつと登場地下体験というツアー

金子　亶（東温市）

地下七百メートルで三十三人が暮らした、その現場にご案内します。参加費は半額だけお支払いください。無事生還した際に残額をお支払いいただきます。マジですか。はい、そのスリルが「売り」なんです。

胃薬の要る程医者は薬くれ

藤原　白男（今治市）

この胃薬は最後に飲むんですよ。副作用の無い薬はありません。これは飲み合わせになります。飲み合わせではジンマシンがでます。そんなときには、これを飲んで。

通訳をお猿熊さん猪に

石原　康正（松山市）

作者の石原さんによれば、「人里に熊、猪が出没し、捕獲射殺されるのは耐え難い。人間が山を荒廃させたんだから、動物たちの意見を聞いてやってほしいです」と。

その役をスマホに盗られ腕時計

門屋　定（滑稽俳句協会）

スマホは、今や万能の神器である。
腕時計も役目を奪われてしまった。
時刻の表示ぐらい腕時計の役目として残してやればヨカッタのにと思うのだが。

今月の八木健

衝突のビデオは論より証拠にて

外交交渉のお粗末を批判

八木　健

中国漁船衝突事件は、突きつけて迫るべきビデオを隠してしまった。世界各国からすれば、日本はなんとも不思議な国である。ビデオを流出させた保安官は日本国民の義憤に応えてくれたから、国民名誉賞を差し上げたい。

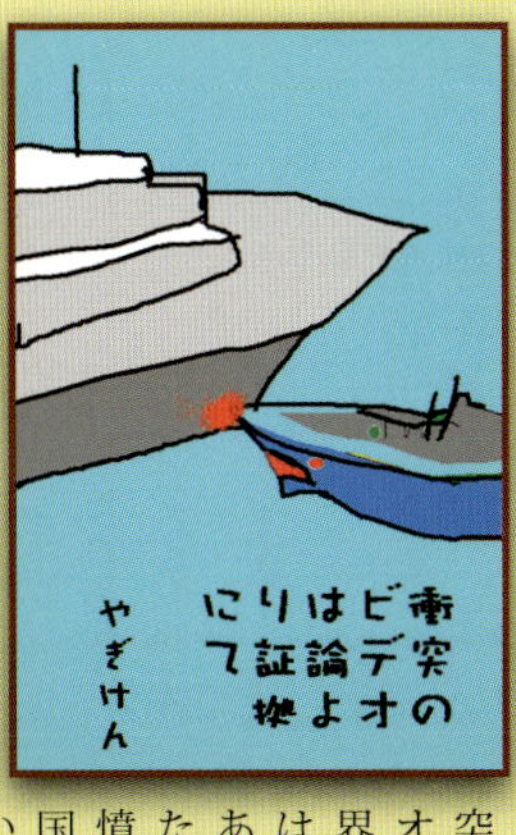

八木健の川柳アート 69

特選

海老蔵のにらみが利かぬ夜の酒房

金子　亶（東温市）

ことの発端はどうあれ、「にらみ」が利かなかったらしい。夜の酒場は暗いので、どこをにらんでいるのか分からない。「俺は人間国宝」などと経歴詐称するから、歌舞伎界の大物ににらまれる。今後の得意技は「にらみ」ではなく「にらまれ」としませんか。

佳作

耳たぶが嫌がる老いのイヤリング

古野セキエ（松山市）

俳句は自分を俎上《そじょう》に載せる。川柳は自分以外の誰かをネタにする。しかし、この句の発端は自身の体験かもしれぬ。ならば、それは「自嘲」である。その自嘲を一般論として書けば、川柳となる。

回転寿司風の婚活あるといい

藤原　白男（今治市）

「らっしゃい！　お客さん、新鮮なのが入荷してまっせ」と板さんが煽《あお》るから、客もその気になる。「息子の嫁にはコレ、隣の娘にはこのオトコがええ」「お客さん、醤油《しょうゆ》つけないでくださいよ」

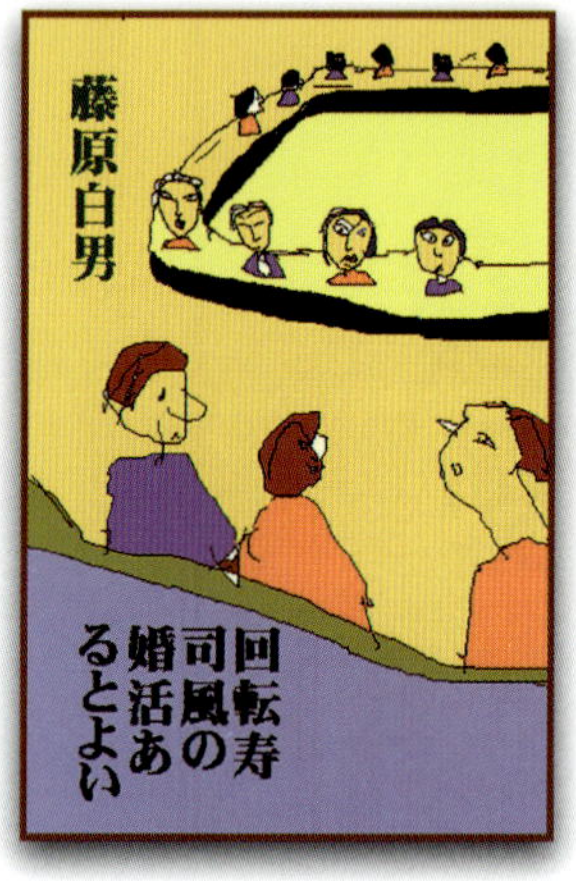

抽選日まで夢を見させる宝くじ

城導寺しん（八幡浜市）

昨今、夢を見させてくれるのは「宝くじ」だけだ。当たれば、マイホームも新車も嫁さんも手に入る。宝くじは購入してほどなく抽選日となるが、抽選の一年前に発売すれば夢の時間が長くなると思うがどうだろう。なぬ？　買ったこと忘れるだと？

恋心ふつふつ芽生え掘炬燵

川又　暁子（今治市）

最近の若者は脚が長い。だからどうしても接触してしまう。カップル誕生となる。だから掘炬燵《ほりごたつ》は婚活に活用したらよい。成立したら「新婚さんいらっしゃい」に出演。「ワタクシ水虫をウツサレました」などと。

大型店運動不足解消に

石原　康正（松山市）

「最近の郊外型大型店は、駐車場も店内も広いから、売場にたどりつくまでに疲れる。ただし、運動不足の解消にはなる」と作者のコメント。なるほど分かりますが、商店街もたまには歩いてください。こちらも歩くだけでも運動不足の解消になりますよ。

症状のひとつは猫背スマホ病

梅岡　菊子（松山市）

猫も杓子も、スマホに明けてスマホに暮れる。世の中に敢えて疑問を投げかけたのである。ついつい猫背になるのは確かである。次々に新型スマホが登場しては買わされているあなた。本当はガラ携が使いやすいんですよ。

今月の八木健

舌が災い政界&芸能界

八木　健

複数の出来事の共通項を見つける

某歌舞伎俳優が巻き起こした騒動と、某官房長官が問責決議されたことに共通するものは、「口は災いの元」という諺《ことわざ》にある。この原因は、頂点に立つ者の「奢《おご》り」である。

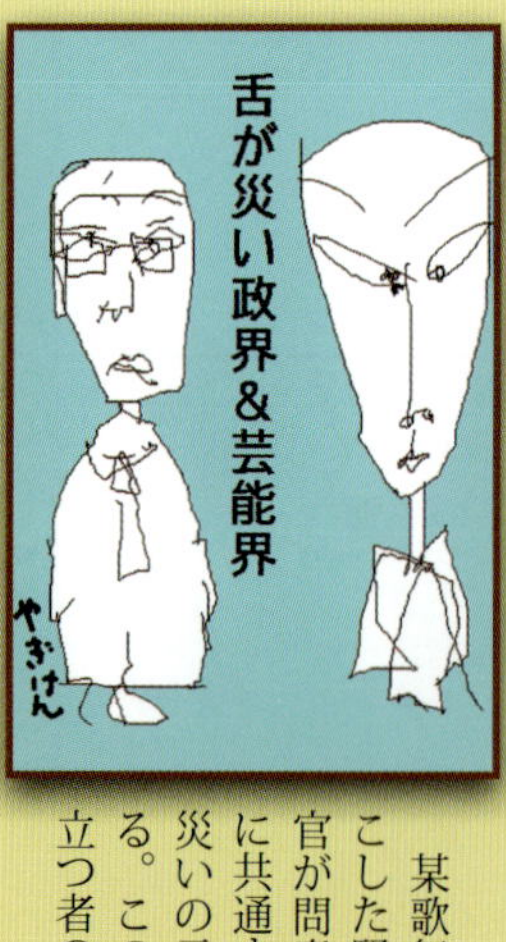

八木健の川柳アート70

特選

おせったい一字違いでおせっかい

粗相（松山市）

なるほどなあ。例えば四国八十八カ所のお接待も、度が過ぎるとお節介なんだ。KY（空気読めない）という奴だな。ダイエット中の方にドラ焼きを出したり、孫の破れジーンズを繕ってあげたりとか。

佳作

訓練の強盗犯がはまり役

村田　節子（八幡浜市）

テレビニュースに訓練の様子が登場。迫力満点。逮捕する警察官もドスが効いていて、どちらが犯人か分からない。訓練では必ず逮捕されるが、取り逃がして探す方がもっと訓練になると思うね。

年賀状の夫婦は仲良く見せている

宮本　三枝子（宇和島市）

「夫婦げんかしました」と、オデコにタンコブの写真とか、浮気がバレて慰謝料の請求書とか、そういうホンモノを書いてほしいねえ。夫婦仲良くの年賀状は、実家の両親を安心させるのに役立つぐらいなもの。

たった一人に振り回される民主党

武井　基次（松前町）

次の選挙では、民主党がコケルというのが大方の予想である。その原因は、「たった一人に振り回されている」ということである。しかし、そういう政党を選んだ有権者は、自身の責任に気づいていない。

己が顔馬は長いと思わない

田辺　進水（松山市）

馬に言わせれば「顔の適正な長さの基準」があるのか、ということになる。身長も体重も肥満度もそうだ。女性は短足の方が和服は似合う。目が大きいとゴミが入りやすい。背が高いと鴨居に頭をぶつける。

じれったいどうしてここでコマーシャル

石原　康正（松山市）

「山場CM」という奴だね。日本では四十パーセントがそれ。西欧では数パーセントらしい。イギリスでは法律で規制されている。もっとも日本ではCMの方が面白いから、CMが終わったらトイレに行く。

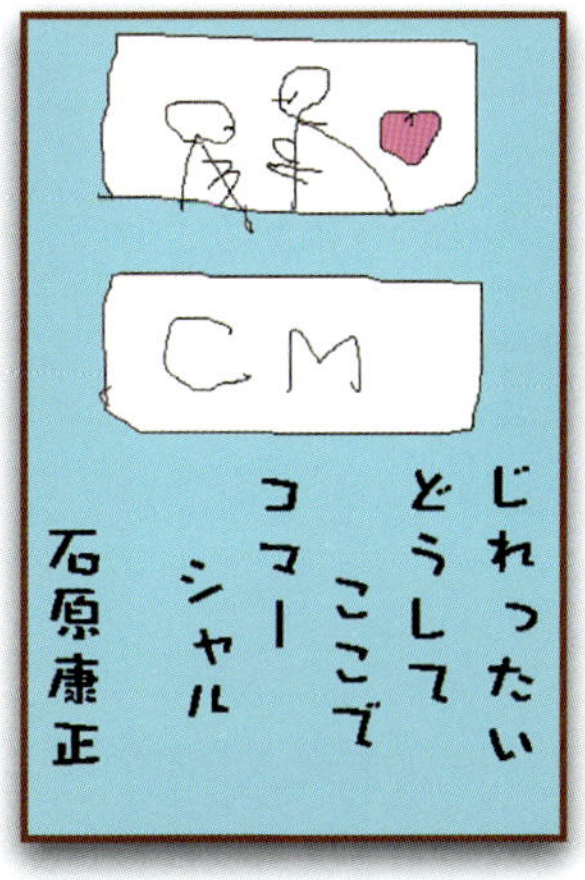

脳年齢即座に判明する会話

井口　夏子（滑稽俳句協会）

脳年齢は若いほうがいいのかね。年輪を感じさせる老熟がいいのかね。会話のテンポのことなんです。

早口で喋れというのかね。

テンポとスピードは違います。

待合で顔を見ないが病気かも

花岡　直樹（松山市）

いつも待合で語り合う人が最近、姿を見せない。ひょっとして病気ではないかと心配している。

かつて待合は老人のサロンとなり医療費高騰の遠因とされた。

八木健の川柳アート 71

特選

着膨れてプロポーションがわからない

花山　昇（松山市）

着膨れる際に、プロポーションが分かるようにしてほしいという勝手な願望が、この句の根底にある。しかし、プロポーションに自信がないからこそ着膨れるのであるから、余計なお世話と言えよう。

佳作

恋心スマホで天に知らせたし

白井　恵理（松山市）

私の胸キュンの苦しさを知って欲しいのよ。

そんな時頼るのがカミサマ。恋心が通じてくれるならカミサマのこと好きになってもいい。

ひと切れで口が腫れそうクロマグロ

金子　亶（東温市）

マグロの刺身は、日本人だけが食べるから値がつり上がり、資源保護のため漁獲制限もやかましい。しかし、卵からの養殖が始まっているから、安心してくれたまえ。金子さんは「食べたくて」口が腫れたのかも。

こんにゃくの身になって見よ針供養

藤原　白男（今治市）

言葉は強いが、心音の優しい一句である。八木健が十年前に作った句に、「蒟蒻が痛がつてゐる針供養」がある。これは俳句で描写。川柳は主張。俳句と川柳の違いが分かる好例。

月冴えて枕元なる日本刀

藤井　滋（松山市）

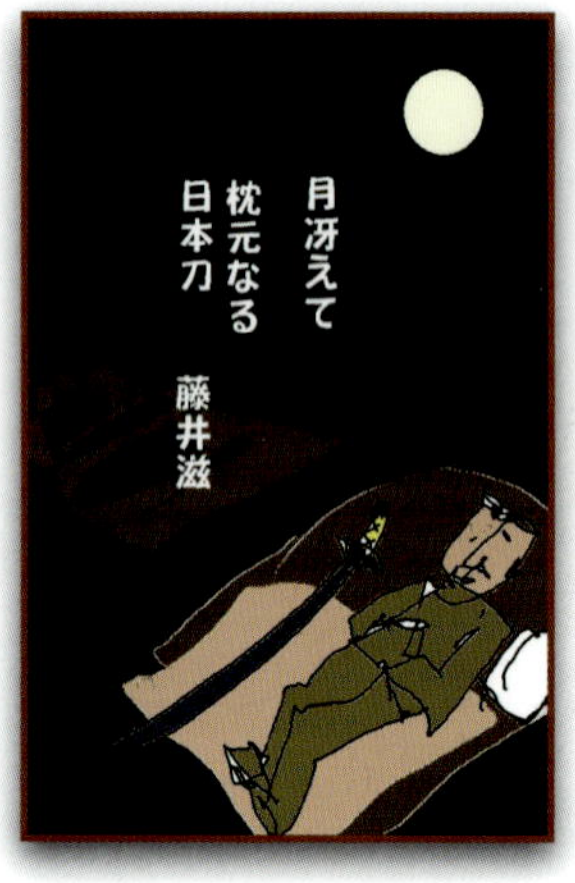

昭和十四、十五年頃に大阪の新聞の川柳欄に掲載。

中国の戦線に従軍し露営した体験を句にした。いつでも敵対行動をとれるようにと枕元に軍刀を置いたという。

混浴は足湯だったよクラス会

北川アイ子（松山市）

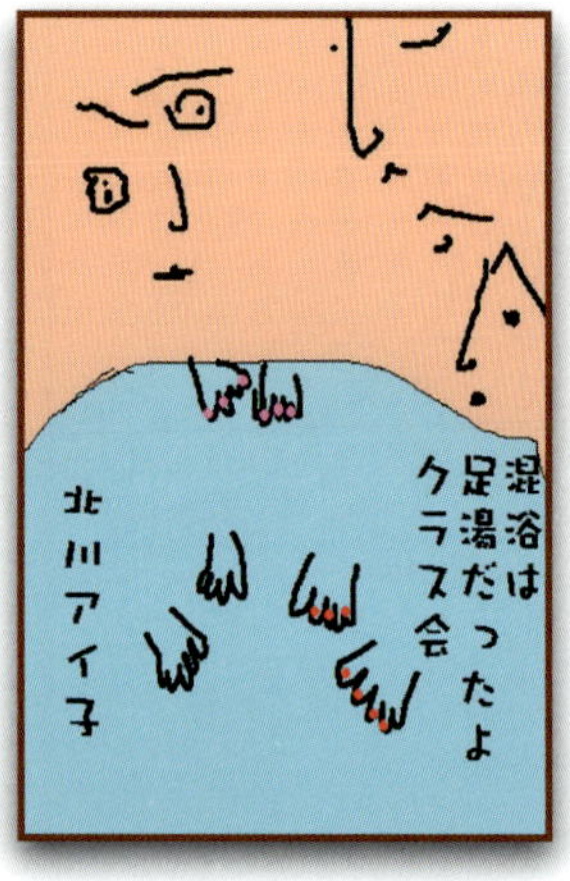

「混浴」をうたい文句に参加者を募るのはよくあること。ましてやクラス会ともなれば、初恋の人と一緒に……。これは混浴詐欺ですなあ。添削しましょう。「混浴は足先だけのクラス会」。

デジタルが駄目でアナログ派と威張る

濱田昭三（松山市）

デジタルが進化したものとは言えぬだろう。アナログにはアナログの良さがある。ラジオだって真空管が見直されている。故障したら叩けば直る。

昭和が懐かしい。

今月の八木健

中心が燃えているから暖かい

大局的な立場に立ってみる

八木　健

新燃岳の噴火は、恐ろしい。近隣住民の生活や経済活動への影響は深刻で痛ましいが、地球は火の玉だから、どこから噴き出すか分からない。冷静になってみれば。

八木健の川柳アート 72

特選

成人の娘はボーナスを着て歩き

村田 節子（八幡浜市）

作者のコメントによれば、「夫が稼いだボーナスは、娘の振袖に変身しました」とのこと。それでよろしいのです。あとは、いいお婿さんを見つけてくること。

佳作

決まり手に八百長の有無加えては

金子 亶（東温市）

故意に負けるのにも、それなりの演技力を必要とします。上手《うま》い演技で負けたら、負けた方に軍配を上げる。決まり手は「八百長」。「負けるが勝ちいい～」。

談合の一部始終を知る徳利

大政 利雄（松前町）

談合を料亭などでする際に、注意しなければならないのは徳利の形ですね。耳がある徳利には、盗み聞きされるオソレ十分ですから。

家計簿に無駄遣い無駄遣い避けるため

川又 暁子（今治市）

家計簿を几帳面《きちょうめん》につけるのは、難しい。途中で挫折するのは、家計簿をつけても無駄遣いは減らないから。そもそも、最初の無駄は家計簿の購入だった。

携帯が負け方教える大相撲

藤原 白男（今治市）

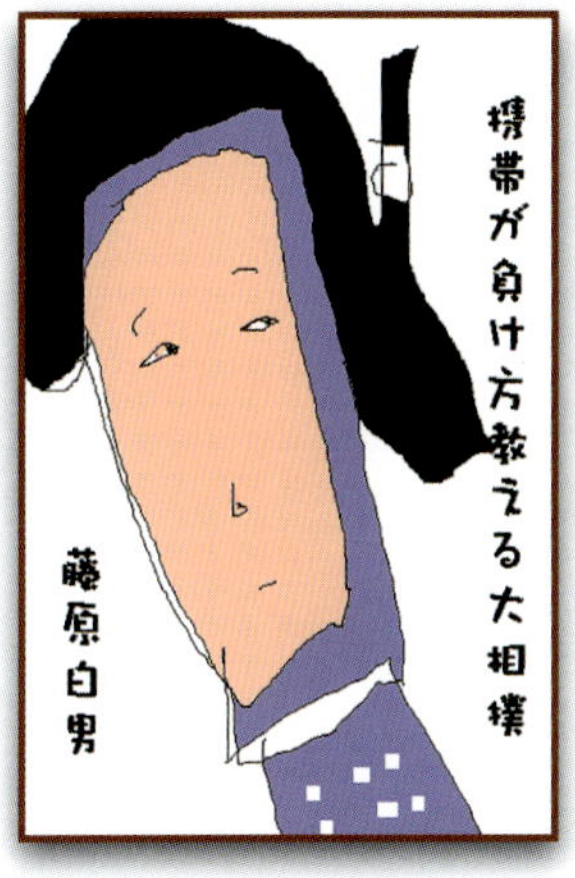

相撲の八百長、大学入試のカンニング。携帯電話の用途は、思いがけない分野に広がりを見せている。八百長用、カンニング用と機種も増えるかもしれぬ。

お財布引退電子マネーの登場に

大西 知子（松山市）

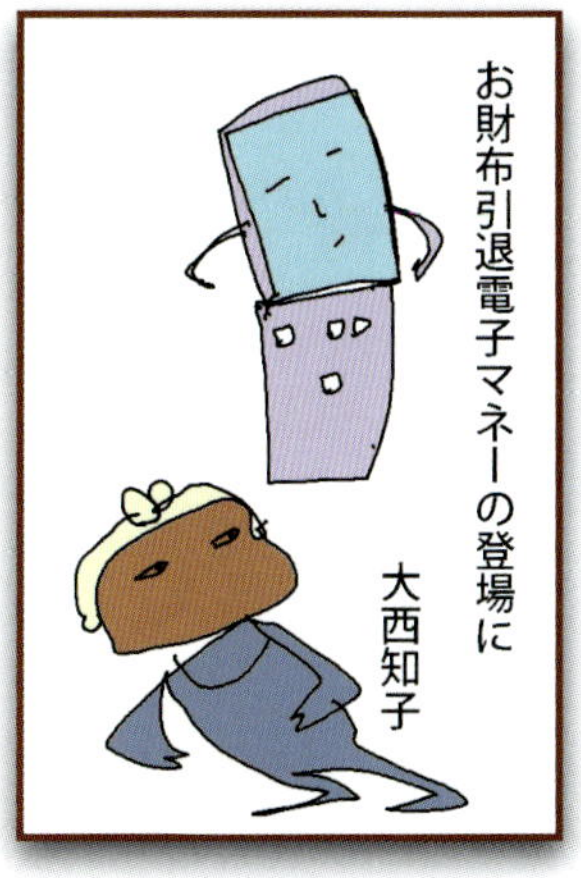

電子マネーは、使ったことはもちろん、見たこともないが、長年使い慣れた財布が不要になるのはちと寂しい。第一、見えないお金を払ったり受け取ったりは奇妙なこと。

乾杯はビールの泡が消えてから

花岡 直樹（松山市）

乾杯の前にひとことお願いしますと言われて勘違い。主賓に対抗して喋りまくる方がいる。

簡単ではありますがと締めくくり乾杯！これには完敗さ。

古今の名句

掃除する人を木の葉が呼び戻し

江戸川柳

せっかく掃除したのに、あとからあとから木の葉が舞い落ちる。掃除の人が慌てて駆けつける。いつの時代にも通用する可笑《おか》しさ。木の葉を擬人化した一句。

八木健の川柳アート 73

特選

印籠に想定外の文字がある

山内　元子（伊予市）

「想定外」が乱用されている。想定外という言葉に責任回避の便利な機能が付いている。「ひとごとみたい記者会見の想定外」。政府や電力がこんなにも無責任とは想定内。

佳作

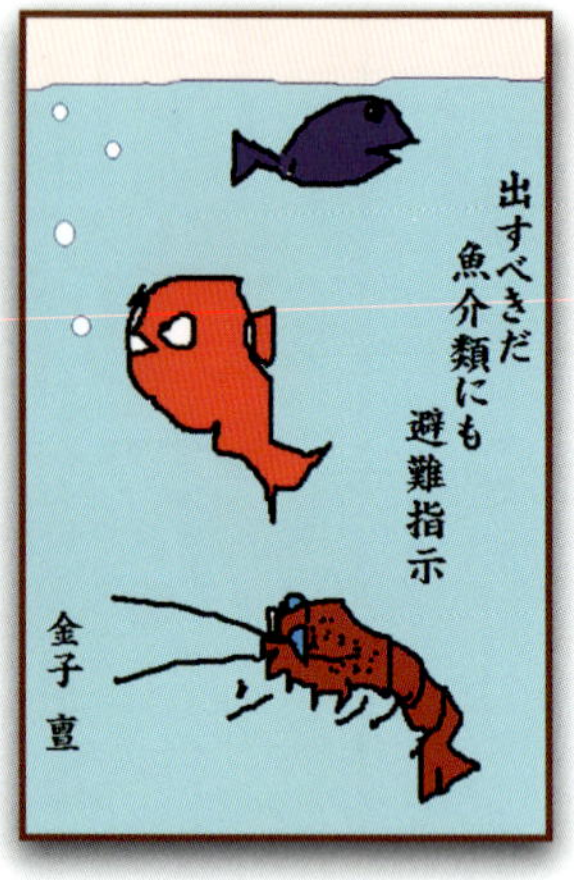

出すべきだ魚介類にも避難指示

金子　亘（東温市）

水族館の魚介類は、餌をねだるなどして人なつっこく、かわいい。原発近くの海中に生息する魚介類に危険を知らせる方法はないのだろうか。

のろのろのパトカー大渋滞の先頭に

丸山輝余子（松山市）

パトカーにはバックミラーが付いてないのだろうか。のろのろ走るから渋滞になっていることを知っているはず。頭にきてパトカーを追い抜いて捕まった奴がいる。気持ちは分かります。「この際捕まってもかまわん」。

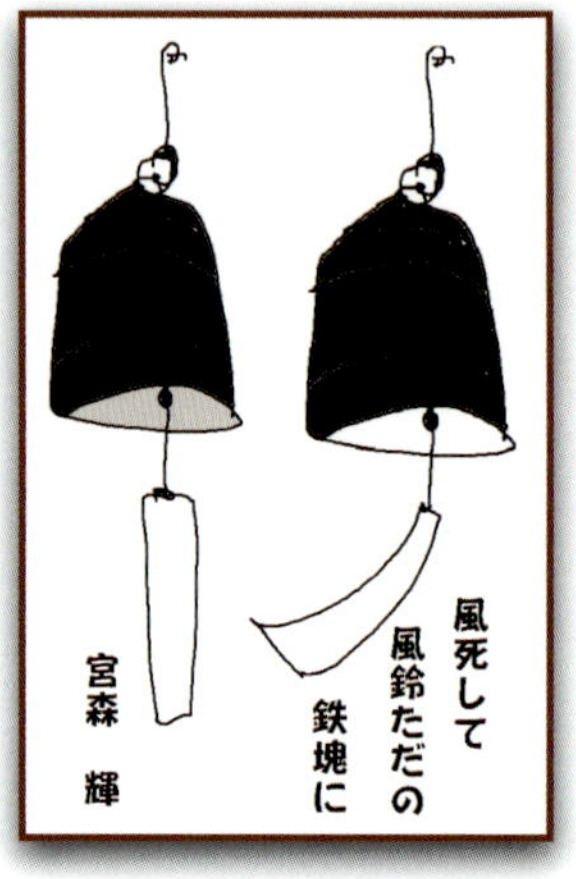

風死して風鈴ただの鉄塊に

宮森　輝（松山市）

風が吹くと音色を褒められ、風が止むと黙り込み、この風鈴は鳴りが良くないと毀誉褒貶が激しい。人間の世界もスポンサーがこけると萎むことが多い。

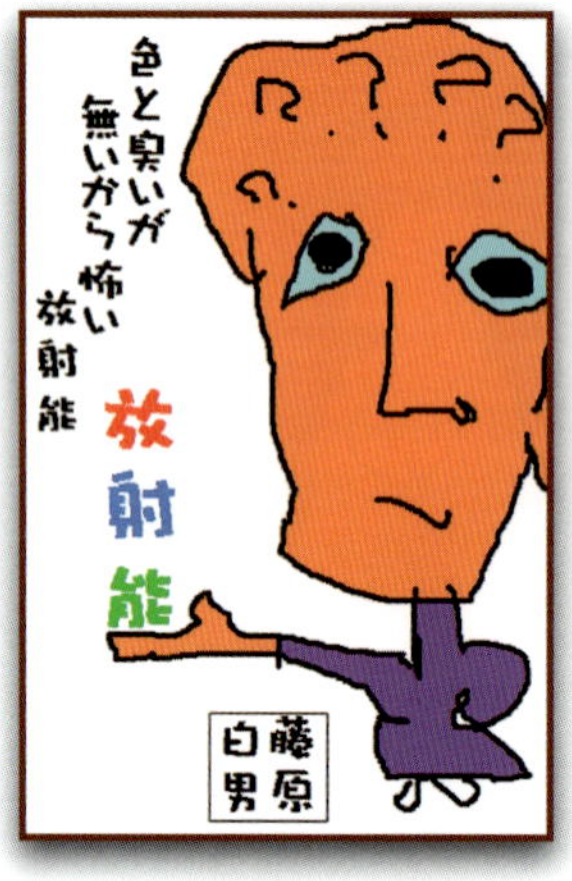

色と臭いが無いから怖い放射能

藤原　白男（今治市）

臭いだけでなく「かたち」がない。神仏の領域に踏み込んだ重罪は子々孫々まで祟《たた》る。放射能も怖いが、原発を平然としてつくる人間も怖い。

ごはんです先に呼ばれるのがペット

村田　節子（八幡浜市）

愛情の対象はペットだけという夫婦が増えている。そのうちペットフードの残飯をもらうことになるかもね。「ニャンニャン」「ワンワン」の泣き声の練習しておかなくちゃ。

死にたいと言い病院に良く通う

今城　夏枝（宇和島市）

「死にたい」と「生きたい」は殆ど同義語なんだろうね。裏表の関係というのかな。

医療の進歩で今や死にたくても死ねない時代でもある。死にたい思いだね。

今月の八木健

現実は部下は上司を選べない

現実を直視する

八木　健

「理想の上司・男性の部」で、分かりやすいニュース解説でお馴染みの池上彰さんが一位に選ばれた。理想の上司を選ぶ企画は現実には滅多にいないからで、おたくの部長と池上さんを比べちゃダメ。

川柳アート 八木健の 74

特選

タオルに見えた小錦のバスタオル

田辺 進水（松山市）

川柳は感じたことを誇張して描く。だからタオルに見えたとなさった。もっと誇張して、「バスタオルをハンカチにして小錦関」としてはいかが?

タオルに見えた小錦のバスタオル
田辺進水

佳作

原発のニューストップをやっと降り

金子 亶（東温市）

福島原発のニュースが連日トップで時々二番目にでる。トップの予定が事実確認に手間取り二番目になることもある。

次は 原発事故
原発のニューストップをやっと降り
金子 亶

石橋を叩きすぎたか縁遠い

藤原 白男（今治市）

叩《たた》かずに結婚して生涯苦労するよりはマシだろうが、叩きすぎて良縁を見逃す場合もある。ボール球でも振ってヒットにするイチローの技を見習え。

石橋を叩きすぎたか縁遠い
藤原白男

裸体画を横目で通過美術館

大政 利雄（松前町）

芸術をポルノと勘違いしたのだろうが、両者にそれほどの違いはない。ポルノ写真を美術館に展示して見事な裸体に感動する日が遠からずやって来る。

裸体画を横目で通過美術館
大政利雄

結局は無駄使い日となる特売日

的場てるみ（松山市）

特売のサンドイッチを買うついでに水着を買ってきた人もいる。私も文具の特売日にエンピツ削りを買いに走り、通常価格の高級万年筆を買ったことが。

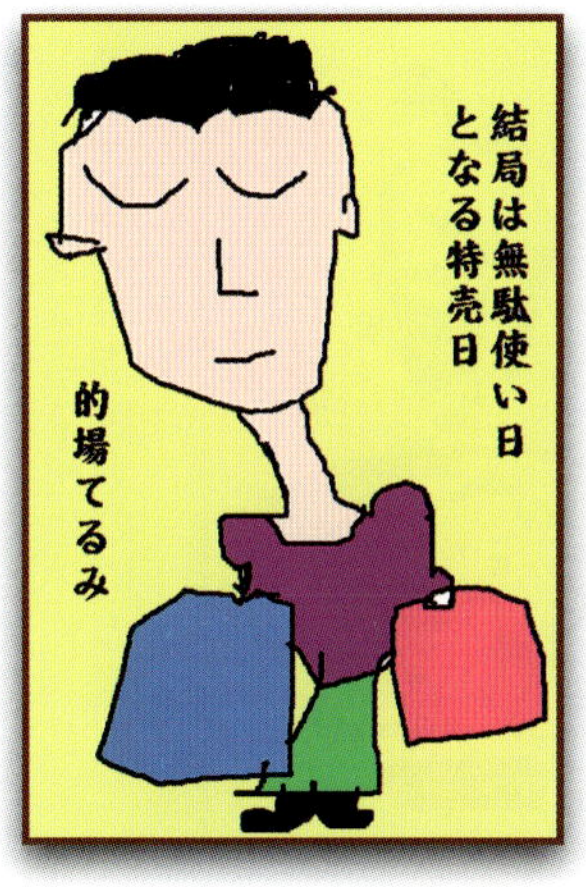

結局は無駄使い日となる特売日
的場てるみ

パトカーは待ち伏せ上手木の蔭に

村田 節子（八幡浜市）

作者はパトカーを褒めているが、ちょっぴり恨めしさも。捕まえるのが商売だからうまい。最近は、猫も「鼠とり」を「パトカーまかせ」にしているほど。

パトカーは待ち伏せ上手木の蔭に
村田節子

今月の八木健

高額がバレ国家公務員給与

常に庶民の立場で詠む

八木 健

国家公務員の給与は年額で六百六十二万円。一般国民より二百万以上高い。腹立たしい事実が、今回の十パーセント削減案で明るみに……。

やぎけん
高額がバレ国家公務員給与

売れ残り詰めて売れれば福袋

八木 健

福袋の起源はそんなところだろう。最近は福袋に詰める目的で商品をつくるらしいが原点に戻ってほしいね。

ダイヤの指輪とかロレックスの時計とか入れてくれ。

売れ残り詰めて売れれば福袋
八木 健
福袋

八木健の川柳アート 75

特選

CMが無くて目疲れNHK

村田　節子（八幡浜市）

民放はCMがあるから目が疲れない。なるほど。NHKもCM放送をという案は、民放の広告収入を奪うので潰された。村田さんはNHKを褒めてるんだろうね。目が疲れるほど見ているんだもの。NHKも目を休める時間をつくるといい。

佳作

義捐金七割未送腐るかも

金子　亶（東温市）

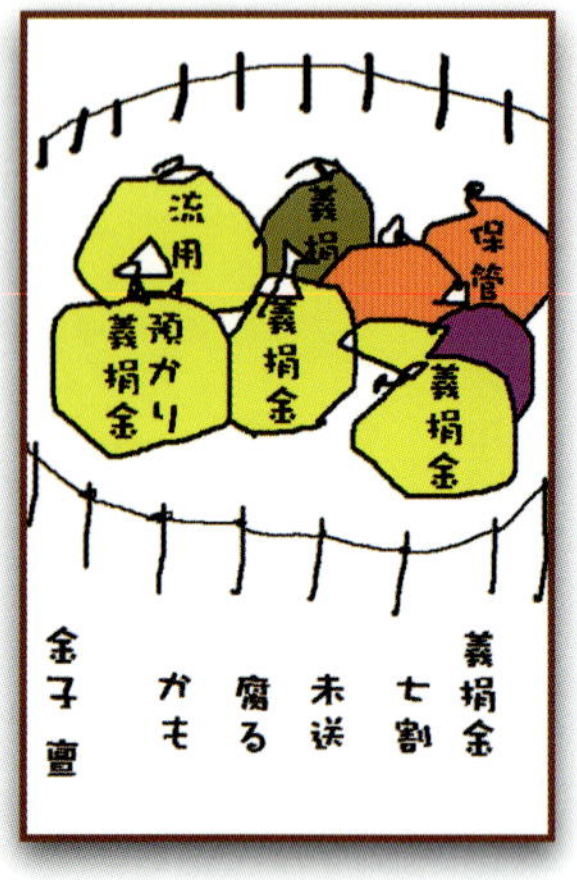

全国から寄せられた義捐《ぎえん》金の七割が被災者に届いていない。その額はなんと二千億に近い。おそらくうやむやになるだろうね。国や自治体が復興に使うとして「ネコババ」するかも。

飲ませたい幕末志士の爪の垢

石原　康正（松山市）

かつて幕末には国の未来を拓こうと多くの若者が命を賭した。今の国会議員のなかにそういう人はいないのか……と石原さんは嘆く。囲碁将棋の名人を閣僚に加えてはどうだろう。明日がわからぬ政府のために、三手先を読んでもらうといい。

台所妻は背中で返事する

松友　順三（松山市）

食事の準備に忙しいんですから、振り返るなんてできません。おそらく、返事は短くつぶやく程度ですね。たとえば「自分で考えなさい」「勝手になさい」、あるいは……「うるさい」。

人並みが花粉症とは情けない

大西　知子（松山市）

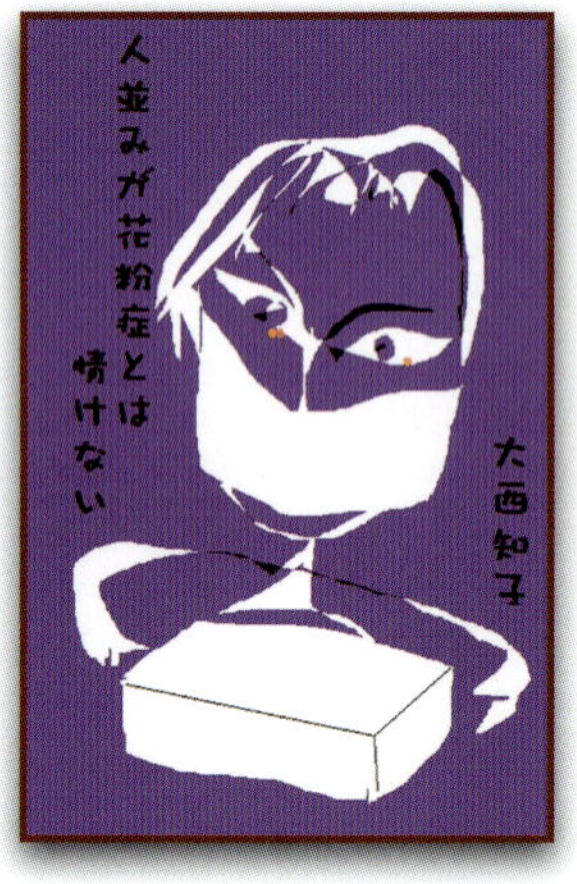

お隣は新車を買ったけど、我が家は二十年前の旧式で、息子は大学受験に失敗してどうするつもりなのか。なにごともせめて人並みにと思いつつ生活しています。最近やっと人並みになったのは、ふふふ……花粉症です。

美人対美人に走る静電気

田辺　進水（松山市）

どんな場合でも、美人は美人の横には並ばない。不美人は自分より不美人を選んでそのとなりに座る。だから集合写真撮るのは大変時間がかかる。美人対美人は静電気が走る。それをストロボがわりに使えないものか。

かき氷夏バテ防止に食べバテル

市川　瑛子（松山市）

結果は逆にですね。諺に「年寄りの冷や水」がある。体力づくりの運動で筋肉痛とかも止めときゃよかった逆効果ですね。閑居して不善とまでは言わぬが。

今月の八木健

問題提起で世界に貢献原発事故

ものの見方を変える

八木　健

とんでもない原発事故を起こして、日本は世界の「嫌われ者」と思いきや、日本の事故があったからこそ原発是非の論議を始めたのだとでも思わないとやりきれない。

八木健の川柳アート 76

特選

齢重ね
丸く
なったは
背中だけ
北川正治

齢重ね丸くなったは背中だけ

北川　正治（松山市）

俳句は自身を俎上《そじょう》に載せるが、川柳は「他者」を批評する立場で描く。しかし、この句はおそらく正治さん自身のことだろう。あるいは奥様も。ふふふ。

佳作

放射能防護の
水着流行か
二宮伸一郎

放射能防護の水着流行か

二宮伸一郎（宇和島市）

海水の汚染は、原発から一定の範囲内の海水浴を禁止することになるかも。しかし、この格好で街を歩くのも悪くはない。個人的には、女性にオススメしたい。

威張り出す
大日葵に
水遣れば
前岡真由美

威張り出す大日葵に水遣れば

前岡真由美（松山市）

向日葵のような葉の広い植物は水分が足りないと途端に萎える。

水分を与えると見る見る回復する。

「威張る」と感じたのが作者の感性だろうね。

日本は
タカラレ
上手
ネダリ
下手
お金
宮井園江

日本はタカラレ上手ネダリ下手

宮井　園江（松山市）

貧乏な国になったのに相変わらずバラ撒《ま》き援助を続ける不思議な国日本。世界各国は「いずれ日本は財政破綻。今のうちにむしり取れ……」が合言葉とのことである。

節電の
ベビーブーム
がやってくる
兵頭忠彦

節電のベビーブームがやってくる

兵頭　忠彦（松山市）

「人口学」研究者の大方の見かたである。経済の地盤沈下は就業者の減少となり、家にこもる人の増加となり、「貧乏人の子沢山時代」の再来で少子化問題は一挙解決。メデタシメデタシ。

古今の名句

コンサート
指揮者
ばかりが
楽しそう
岩間一虫

コンサート指揮者ばかりが楽しそう

岩間　一虫

総勢六十名もの楽団員を指揮棒ひとつで操るのだから楽しくないわけがない。反対に演奏者はそのことが不愉快でないはずがない。事実を述べたに過ぎないが、これまで句にした者はいない。

『ユーモア川柳傑作大事典』より

今月の八木健

ストレス検査の
針が振り切れ菅総理
やぎけん

ストレス検査の針が振り切れ菅総理

八木　健

誇張してみよう

ストレス検査は原発を対象にしたものだが、まずは菅総理のストレスを測りたい。「ヤメロコール」に、おそらくは、針が振り切れるはず……。誇張は「思いを拡大させてゆく」。

体調よしサプリメントを飲み忘れ
八木健

体調よしサプリメントを飲み忘れ

八木　健

飲み忘れても飲んだつもりになっていれば効果があるのがサプリメントである。

効果を疑問視する方にとっては「サッパリメント」である。

八木健の川柳アート77

特選

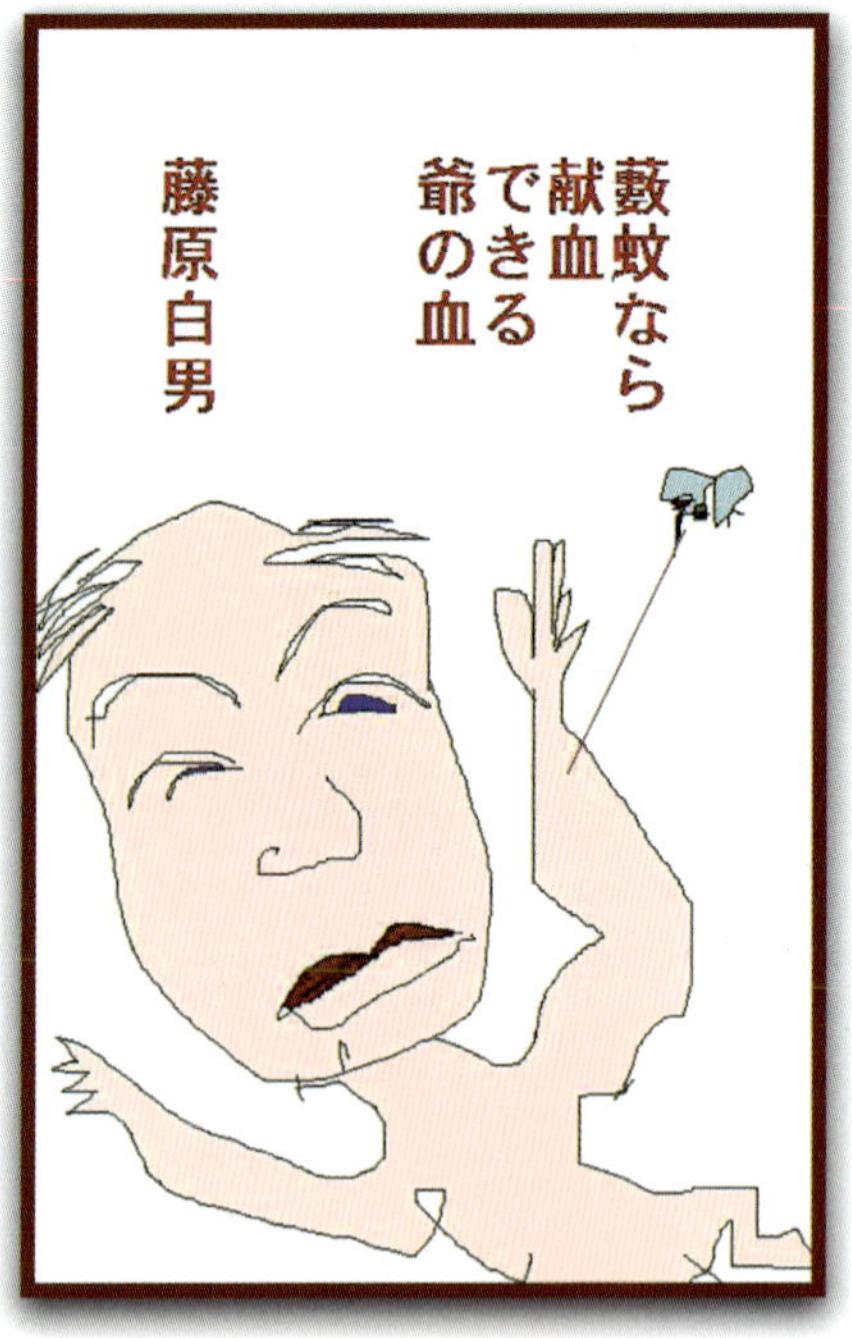

藪蚊なら献血できる爺の血

藤原　白男（今治市）

献血できる最高齢は六十歳でしたか。献血できないとなると、妙に寂しいものである。齢《とし》はとっても血は若いんで、ホレこの通り、蚊のやつはよく知っている。

佳作

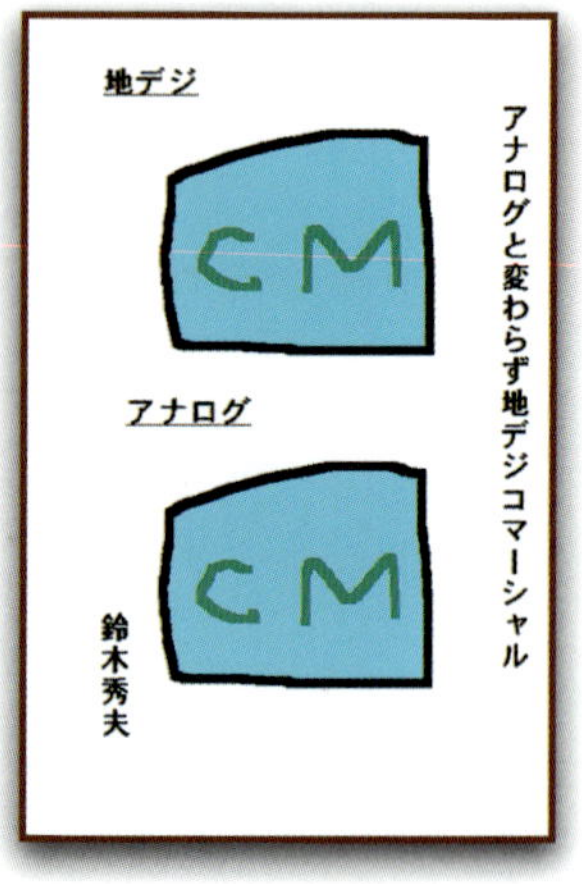

アナログと変わらず地デジコマーシャル

鈴木　秀夫（新居浜市）

コマーシャルは確かに中身が同じですから、地デジ用にと作り変えると費用もかかる。変わったことといえば、宣伝するタレントさんの皺《しわ》が目立つことぐらいかな。

千の風に営業妨害され石屋

徳本　睦英（松山市）

確かにイエテルね。石材業界は反論する歌を作るべきだった。私は、これこの通りお墓の中にいます。世の中には放浪癖のある幽霊もいますが、ろくなもんじゃない……とね。

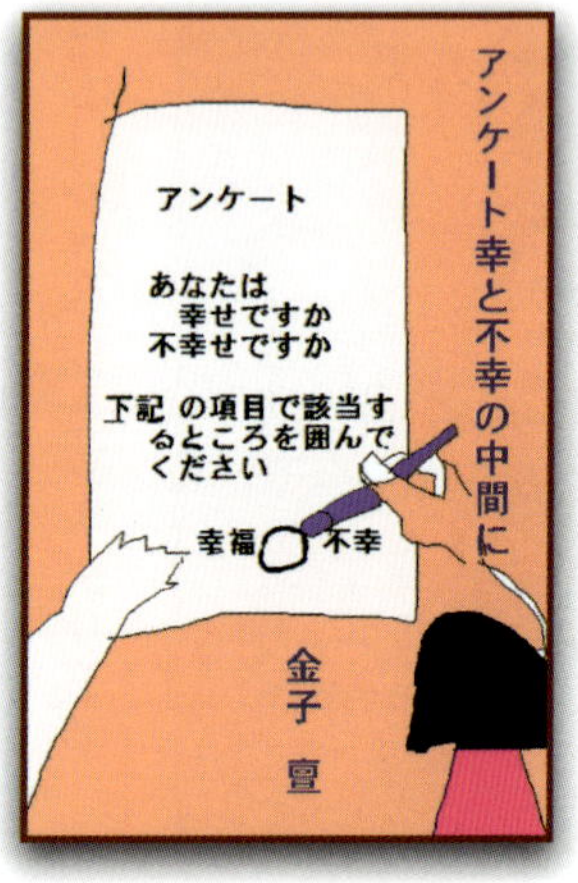

アンケート幸と不幸の中間に

金子　亶（東温市）

アンケートぐらい馬鹿馬鹿しいものはない。今は亡き村田英雄さん、空港で書類に性別を記入するのにSEXとあったので週二回と記入したそうだが、あれは「マジ」だったか？

川の字が洲の字に変わる大家族

村田　節子（八幡浜市）

近頃はベッドの生活が定着したから「川の字」に畳の上で寝た頃が懐かしい。自由な格好で寝るには畳が一番ですね。五人子どもがいて、寝付かない子を母親が叱《しか》る風景は、昭和を象徴するものです。

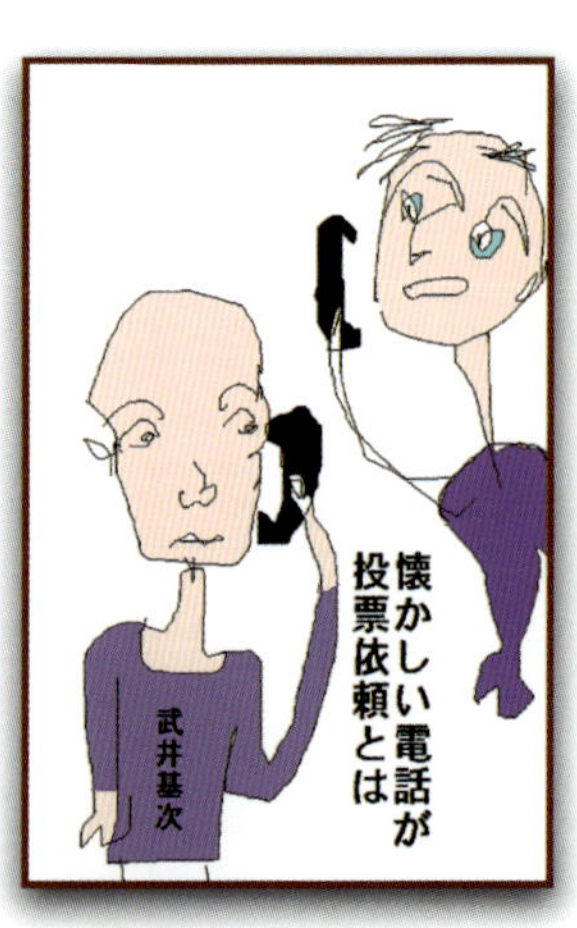

懐かしい電話が投票依頼とは

武井　基次（松前町）

や、どうもどうも、ご無沙汰。ほかでもないけど、頼むよ投票。美人の奥さんにもヨロシク。ハイハイ。

あいつもそそっかしい、候補者名を言わなかったぞ。白紙で投票するか。

ワインの値安い舌にはお手頃で

大西　知子（松山市）

安い舌という御謙遜に好感。

「一本二十万円のワイン飲んだけど、さすがでしたよ」。これが「高い舌」。

あとで、あれは間違いで一本千円だった。これは安い舌。

今月の八木健

地デジに慣れてアナログが懐かしい

八木　健

天邪鬼になってみる

人間は身勝手なものである。その身勝手をあからさまに書くのも人間の素顔を語ることになるから、遠慮せずに書く。川柳は人間を描く文芸だから。

八木健の川柳アート78

特選

引退を見事に演出携帯メール

石原　康正（松山市）

某タレントが引退に追い込まれた。携帯に残された百六通ものメールは、暴力団との深い関係の証拠で、暴力団の準構成員と判断された。彼の「品の無い顔」はそういう世界との付き合いで形成されたのかも。

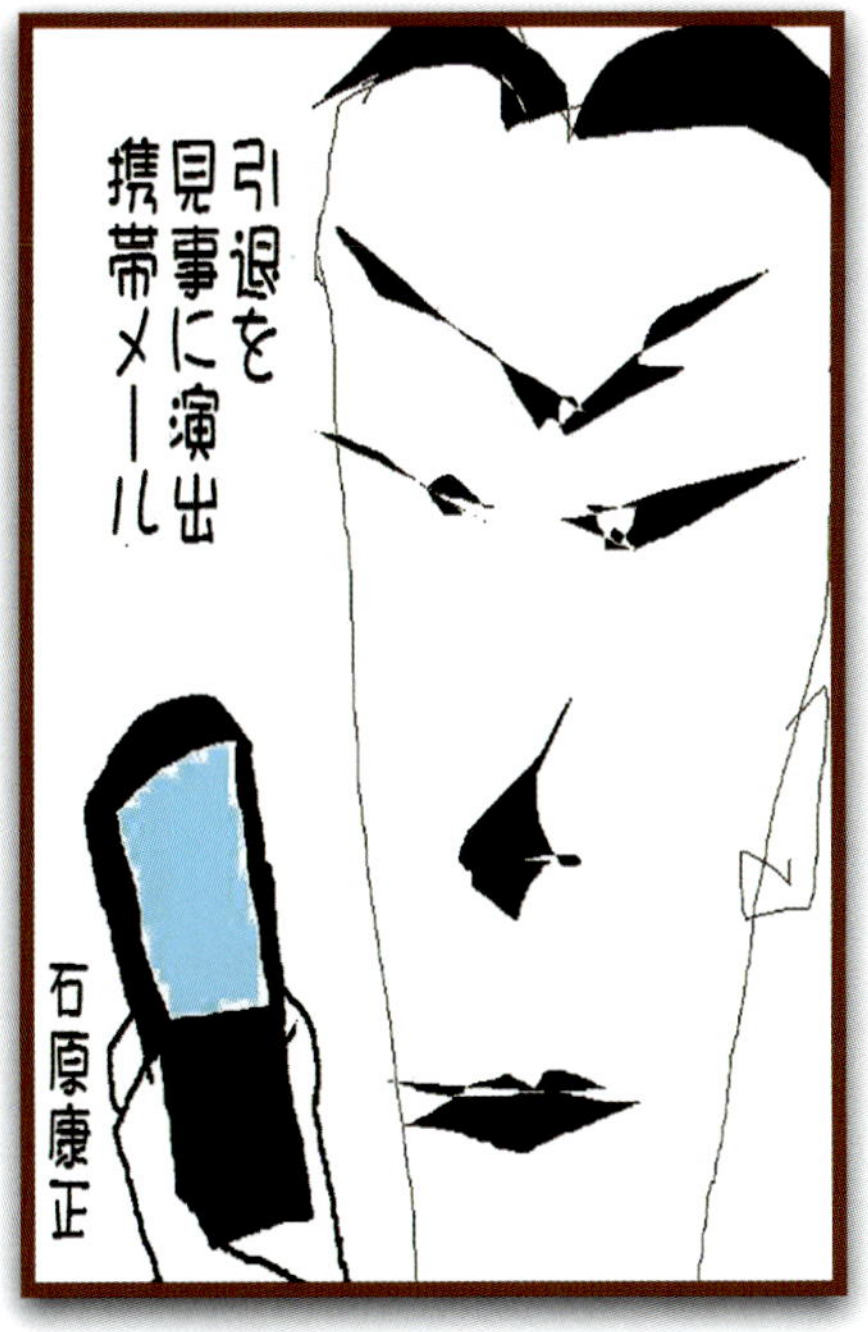

佳作

別嬪にバカバカバカと言わせたい

前田　重信（愛南町）

別嬪《べっぴん》はどういうときにバカバカバカと言うのか？　バカバカバカは親愛の情である。こんな川柳を投句したから、今頃は奥さんから「バカバカアホ」と言われているに違いない。

ファッションショー蹴鞠みたいな足さばき

丸山輝余子（松山市）

蹴鞠《けまり》と見立てたところがいいですね。日常的にあんな歩き方する人はいない。ではなぜあんな歩き方するのか。普通に歩いたらファッションショーにならないからである。どうかね。

骨までも愛していると泥鰌鍋

西谷浩次郎（松山市）

愛妻と泥鰌《どじょう》鍋を食ったのだろう。骨まるごと食べられるから健康にいいんだ。お腹の赤ちゃんのためにもね。君のこと骨まで愛してるよ。あなたって私を泥鰌あつかいするのね。

子の名前ルビが無ければ読めません

村田　節子（八幡浜市）

名前が難しければ「偉い人」になれるかもしれぬという幻想がある。しかし、将来選挙に立候補したときに困る。難しい名前の候補者は落選。これを「名前負け」という。嘘《うそ》だと思ったら辞書ひいてみなよ。

フローリング足が畳を恋しがり

加賀山一興（宇和島市）

戦後の日本では、アメリカさんの真似《まね》をして多くのものを衰弱させた。畳の暮らしも、そのひとつ。フローリングは汗を吸わないから、梅雨どきは困るんだ。

今月の八木健

大臣を首にオフレコをオンにして

八木　健

鉢呂産業経済大臣が「とんでもない」発言で辞任に追い込まれた。あれは「お調子者」の鉢呂さんが、記者に対して親愛の情を示したのだ。洒落《しゃれ》のわからん記者もいるんだから、大臣になったら気をつけんとあかん。

蛇口から出るのに水買う日本人

八木　健

日本の水道水は美味なのに日本人はペットボトルの水を買うから不思議だと外国人。

「ニッポンノスイドウスイツメテニッポンジンニウリタイ」

八木健の川柳アート 79

特選

手櫛が読みとる頭髪のバーコード

金子　亶（東温市）

櫛《くし》を使うには頭髪の本数が足りない。「手櫛」を使えば減り方のおよそも分かる。教師のニックネームも「スダレ」から、最近はバーコードに変わっている。

佳作

原発反対オール電化の家に住み

高岸サヨ子（八幡浜市）

電気を使い放題で原発反対というのも説得力に欠ける。原発の運転停止で電力不足と言いつつ、結局は十分に足りた。これも原発維持の口実だったのか。

手の震え盃持てばすぐとまる

加賀山一興（宇和島市）

アルコール依存症のことでしょうか。それをそのまま川柳として掲載するのは如何《いかが》なものかと思うが、川柳も正直を書いてこそ。

穂すすきをポエムに仕立て秋の風

川又　暁子（今治市）

秋の風を擬人化して俳句に近い作品ですが「ポエムに仕立て」の説明で川柳となった。俳句にするなら「穂すすきの景となりけり秋の風」でしょう。

象の前では内緒話は出来ないな

田辺　進水（松山市）

川柳も俳句も、精神史としての役割を持つ。象が複雑な言葉を理解するとは思えぬが、作者がそのように感じた。それを川柳にしたところがよろしい。

園児よりカメラが多い運動会

藤原　白男（今治市）

少子化、押せば写るカメラの登場、パパの存在感を示すチャンスなどで、運動会のカメラマンが増えたことはたしか。園児たちは、ほどなく反抗期に入る。

羽を毟られ新型の扇風機

山崎美樹子（松山市）

羽の無い扇風機が人気ですが、羽がなくて扇風機と言えるか。

羽だけを製造してた会社には打撃ですね。

川柳には時代に逆らう性分がありましてね、ハイ。

今月の八木健

そう言えば昔の財布もヒモつきだ

ヒモはヒモでもヒモ違い

八木　健

経済の停滞のしわ寄せは家計を直撃している。なかでも夫の小遣いは極限まで減額され、妻の管理下で「ヒモ付き」というケースもある。

八木健の

川柳アート 80

特選

丸い背がグランドゴルフに好都合

松友　順三（松山市）

グラ（ウ）ンドゴルフは、やりすぎると背が丸くなります。背が丸いのをグランドゴルフのせいにすることもある。

丸い背がグランドゴルフに好都合　松友順三

佳作

イケメンの医師がいるから厚化粧

村田　節子（八幡浜市）

なるほどね、女ごころですね。しかし皮膚科の医師は厚化粧を勧めません。まあ、あなたって意地悪ね。

イケメンの医師が
いるから厚化粧
村田　節子

補聴器が無くて悪口聞かず済む

城導寺しん（八幡浜市）

補聴器はあるんだけど、最近使わない。だからアイツら安心して悪口言ってる。最近、聞こえるようになってね。

補聴器が無くて悪口聞かず済む
城導寺しん

美人にはして欲しくない大マスク

花山　昇（松山市）

お気持ちは分かりますが、美人さんが風邪ひいたら可愛《かわい》そうでしょ。それがまたいいんだ。クシュンが可愛いから。

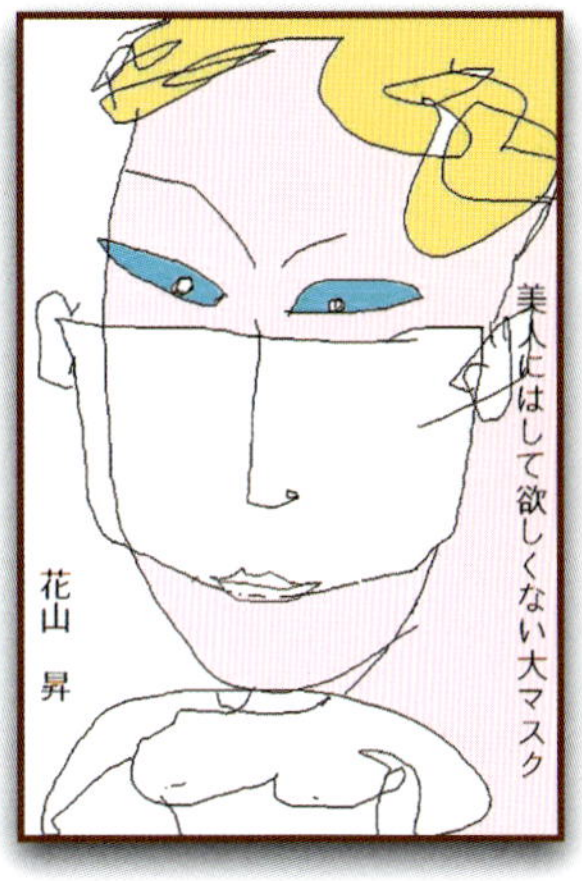

美人にはして欲しくない大マスク
花山　昇

まだ死ねぬ三年日記買ったから

葛川志満子（鬼北町）

確かに無駄になりますからね。買う前に先生にお尋ねすれば良かったのです。先生は「半年日記」をお勧めになるかもね。

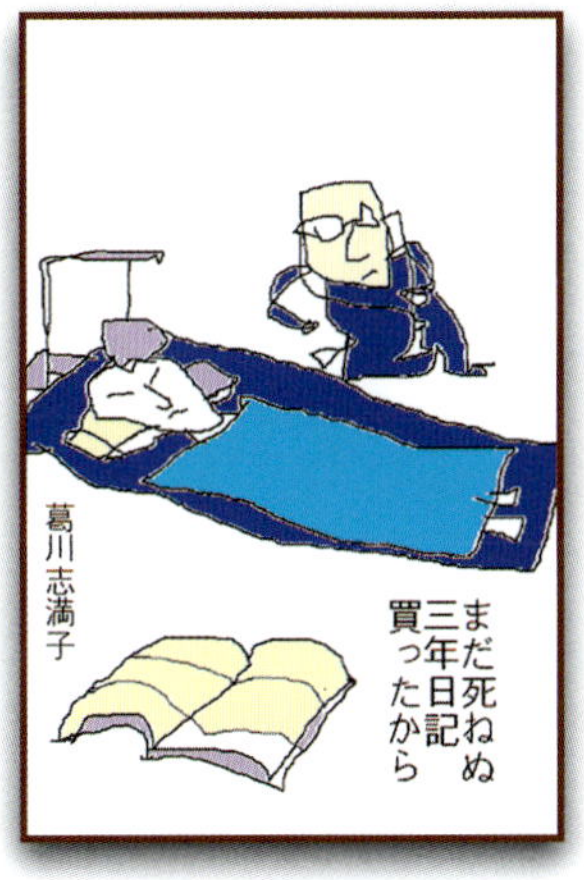

まだ死ねぬ
三年日記
買ったから
葛川志満子

病院はいつでも読書の秋なんだ

金子　亶（東温市）

確かに長時間待たされますから、読書には「うってつけ」ですね。先生から「目の使いすぎだ……」だと。

病院はいつでも読書の
秋なんだ
金子亶

殺されて喜ばれるという不幸

武井　基次（松前町）

あんな死に方はしたくないですね。息子も殺されて。日本の政治家はいい加減なことしても殺されないからいいね。おいおい。

殺されて喜ばれるという不幸
武井基次

ここだけの話に口が嬉しそう

田辺　進水（松山市）

聞かされた人が別の人に「ここだけの話」と言って広めるから、信頼できる人だけにしなさい。あなたに話して失敗だったわ。

ここだけの話に
口が嬉しそう
田辺進水

川柳アート 81
八木健の

特選

おさえこみ金メダリスト捕った

武井　基次（松前町）

オリンピックの金メダリストがすべて品行方正とは限らぬ。【警告】押さえ込みは試合場内のみ。相手は柔道衣を着た同性に限る。

佳作

タレントが着ればお洒落になる古着

村田　節子（八幡浜市）

ということは、凡人が着れば古着にしか見えぬということ。凡人がブランドを着れば中身が貧弱だから似合わないと節子さんは悩む。

ツアー客ガイドの旗の思うまま

大西　知子（松山市）

ツアー参加するということは、ガイドさんの手の旗の動きに従うということ。一挙手一投足を命令されるのに高い旅費払うなんて……。

外れたら八ツ当りされジャンボくじ

兵頭　紀子（鬼北町）

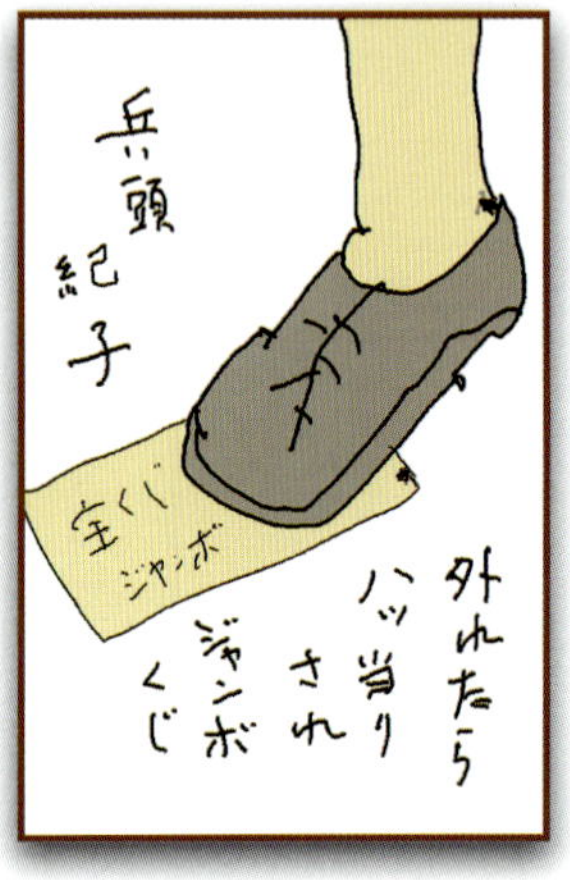

当たれば三億円手元に入るはずだった。それが当たらなかったのは、この紙切れの責任だ。はい、どうぞ気の済むようにしてください。

失言に次ぐ失言で議事遅れ

石原　康正（松山市）

まさか失言する人を選んで大臣にしてるんじゃないだろうね。なぬ？　その通り？　その方が、多くの議員が大臣になれる。なるほどね。

缶ビールプシュッと嬉しそうな音

田辺　進水（松山市）

川柳の場合も擬人化は面白い句ができる。ただし、この句は「缶ビールプシュッの嬉しそうな顔」とすれば田辺さんのことになる。

借金のカタにとられる?パルテノン

粗　相（松山市）

そういうハナシがあるんですか？　日本には似たようなつくりのパチンコ屋があるが、まさか狙ってるんじゃないだろうね。

今月の八木健

しっかりと見るため外される眼鏡

八木　健

眼鏡の度が合ってないのだろうね。十年前に買ったのですが、年取ると老眼になって見えるようになるらしいです。今はレンズはずしてます。オヤオヤ。

特選

戦闘機シロウトの大臣が選べるか

宮井　園江（松山市）

「大臣は戦闘機に詳しいのですか」「もちろん、専門的なことは知らんが、プラモデルは大好きでした」

宮井園江
戦闘機
シロウトの
大臣が
選べるか

佳作

片付けの本でお部屋が片付かず

的場てるみ（松山市）

八木健も片付けが苦手ですよ。血液型がBの人はみんな苦手。片付けの本の片付け方の本は？

片付けの本で
お部屋が
片付かず
的場てるみ

断捨離で出てくる出てくるエコバッグ

愛　子（四国中央市）

エコバッグの地球にやさしい目的が、これでは逆になりますね。だから「エコバッグ」の行商でもするか。

断捨離で
出てくる
出てくる
エコバッグ
愛子

胃の中でサプリメントが大渋滞

石原　康正（松山市）

テレビのコマーシャルで、俳優さんに騙《だま》されて買う。だから「騙されにくくなる」サプリメント飲まなくちゃね。

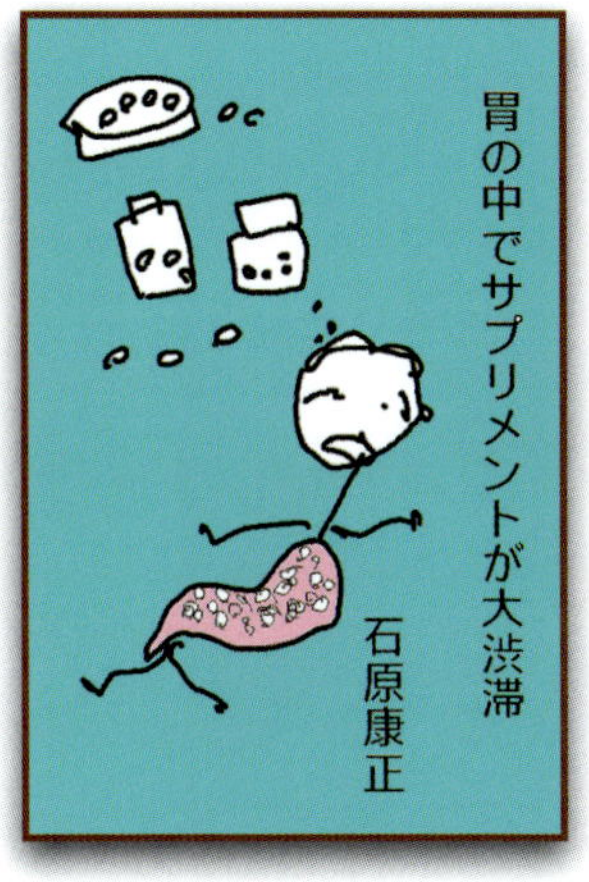
胃の中でサプリメントが大渋滞
石原康正

出張の夫を送り出す笑顔

田辺　進水（松山市）

この句は、笑顔の裏に隠されている真実を焙《あぶ》りだし糾弾しているのです。送り出し自分の時間になりました。

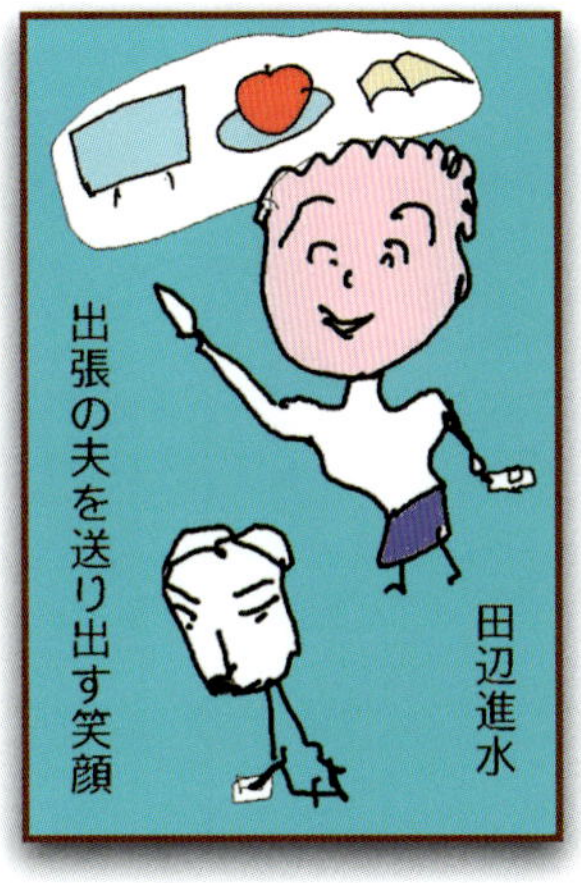
田辺進水
出張の夫を送り出す笑顔

携帯をいじって孤独から逃げる

花山　昇（松山市）

孤独から逃げ、携帯が恋人に。出会い系サイトにつなぎ、恋人を見つけて、ふられて孤独になる……。

携帯をいじって孤独から逃げる
花山　昇

生きるには耐えるほかなし磯の松

藤原　白男（今治市）

自然を見て人生を重ねるのですね。風圧、外圧に耐える人生やった。この老松も、腰が曲がっとるわい。

生きるには
耐えるほかなし
磯の松
藤原白男

孫が描く似顔絵シワを見逃さず

宮本　悦子（松山市）

婆ちゃんの苦労がシワとなって刻まれている。お値打ちのシワだなあ。シワを消しましょうか。一本百円。

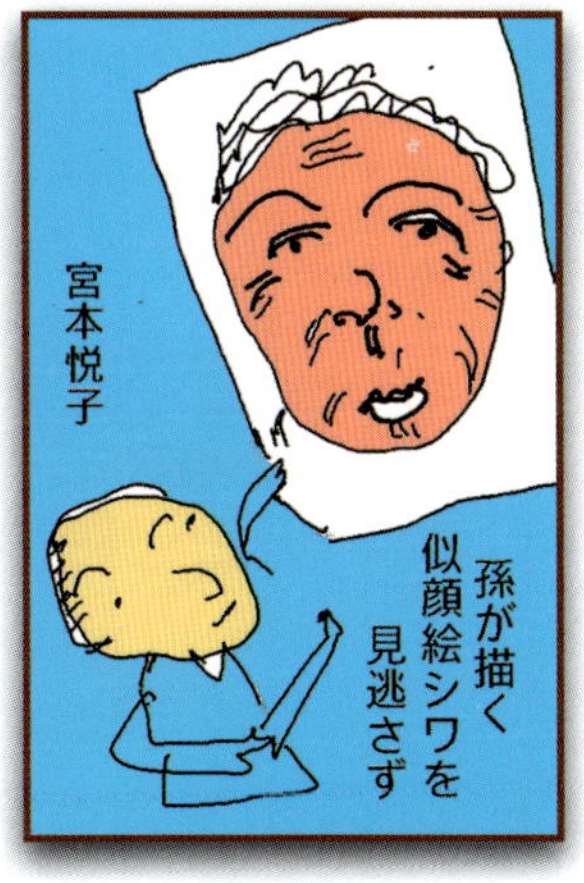
宮本悦子
孫が描く
似顔絵シワを
見逃さず

八木健の川柳アート 83

特選

これ以上買うなとメモに赤いマル

松友　順三（松山市）

給料が銀行振り込みになって以来、男たちの権威は失墜。買い物の使い走りをさせられるだけの存在になった。

佳作

新聞を四角に読んで丸く老い

藤原　白男（今治市）

「四角に」は、丹念に読むということ。川柳に「丸ビルを四角に逃げるにわか雨」があるが、藤原氏の句には深さがある。

贅沢な口がメタボの始発駅

大政　利雄（松前町）

終着駅が「メタボ」と因果関係を説明して、川柳の本道を行く作品となっている。飽食本線にある駅名だろう。

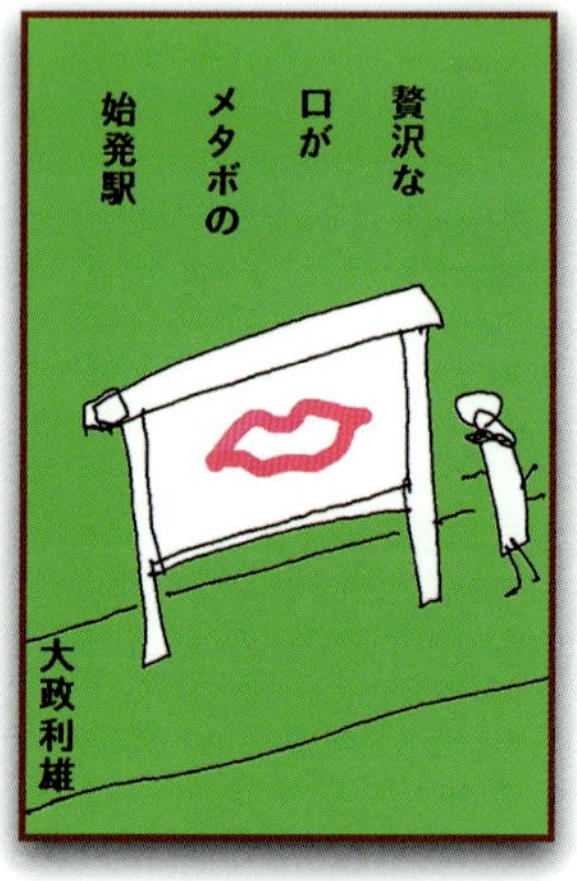

久しぶり元気やったかと病院で

今川　一代（愛南町）

病院での再会だから、病気だと分かるはずなのにね。「元気やったか」は「生きていたのか」程度に解釈しようか。

歯をほめる顔が悪いと言えなくて

武井　基次（松前町）

人間、どこか取り柄があるもの。きれいな歯だからと「歯」をほめた。ところが「実は私、総入れ歯なんです」だと。

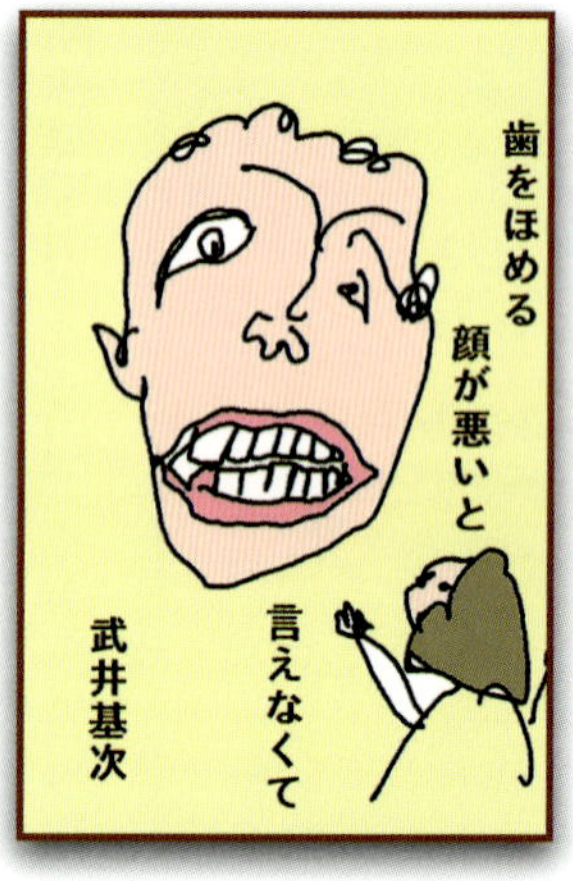

着膨れていることにする皮下脂肪

村田　節子（八幡浜市）

着膨れで肥満を隠すにはワンランク上のサイズがよろしい。そのゆとりに安心して肥満が進行の懸念もあるが。

よう呑んだと一升びんも横になる

田辺　進水（松山市）

擬人化は、対象になりきることで可能になる。妻に無視され、話し相手は「酒」だけという背景が分かる作品である。

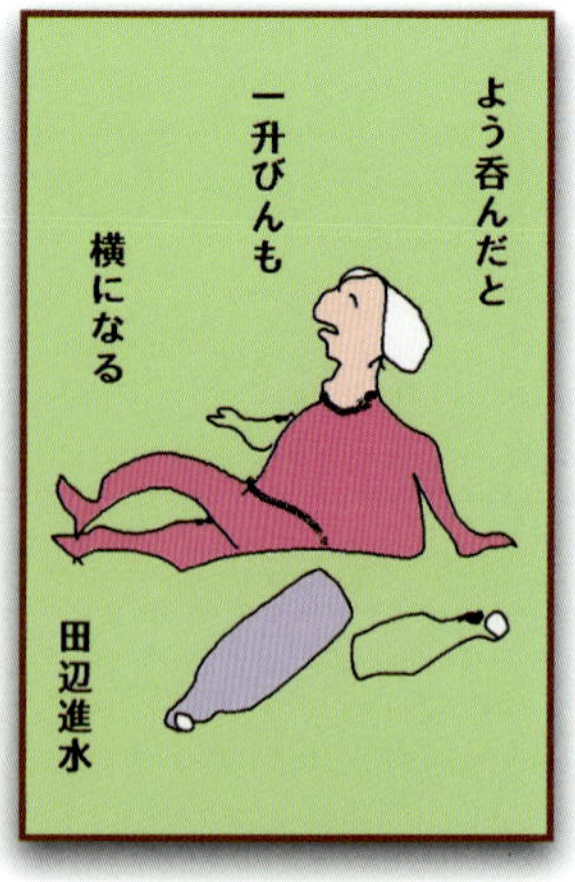

威張り始めたコンビニの冷やし麺

平田　啓恵（松山市）

夏期限定商品だからシーズンオフには「じっと我慢の子」なんですね。
夏本番で威張りだしたところが「カワイイ」ですね。

八木健の川柳アート 84

特選

協議する協議は無駄か必要か

金子　亶（東温市）

協議は無駄か必要かと問われれば「必要」と答えます。人間には「無駄」も必要だからです。すると、協議は無駄なんですね。

協議する
協議は無駄か
必要か
金子　亶

佳作

追伸がメインテーマの子の手紙

宮井　園江（松山市）

礼儀正しい子は季節の挨拶から書き始める。多忙な親のことを気遣う子は追伸から書き始める。横着な子はメールか電話ですね。

追伸が
メインテーマの
子の手紙
宮井園江

工事中は年度末の風物詩

兵頭　紀子（鬼北町）

だから年度末工事は季語にしたらヨロシイ。NHKラジオ「ひるのいこいです。今年も名物、年度末の穴掘りが始まりました」

ご迷惑
今年も
工事中は年度末の風物詩
兵頭紀子

TPPなんだか軽い音がする

城導寺しん（八幡浜市）

「なんとか太平洋経済なんとか」のことですね。城導寺さんには軽く聞こえても、農業者には深刻な問題。耳鳴りがするんですよ。

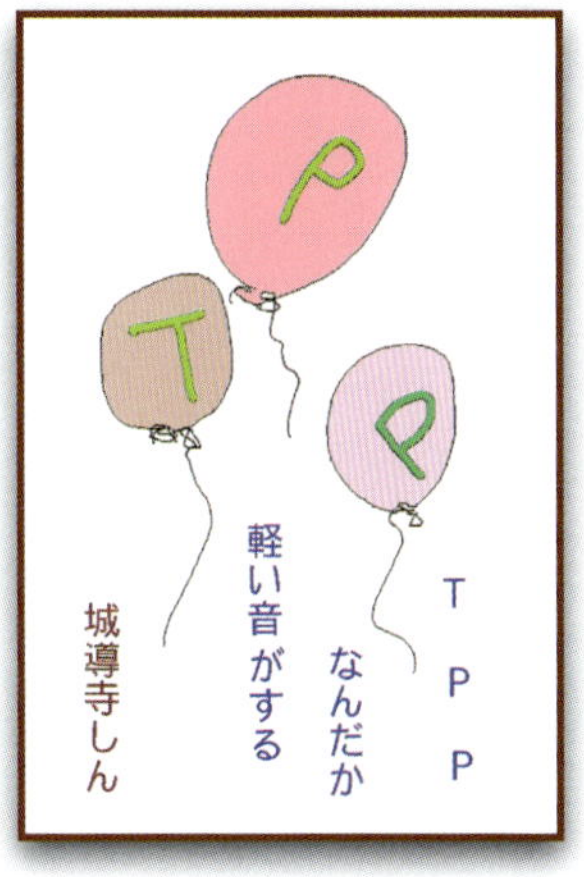
TPP
なんだか
軽い音がする
城導寺しん

買ったものがいたむほど長い立ち話

山本　富子（宇和島市）

お刺し身用に買ったマグロは、照り焼きにすればよい。生蕎麦《そば》は干して乾麺にする。暑い時節の卵はゆで卵として食卓に載せる。

買ったものが
いたむほど
長い立ち話
山本富子

痩せなさい太った医者に諭される

武井　基次（松前町）

血糖値を下げんといかん。それには運動が一番。糖尿が怖いですから食べすぎはダメ。先生は、自分に言い聞かせているんですね。

痩せなさい
太った医者に
諭される
武井基次

愛鳥週間も大繁盛の焼鳥屋

田辺　進水（松山市）

愛鳥週間は鳥を愛すること、正確に言うならば鳥の味を愛する週間ですが、週間がいつの間にか習慣になりまして、ハイ。

愛鳥週間協賛
年中無休
焼鳥一番
愛鳥週間も
大繁盛の
焼鳥屋
田辺進水

御曹子井戸の深さを落ちて知る

藤原　白男（今治市）

百億円も授業料を払ってギャンブルの怖さを学んだ御曹子だが、学んだことを生かす資金がない。庶民も宝くじの度に三千円を捨てる。

御曹子井戸の深さを
落ちて知る
藤原白男

八木健の川柳アート 85

特選

大金を民に使わずミサイルに

石原　康正（松山市）

北朝鮮がミサイル発射に投入した資金は、約七百億円。それだけあれば、食糧難に苦しむ北朝鮮の国民は、一年間トウモロコシを食べられるのに。

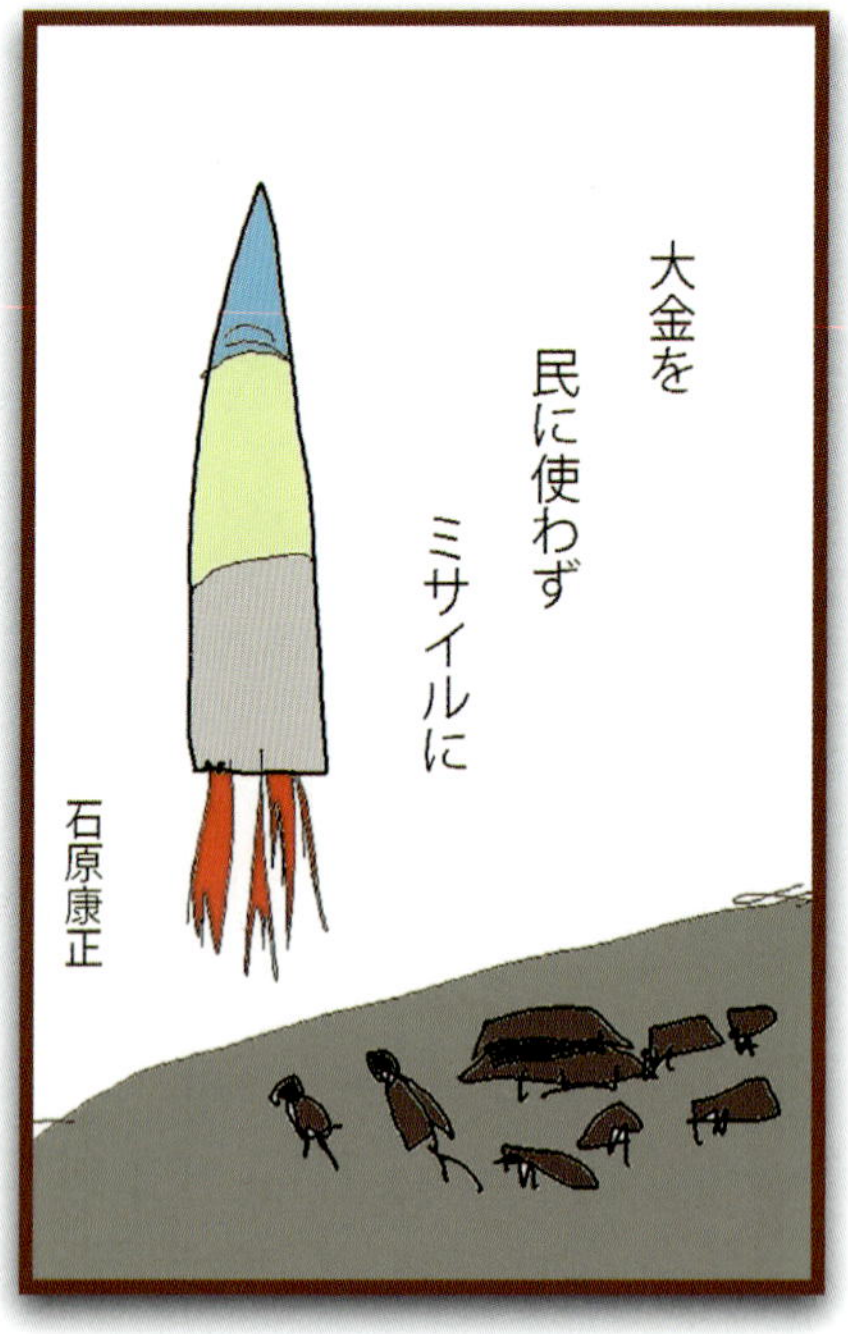

佳作

下駄投げて天気予報をしたものよ

松友　順三（松山市）

天気予報のお姉さんは、あんなに美人だから、予報なんて外れたっていい。「下駄が裏返しだから、雨よ」なんて言ってほしい。

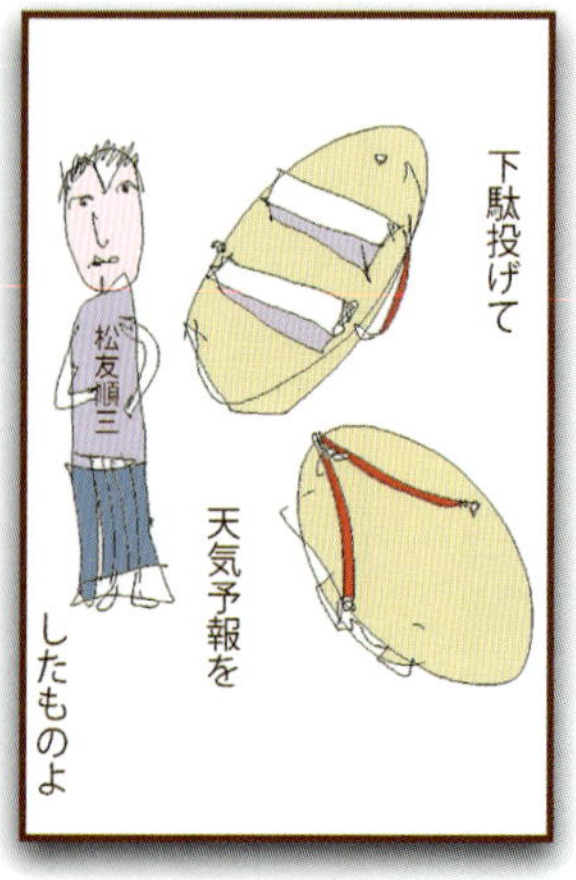

厚化粧詐欺だ不正だ言われても

村田　節子（八幡浜市）

詐欺、不正と非難されるのは、美しくなり過ぎたからなのです。部分的に塗り残しをするなど、多少の配慮が必要かも。

日本の文化謝罪の人数角度さえ

金子　亶（東温市）

人数は三名。角度は四十五度と決まっているらしい。謝罪のハウツー本も隠れたベストセラー。分度器もよく売れている。

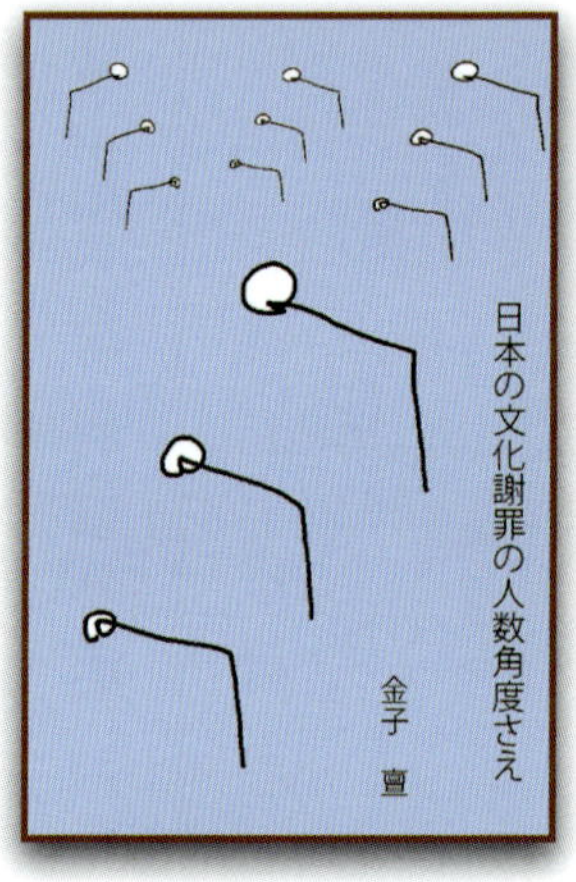

口達者どこかお悪いところでも

北川アイ子（松山市）

病院の待合室で大きな声で話す方がいます。なんとかなりませんかねえ。饒《じょう》舌《ぜつ》癖を治療に来られた。なるほど。

男に生まれほっとする鬼瓦

北川　正治（松山市）

胎内にいる段階で男に生まれるか女に生まれるか操作できるようになるかも。この子は鬼瓦だから男にしましょう。あらら、このところ鬼瓦ばかりだわ。

紳士淑女に化け二時間の披露宴

大政　利雄（松前町）

人間我慢できるのは二時間が限度。それを超えると地金が出て粗野なオジンオバンに戻る。

近づいて見ない方が良かった美人

前田　重信（愛南町）

仲の悪かったご夫婦が晩年になって仲良くなるのは、視力が衰えて顔がよく見えなくなるからというのも一理あることです。

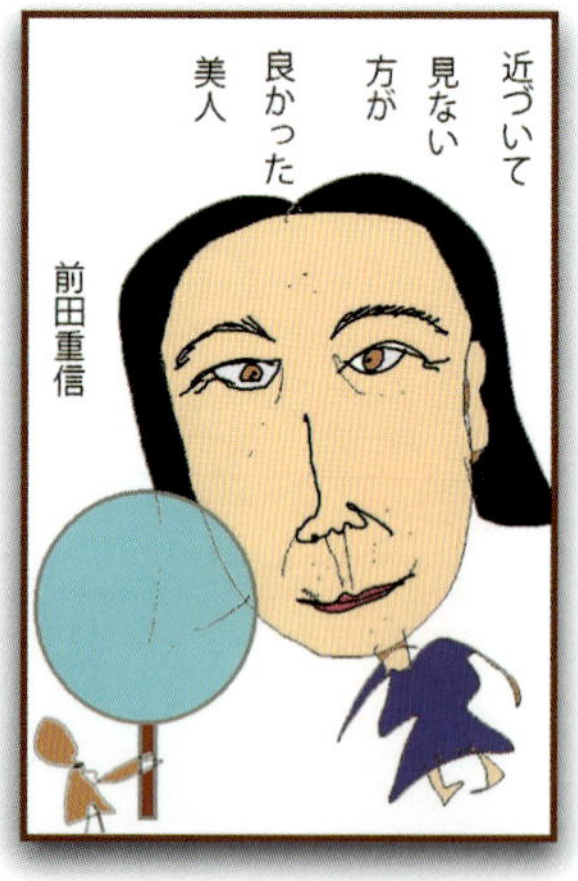

八木健の川柳アート 86

特選

化粧する寄る年波を塗りこめて

大西　知子（松山市）

「すっぴん」で勝負できるのは、二十歳代までなんだから仕方ない。それに知子さんみたいな人のおかげで化粧品会社が倒産しないですむんだ。

佳作

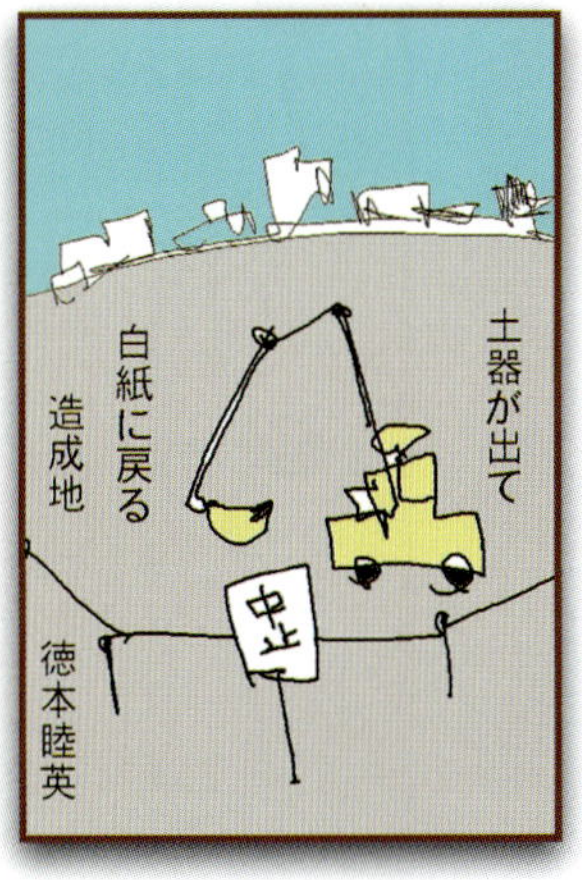

土器が出て白紙に戻る造成地

徳本　睦英（松山市）

埋蔵文化財というやつですな。土地が売れたら老後の生活費にと思っていたのだが仕方ない。遺跡掘りのバイトでもするか。

ガソリンの値上げに慣れて遠出する

金子　亶（東温市）

日本人は「健忘症民族」に分類される。大津波も三年経てば忘れてしまい、住宅を建て始める珍奇な民族でして、汚職議員にも四年経てば投票する。

少子化で友達百人作れない

村田　節子（八幡浜市）

子どもがたくさんいてこそ国の将来に希望が持てるのです。七人の子をもうけた橋下徹さんを、とりあえず少子化対策大臣に。

帽子を脱げない訳を帽子は知っている

田辺　進水（松山市）

その訳とは……頭皮に縫い付けてある。あるいは、大阪市の職員で頭頂部に刺青がある。理容学校で、カミソリを使う練習に使われた。正解は、五十肩で腕が上がらない。

困ったなまた壊し屋がもんて来る

武井　基次（松前町）

昔は「鳶職《とび》」がいて、火事のときには延焼を防ぐために隣家を壊したもので、役に立つ壊し屋でした。最近の壊し屋は火元になる。壊し屋じゃなくて怖し屋。

自分の首には鈴をつけない永田町

藤原　白男（今治市）

猫の首に鈴をつけることを提案したネズミ。それは至難のわざ。イソップ物語から生まれた諺《ことわざ》であるが、永田町はネズミばかりだから無理なのね。

竹槍を思い出させる自衛権

小野　市雄（虎造節保存会）

太平洋戦争の終結直前にして「本土決戦」に備え、大真面目に竹槍の訓練。

小学校でもルーズベルトの藁人形をめがけ、えいやあとやったもんだ。

八木健の 川柳アート 87

特選

スカイツリーは世界一の日時計だ

松友 順三（松山市）

ブームに水をさすようですが、スカイツリーは東京タワーに比べるとデザインはイマイチ。「世界一の日時計」と褒めるか。

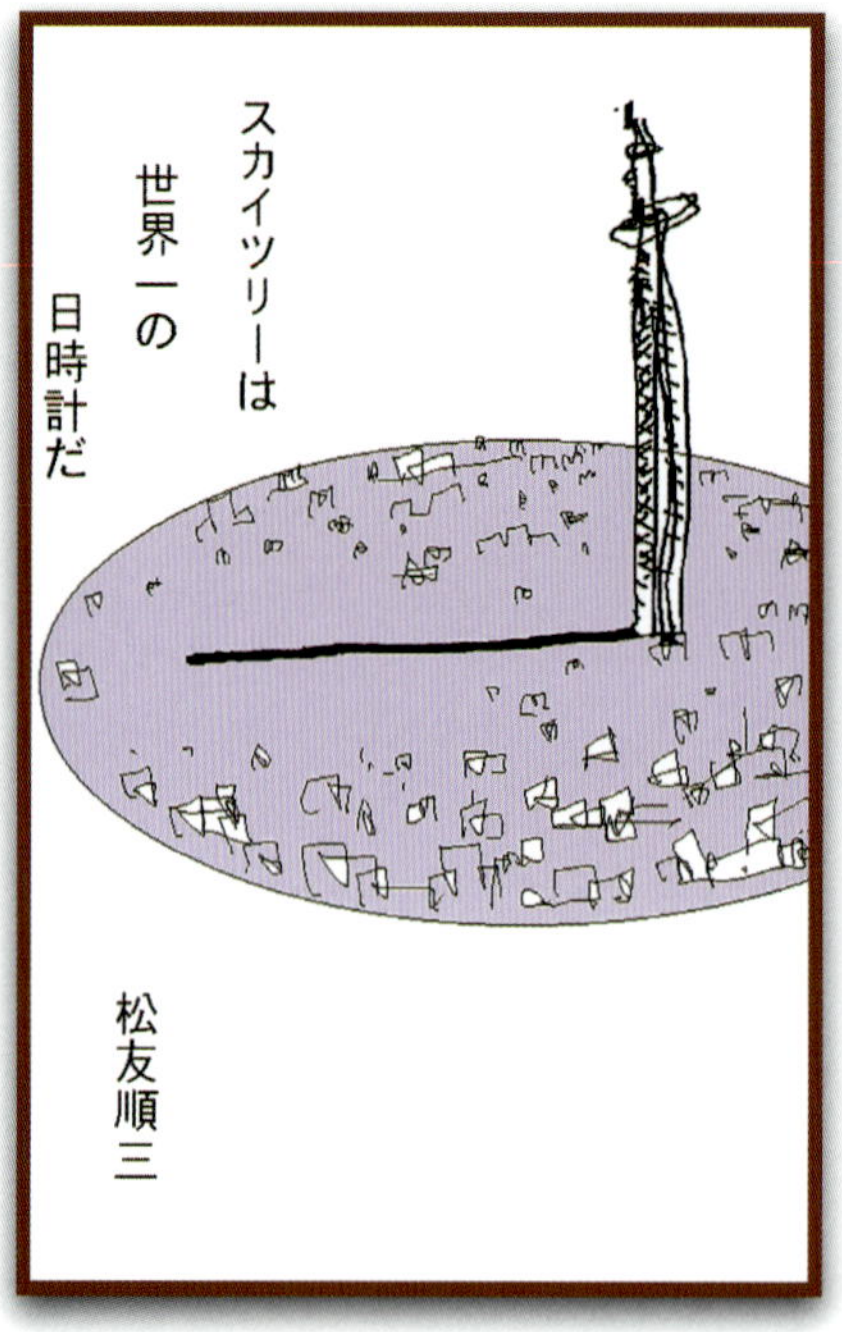

佳作

天国でまた逢う日まで尾崎さん

金子 亶（東温市）

あの世に二種類ありまして、天国に行けば尾崎さんに逢《あ》えるかもしれませんが、別の方だと……難しいねえ。

口止めをされてラムネが苦しそう

前田 重信（愛南町）

ラムネじゃなくて人間の句ですね。お小遣いを父と母が別々に下さる。父さんに黙ってなさい。母さんに言っちゃダメ。ラムネでも買うか。

検診の結果が良くて生ビール

城導寺しん（八幡浜市）

酒断ちを頑張ったご褒美ですね。ご褒美は一杯だけですよ。このあと焼酎三杯ですか。元の木阿弥《もくあみ》って言うんですよ。

発芽率悪いが句の種播いて待つ

藤原 白男（今治市）

発芽率が悪けりゃ、たくさん播《ま》けばよいのだが、芽になる元がないと辛いところです。例えば発毛剤かけても無駄。

断捨離で捨てた春着に未練わく

大西喜美子（東温市）

勝手に添削してみましょうね。「男捨離で捨てた男に未練わく」。派手でチンピラ風も良かった。「断捨離で私春着に捨てられる」

腹空かすことが試食会の準備

花山 昇（松山市）

「空腹でふらふらになり試食会」「腹の虫遠慮会釈も無く鳴いて」。ぱくぱく食い溜《だ》めをするのか、ダイエットを念頭に置くのか……。

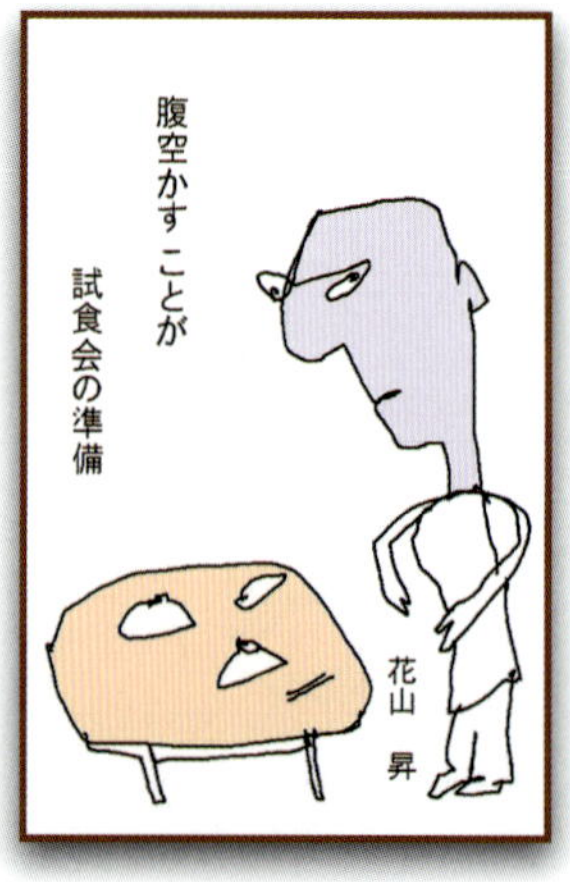

節電で威張り出したる扇風機

石原 康正（松山市）

ところが、渋団扇《しぶうちわ》や扇子たちも「オレタチの時代が来る」と言って混戦模様。そこへ裸が登場する。ワタシが一番だと。いい時代だ。

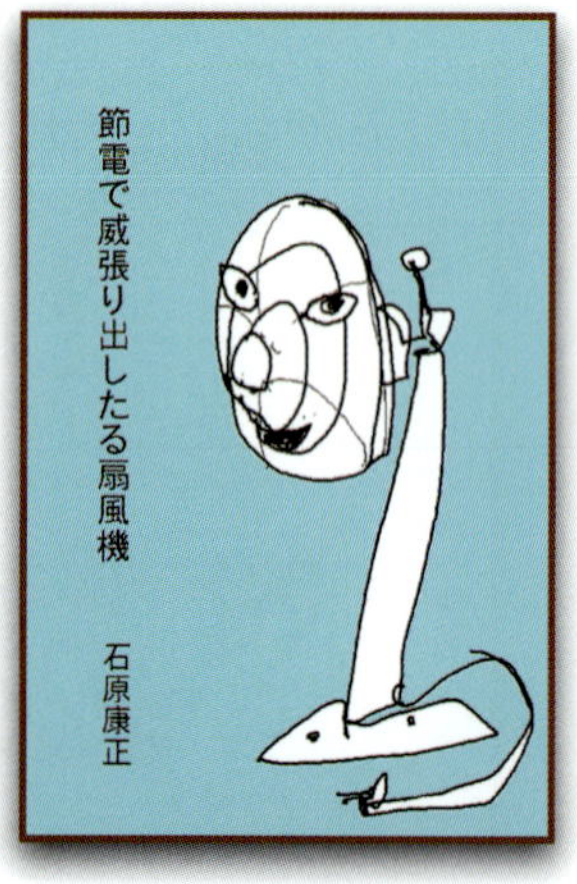

八木健の川柳アート 88

特選

輸送機に見る彼の国のごり押し図

山内もとこ（伊予市）

「南瓜《かぼちゃ》が採れ過ぎたから食え」と持ってくる奴がいる。今度の奴は煮ても焼いても食えん奴だなあ。

佳作

平等に照らす太陽だから好き

川又　暁子（今治市）

平等に照らすのは悪い奴を見つけるためなんだ。だから良からぬこと企《たくら》むんじゃないぞ。

青黄は渡る赤は注意をして渡る

田辺　進水（松山市）

青信号でも躊躇《ちゅうちょ》して渡らない奴は好かんが、赤信号でも無理して渡る奴は借りた金返すの忘れたふりをするような嫌な奴さ。

この眉が美女と醜女の境界線

宮岡　沙代（松山市）

眉ひと筋で美女にも醜女にもなれる。これを「ひと筋眉ではゆかぬ」と言うんだ。一筋縄ではゆかん女はそれを心得ているぜ。

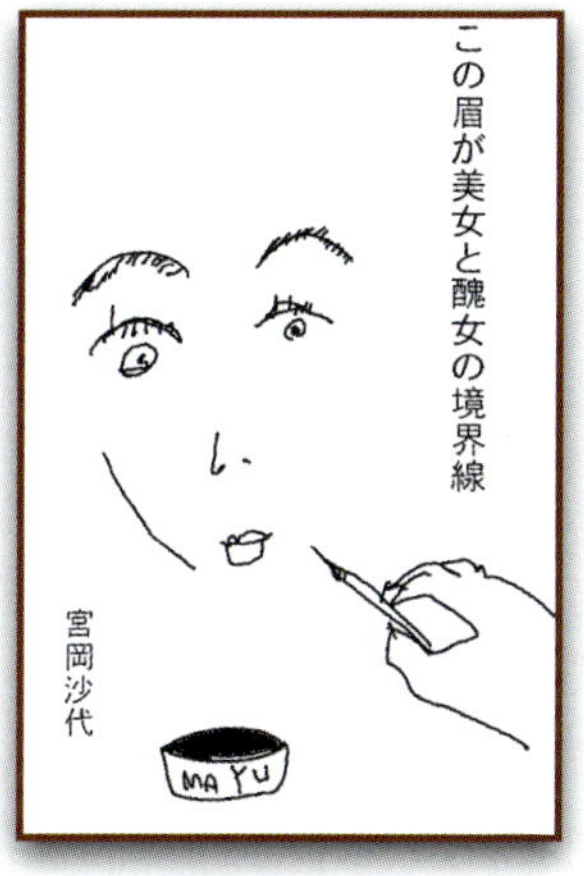

出てゆけと言ってやったらいいだけよ
引きとめるから出て行くと言うんだよ

武井　基次（松前町）

投稿はがきに二句あったから、一対の句なんだろうね。だけど基次さんはおそらく引き留めるタイプ。ふふふ……。

読まないけれど枕元には本を置く

大西　知子（松山市）

昔は読んでるうちに眠ってしまい、ナイトキャップなどと言ってたが、最近は一年中同じ本を持ちこんで、中は新品、表紙が傷んでしまった。

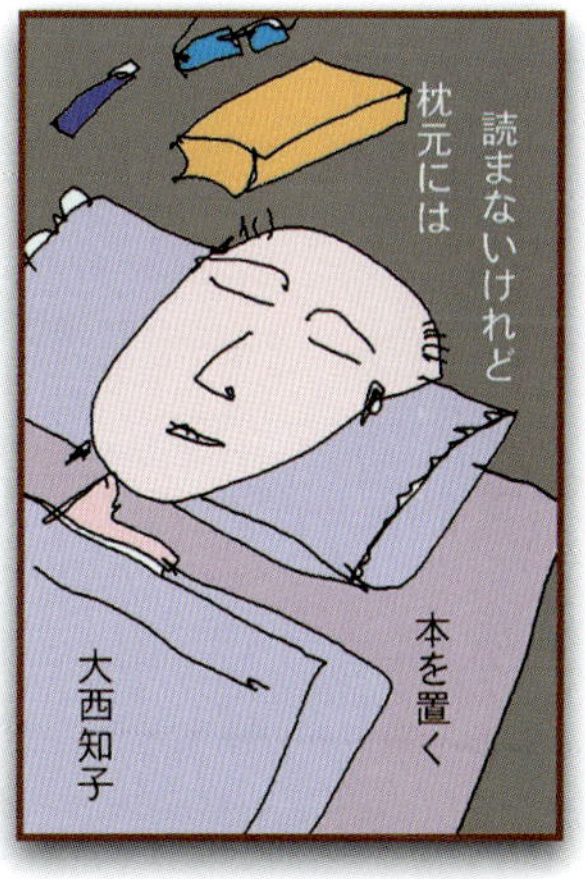

殺生はやめてゴキブリ掃き捨てる

岩間　一虫（東温市）

私たちは虫を粗末に扱ってきた。虫も活用次第で効用がある。ゴキブリは解熱利尿作用がある。それに脚をとったら柿のタネに。

評論家に二合でなれる縄のれん

大政　利雄（松前町）

原因は、政治が良くない。政治じゃなくて政治家だろうが。その片棒担ぐマスコミも悪いね。選挙の投票に行かんお前も悪い。

八木健の川柳アート 89

特選

勝って泣き負けて泣くのが日本流

武井　基次（松前町）

「負けて泣きが少し大目のジャパニーズ」「肝心のところでコケタ日本人」「手の届く金色取りそこなっちゃった」。遺伝子操作で強い選手作る？　冗談。

佳作

節電を説いて眠らぬテレビ局

石原　康正（松山市）

テレビ局は立場上、節電を説く。それなのに、放送を止められない。なるほどね。それに時差があるからオリンピックも深夜放送になる。勝手になさい。

韓国に来たかと思うテレビ欄

徳本　睦英（松山市）

韓国ドラマ全盛の端緒は、NHKの「冬のソナタ」。岡田円治氏が周囲の反対を押し切って輸入した。民間レベルの韓日友好の最大の功労者。文化勲章をあげたいね。

バーゲンは熟慮の隙を与えない

的場てるみ（松山市）

熟慮しているうちに買いそびれますからね。見ないで買って持ち帰る。あれれ、どの品もすでに持っているものでしたか。別のバーゲンに行きなさい。

螺子巻けば現役昭和の古時計

西野　周次（松山市）

ボンボンという懐かしい音。多少の狂いは仕方ない。爺《じい》ちゃんも、まだまだ使えるんだよ。ちょっと油をさしてやれば十分働くよ。爺ちゃん、油ってお酒のこと？

モンゴルへ支店出したい国技館

大政　利雄（松前町）

どなたでした？「国技館」じゃなくて「外国技館」だと言ったのは。オリンピック種目に入れてもらうがいい。おそらく「相撲発祥の国・日本、予選敗退」となるやも。

膝の猫たまにゃネズミを食わせたい

藤原　白男（今治市）

ネズミを捕るから猫を飼ったのでしたね。忘れてました。それで捕ったネズミはどうしたのですか。猫が食べたのです。ホントですか。猫に尋ねてごらん。

親指が優遇される足袋の形

前田　重信（愛南町）

下駄や草履を履くのに鼻緒を挟むでしょ。仕方ないじゃん。モノには歴史と伝統が息づいている。だから、五本指の足袋で日本舞踊を踊るなんてイヤ。

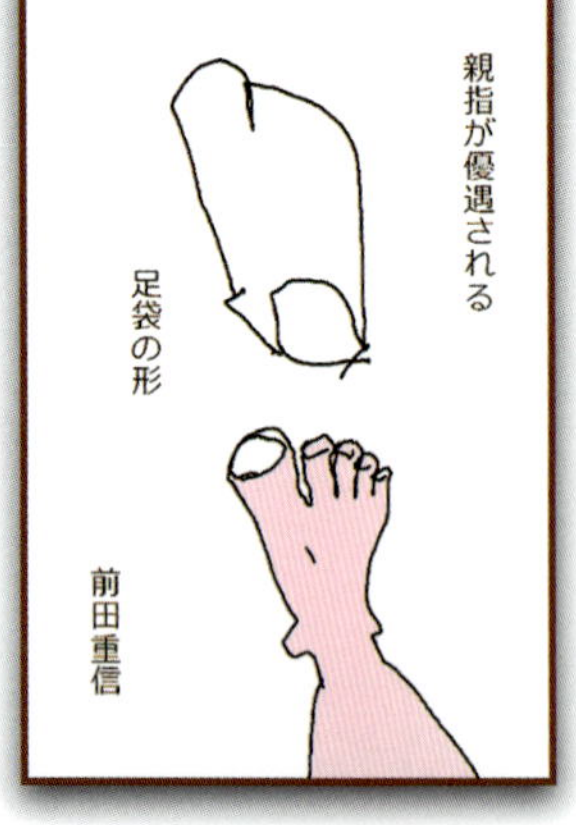

八木健の 川柳アート 90

特選

寝坊の子掃除機音で目覚めさす

高見美加子（松山市）

それは良い考えだね。電気機器のメーカーに目覚まし機能付掃除機を売り出してもらいましょ。逆噴射で鼻から空気吹き込むとかさ。

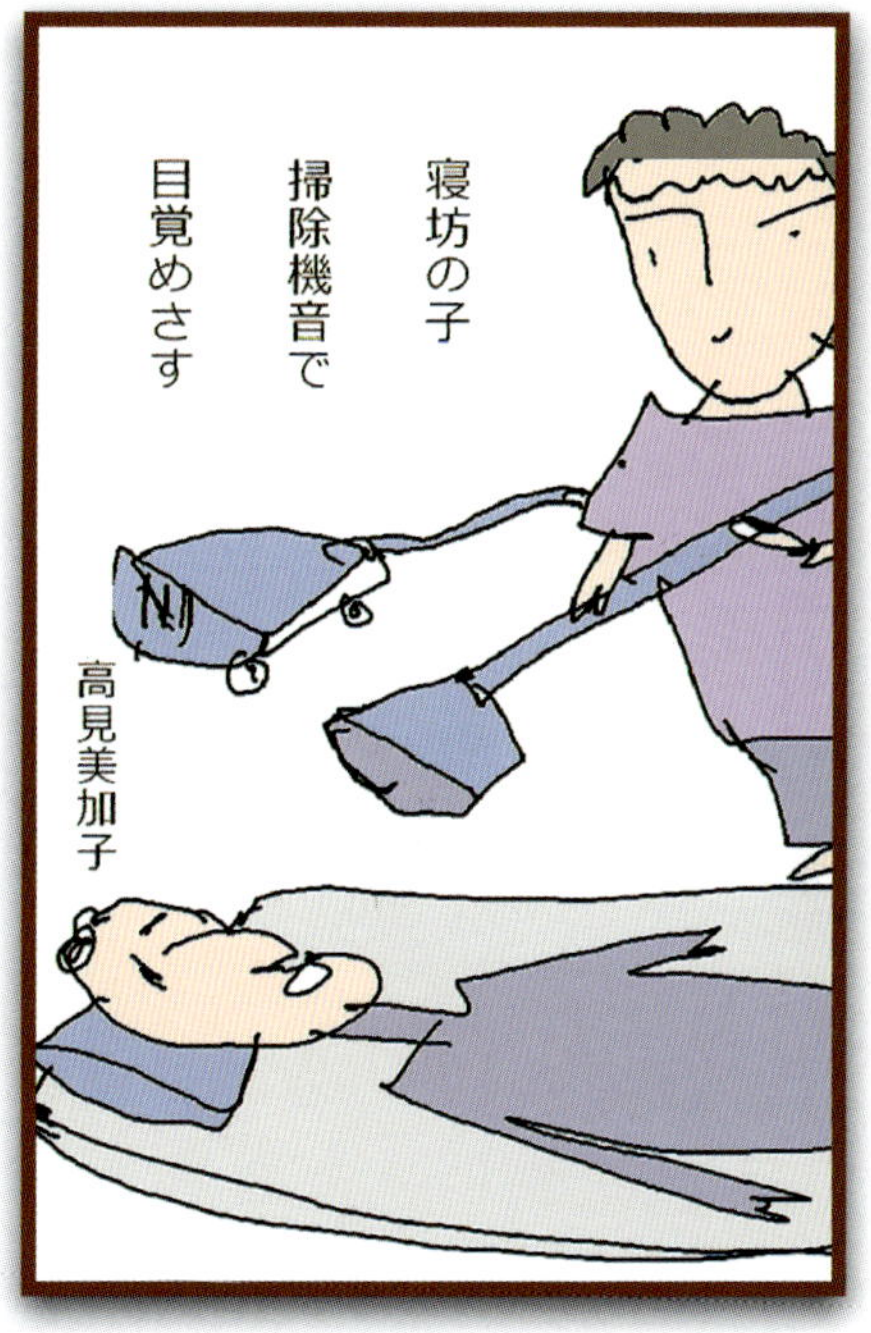

佳作

子の電話にまだ生きとると返事する

大西　知子（松山市）

あんた、オレオレ詐欺だろう。ウチには親を心配するような子は居らぬと、言っておやりよ。親孝行を年に一度の電話で済ます不届者ばかりで情けない。

合意とは繰り返すほどほごになる

金子　亶（東温市）

例えば、体育館を建設するハナシ。経費面で反対され青空で運動会。結局草むしり大会に落ち着いたとかね。反対のための反対会議と名づけましょ。

ぎこちなくフォーク使って同居する

加藤　桂子（宇和島市）

都会に住む息子夫婦に同居を迫られゼロからのスタート。お母さま、お肉食べるのにお箸はやめて、フォークは左手ですよ。子どもたちの教育上……。

おしゃべりは中身の無いのが心地良い

的場てるみ（松山市）

中身のあるおしゃべりなんてあろうはずがない。楽しいのは誰かの悪口ですね。あとは愚痴でしょう。他に自慢話かな。散会するとき「時間無駄にした」とつぶやく。

お笑いの出ないテレビは見当たらず

武井　基次（松前町）

実感ですね。お笑いの出ないテレビ局があってもいい。テレビ局を専門化して韓国ドラマチャンネル、サプリメントのＣＭだけのチャンネルもいいですね。

総入れ歯笑顔を少し遠慮する

花山　昇（松山市）

あの人笑わない。高倉健みたいに渋いね。大笑いすると総入れ歯が外れてしまうオソレありです。だから笑わない。渋い感じを出すために入れ歯にしましょうか。

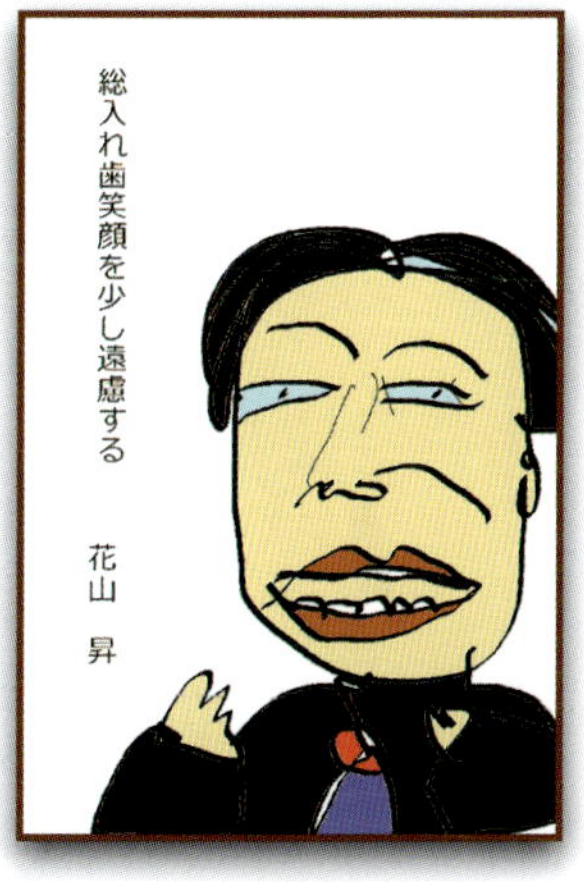

レシピには無い愛情のてんこ盛り

西野　周次（松山市）

てんこ盛りは確かにレシピにはありません。この句は「愛情のてんこ盛り」とあるから、愛情をかたちにすればてんこ盛りですね。田舎の母さんには「レシピ」は不要なのです。

川柳アート 八木健の 91

特選

燃える夏なんでもかでも甲子園

松友　順三（松山市）

松山発「俳句甲子園」は十四年前に誕生。その翌年には朝日新聞の「俳句甲子園」があった。高校野球を題材にした句を全国募集したのだった。以来、続々甲子園。

佳作

出来ちゃった喜ぶ人と嘆く人

藤原　白男（今治市）

できちゃった婚が当たり前になって久しい。嘆くのは誰か？　子授け神社です。出番を失い手持ち無沙汰というわけ。

乾杯とひとこと言えばすむものを

武井　基次（松前町）

「乾杯のお酒蒸発してしまう」「長々と下手な挨拶嫌われる」「ぶん殴ってやりたいほどの長談義」。一休みして戻ると、同じ人がまだしゃべり続けてる……。

中台が魚釣島を釣りにくる

加賀山一興（宇和島市）

この分じゃ本州も狙われかねない。領土を掠《かす》め取ろうとする国をあげての誤った情熱は、どのようにして生まれるのだろうね。

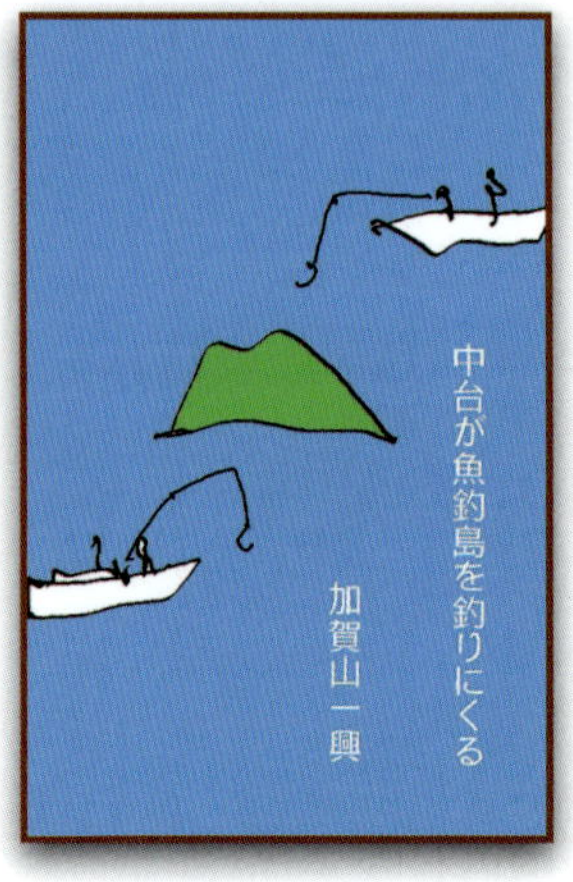

仲人の口はポークを牛にする

大政　利雄（松前町）

昔から「仲人口」という奴ですね。針小棒大誇張歪曲年齢詐称です。すると、「十人並み」は「かなりひどい」ということ。

歩道橋渡れば遠い目的地

村田　節子（八幡浜市）

歩道橋は車優先思想の象徴。恥の文化史として記憶しておきたい。歩行弱者にはもちろん、健常者にも大変。歩道橋じゃなく拷問橋ですね。

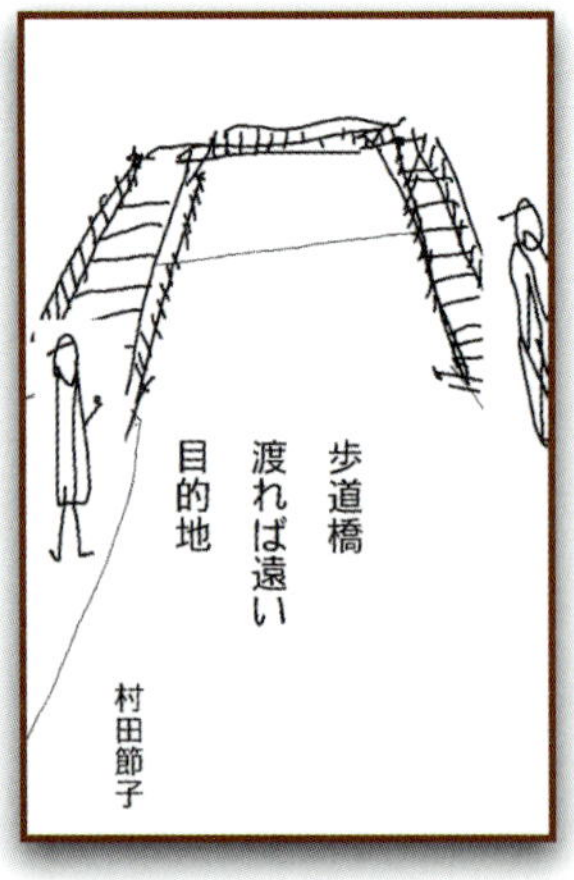

引っ張ってみても放すと戻る皺

前田　重信（愛南町）

簡易美容整形ですか。やはり、多少、お金かけないと無理じゃないですか？　皺《しわ》も味わいのある年輪なんだと、自分自身騙《だま》しなさい。

旨そうに食っては妻を喜ばす

岩間　一虫（東温市）

ということは、それほどでもない。褒め過ぎると同じものが毎日出てくる。極端な場合、昨日の残りをチン、「あなたの好物よ」てな具合。

川柳アート 八木健の 92

特選

食卓と土俵にずらり輸入品

大政　利雄（松前町）

お相撲さんと食品を同列に扱ったのが可笑《おか》しい。そのうち「国産も混じっておりぬ名古屋場所」とか「舶来のもの食べ喋る日本語よ」などという句が登場するかも。

佳作

ト音記号空にさしのべエレファント

西野　周次（松山市）

ト音記号という見立てが抜群ですね。象の鼻をト音記号などと言った人はこれまでいないだろうから、この句が後世に残ること間違いないでしょう。

惚れなくなると同じ字で惚けてくる

大西　知子（松山市）

「ほれる」「ぼける」ですね。いい年をして女に狂うひとを「惚ける」といいます。すると、惚けるは惚れると同義語なんですね。でも「俺はお前にぼけた」なんて言っちゃダメ。

スリップに「ト」の字をつけて踊らせる

武井　基次（松前町）

「ト」の字をつけて「ストリップ」ですね。なるほどね。「スリップを無理やり脱がせストリップ」「ストリップ拒まれたときストップに」ですかね。

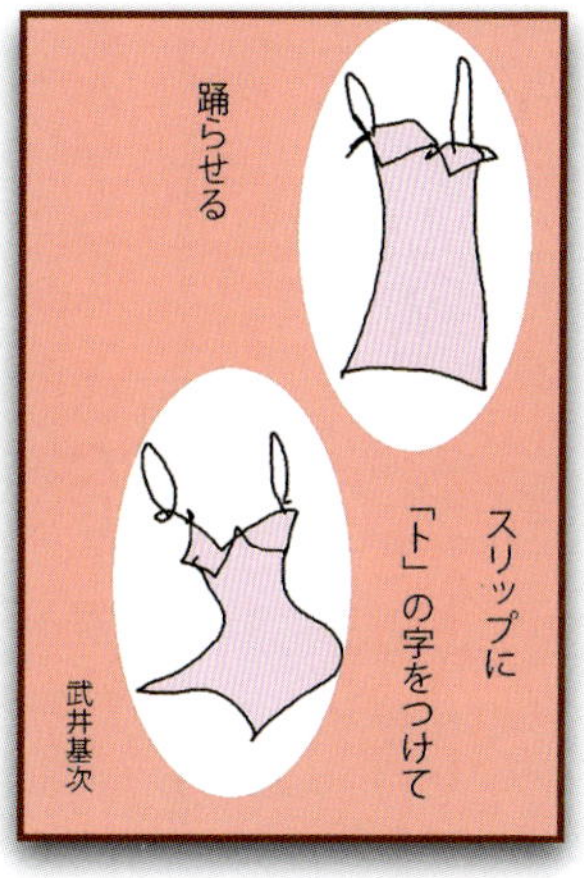

電気代上げると脅す再稼働

山内もとこ（伊予市）

「不始末のつけは結局消費者に」ということですか。原子炉推進は国策でしたから、それを決める国会議員を選んだのはあなたです。なぬ？　投票に行かなかっただと？

便利にはなるが犠牲になる自然

山本　富子（宇和島市）

「自然保護と開発の調和」は永遠のテーマ。自然保護しているように見せて乱開発するのが業者の腕の見せどころ。土産つき工事見学会などの開催も。

聞こえぬ振り忘れた振りで丸く老い

藤原　白男（今治市）

聞こえぬ振りしているときに「爺《じい》ちゃんに美味《おい》しいもの食べさせたいね。外食しませんか」と話しかけられたりすると、ちと困る。

冬眠ができそう妻の皮下脂肪

村田　節子（八幡浜市）

太った女性は体表面の温度が低いから夏の冷房代が少なくて済む。省エネ時代に最適。だから冬は冬眠させておいて、夏の冷房支援を担わせるといいね。

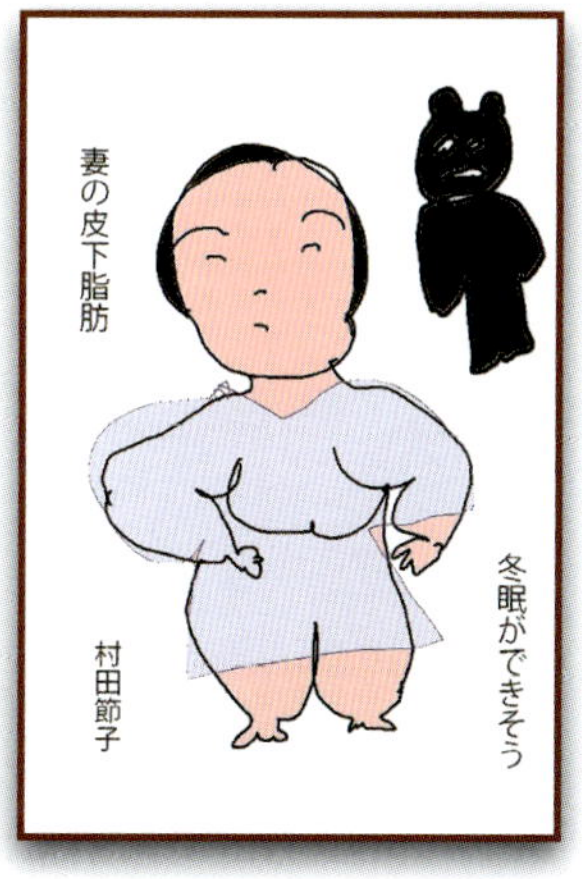

八木健の川柳アート 93

特選

気にするな何度も言って気にさせる

金澤　健（滑稽俳句協会）

励ますつもりが逆効果になることがある。「気にするな。誰も何とも思ってないよ。みんな完全に忘れてるよ。ぜーんぜん大丈夫。誰も気にしてないから気にするな」「あー、何だか気になってきた…」。

佳作

あの尻に敷かれてみたい品の良さ

武井　基次（松前町）

凹凸のある座布団と思ったら、あなただったのね。確かに私、品は良いけど韓国で整形したの。

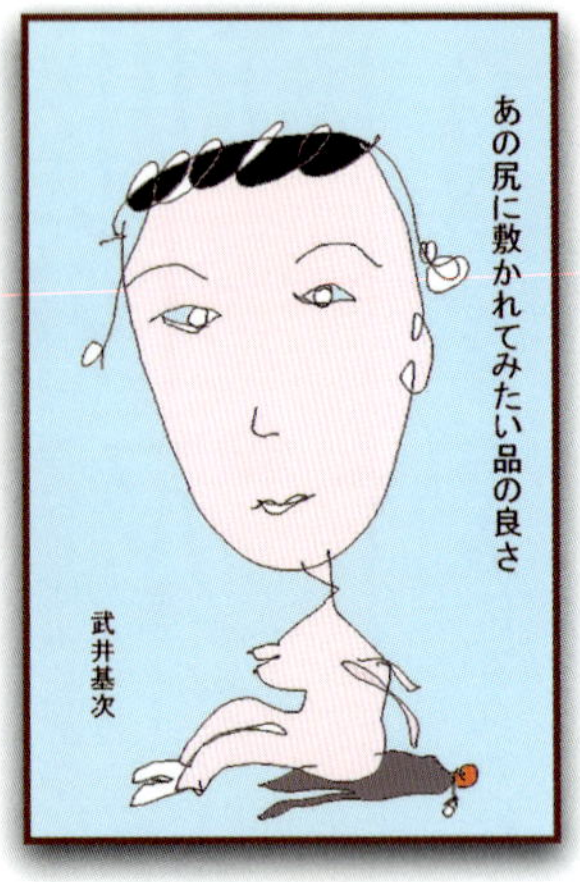

大相撲世界地図出し観戦だ

森　精一郎（松山市）

相撲観戦で世界の地理を学べる。日本人力士のふがいなさも慣れて、相撲は今や国技じゃなくて外国技。

恋かなと思っていたら不整脈

加藤美代子（東温市）

「先生のようなイケメンに逢《あ》うと、いつもドキドキするんです」「なるほど、今日は特に重症だね」

子の背丈測る柱が家に無い

村田　節子（八幡浜市）

お隣の柱を借りてはいかがでしょう。世間話をしながら目を盗んで傷をつける。将来、その家を買い取る。

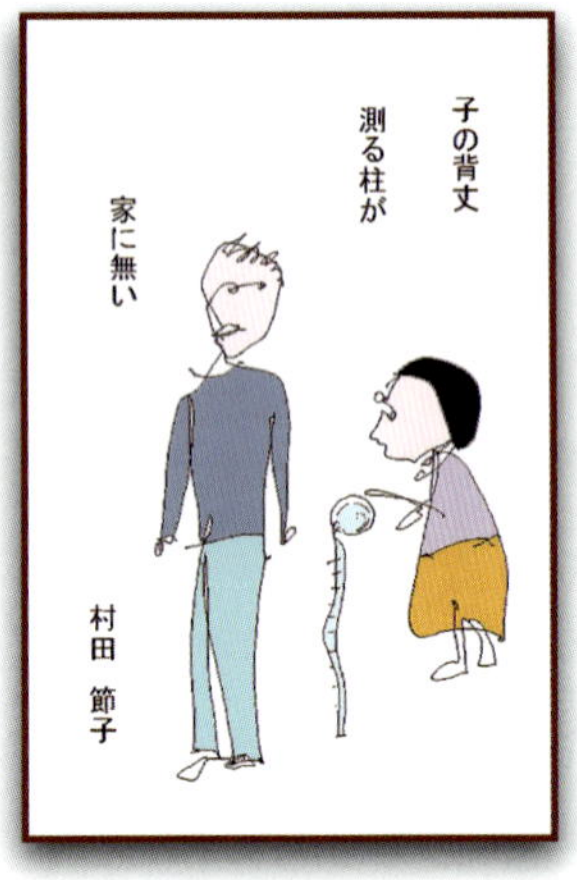

老い化粧落したくない今日の出来

大野美智子（松山市）

写真に撮っておかなくちゃね。その写真をメールでばらまく。化粧が上手になったと返信がくる。

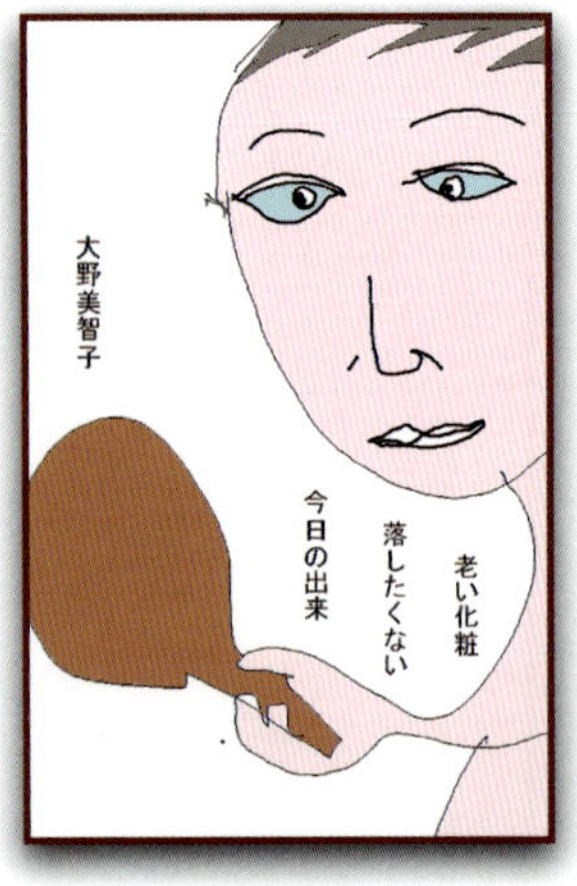

付け根から出されて寒いギャルの足

前田　重信（愛南町）

すんなりと伸びて眩《まぶ》しきギャルの脚。「脚を見せるためなら寒いのは我慢」「妻は夏でもロングスカートだなあ」

期待込め弱酸性の温泉《ゆ》に浸かる

鶴井　啓司（松山市）

弱酸性の温泉に浸かれば細胞が初期化され若返るだろうことは間違いない。思いこみが大切。

効くと思えば小麦粉でも抗生物質でも似たようなもの。

八木健の川柳アート94

特選

初夢の初恋のひと年取らず

金子　亶（東温市）

半世紀ぶりというクラス会の案内に「初恋の人が婆さんになってるのを見るのはイヤ」と欠席の返信書いた奴がおるで。

初夢の初恋のひと年取らず
金子亶

佳作

秤より確かな妻の一掴み

花山　昇（松山市）

花山君は妻に習って味付けしてみたんだけど無理だったのですね。それは…、実は、同じ白い色の砂糖と塩を取り違えたんだと。

秤より
確かな
妻の
一掴み
花山　昇

満腹の胃に逆らって口が喰う

馬越　治子（今治市）

口と胃は別人格ですから制御は困難。将来的には胃袋に判断させ、胃に手を移植することを京大の山中さんに頼んでおきます。

満腹の胃に逆らって口が喰う
馬越治子

体重をなんとかせいと膝が言う

前田　重信（愛南町）

食事制限は膝への負担軽減を配慮するとよろしい。古人は膝詰談判と言って摂取カロリーについて膝小僧に相談したものです。

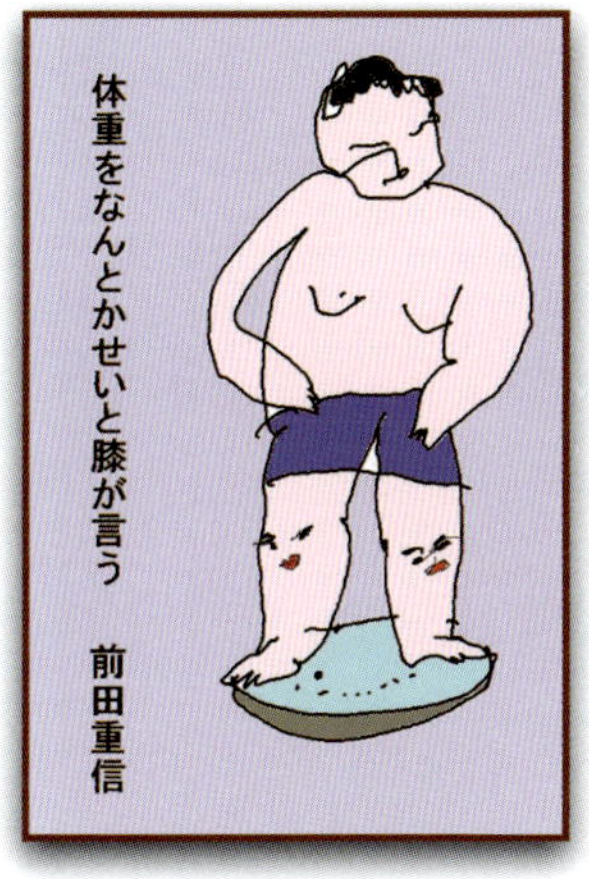
体重をなんとかせいと膝が言う
前田重信

地球の汚染心配をする宇宙人

藤原　白男（今治市）

宇宙人の地球訪問が頻繁。温暖化で地球人が宇宙に別天地を求めることを予測して、地球汚染を宇宙に広げない対策をたてるためとか。

地球の汚染心配をする宇宙人
藤原白男

砂時計のくびれに妻は嫉妬する

谷原　則夫（松山市）

あんな風にくびれていたら最高だわね。それに砂時計のようにさらさらの「お通じ」はうらやましいわね。ガラスの服もおしゃれだわね。

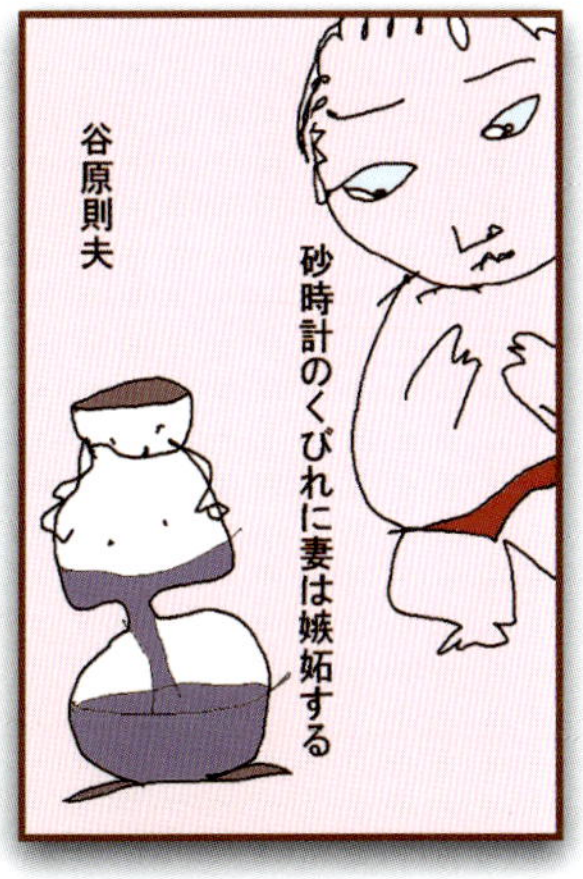
谷原則夫
砂時計のくびれに妻は嫉妬する

饒舌な夫婦黙らせ蟹の鍋

井上　光代（宇和島市）

年に一度ぐらいのチャンスですからね。しゃべるわけにはゆかん。美味でしたね。もし毎日カニ鍋なら、一生しゃべらなくてもいいですよ。素敵な提案ね。

饒舌な夫婦黙らせ蟹の鍋
井上光代

生れつき持ち家と言うかたつむり

宮井　園江（松山市）

虫といえども一戸建ちの移動式で、キャンピングカーみたいなもので、デザインの渦巻きも素敵だわね。それに食事もすべてベジタブル。

生れつき持ち家と言うかたつむり
宮井園江

八木健の川柳アート 95

特選

シマウマが寝そべっている横断歩道

宮井　園江（松山市）

シマウマが寝そべっているとは童心の産物である。だけどさ、アフリカでシマウマを見て、横断歩道だなんて言っちゃダメ。

シマウマが
寝そべっている
横断歩道
宮井園江

佳作

運命とてワンとも言わず介助犬

藤原　白男（今治市）

ドアの開閉、物を運ぶ、移動する際の支えにもなってくれる。ペットボトルを開けたり割箸を割る手伝いも。なんと、洗濯機を操作する犬までいる。たまには外でボール遊びをさせてあげたいね。

運命とて
ワンとも
言わず
介助犬
藤原白男

富士山が良く見えますよ墓セール

花山　昇（松山市）

はっきり申しまして、富士を眺めるのは無料ですし、毎日眺めても減るもんじゃない。それを減らず富士と呼んでいます。それは減らず口だろ。

富士山が
良く見えますよ
墓セール
花山　昇

鬼は外心の鬼を放り出す

武井　基次（松前町）

心の鬼を放り出したら天使のような人間になるだろうね。すると意地悪さがなくなって川柳がへたになる。鬼は内と叫んで川柳力向上を目指せ。

鬼は外
心の鬼を
放り出す
武井基次

打て打てとテレビへ叫ぶ缶ビール

松友　順三（松山市）

ホームラン出る度に缶ビールが出る。八百長行為にはなるが、投手を買収するという手もある。百万ほど出せば……。缶ビールより高くつくが。

打て打てと
テレビへ叫ぶ
缶ビール
松友順三

孫の歯が生えたと言って脛齧る

加賀山一興（宇和島市）

脛《すね》を齧《かじ》られるのは、婆ちゃんだね。孫のためなら齧られても痛くない。「目の中に入れても」とも言うが、あれは絶対に痛い。しかし、孫が数人いたら齧り尽くされて「ふくらはぎ」だけの足になる。

孫の歯が
生えたと言って
加賀山一興
脛齧る

ボツばかり郵便局より感謝状

山本三智子（宇和島市）

「ボツばかり」と郵便局に申告したのですか。それとも郵便局の係が読んで「ボツ」ばかりと判断したのだろうか。ならば選者に迎えよう。

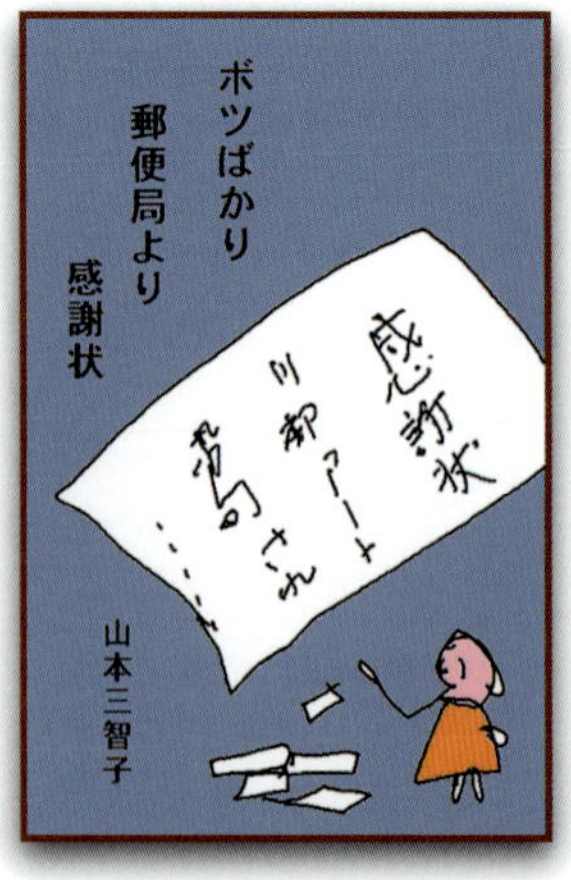

ボツばかり
郵便局より
感謝状
山本三智子

極太も極細も出品の足湯

西野　周次（松山市）

道後の足湯も評判ええですなあ。八木健は最近、足湯の俳句を詠んだ。「マドンナの素足を眺め足湯かな」。この句はインターネットの「読むだけで俳人になれる講座」に掲載予定。

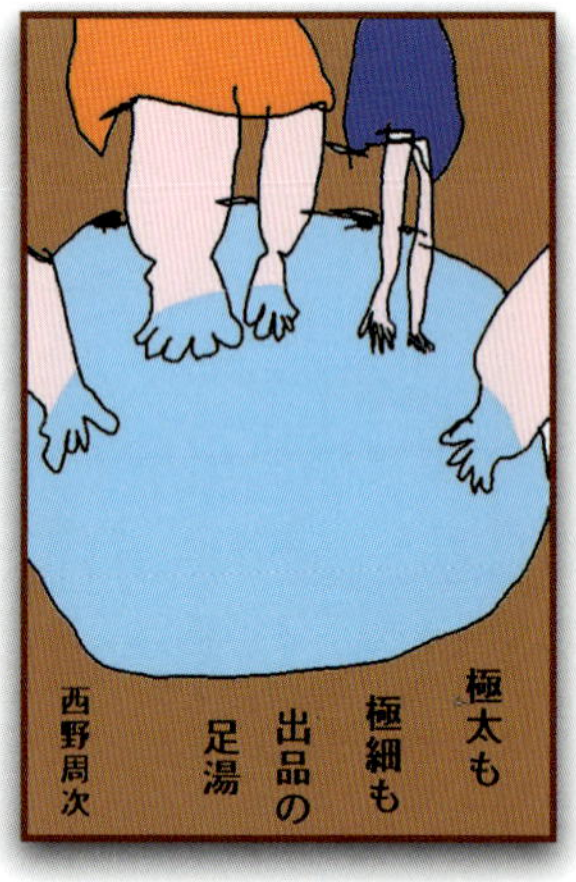

極太も
極細も
出品の
足湯
西野周次

八木健の川柳アート 96

特選

生前にあげたかったね栄誉賞

北川　正治（松山市）

昭和の大横綱・大鵬の、三十二回優勝の大記録。賞をあげるのが遅れたのは、八百長騒動で忘れてたんです。ハイ。

佳作

パチンコと生活保護で生きられる

武井　基次（松前町）

なるほどね。しかし、生活保護費をパチンコにつぎ込んでしまってはね。なぬ？保護費だけでは生活できない？

吸いながら吸うかやめるか考える

松友　順三（松山市）

結論を焦らないのが俺流なのさ。肺がんになると決まっちゃいない。それに、人間いつかは死ぬんだから。

跡取りが出来たと泳ぐこいのぼり

大西　知子（松山市）

少子化の時代だけにうれしいね。世間で一番喜んだのは、こいのぼり屋さん。その次は小児科医院かな。

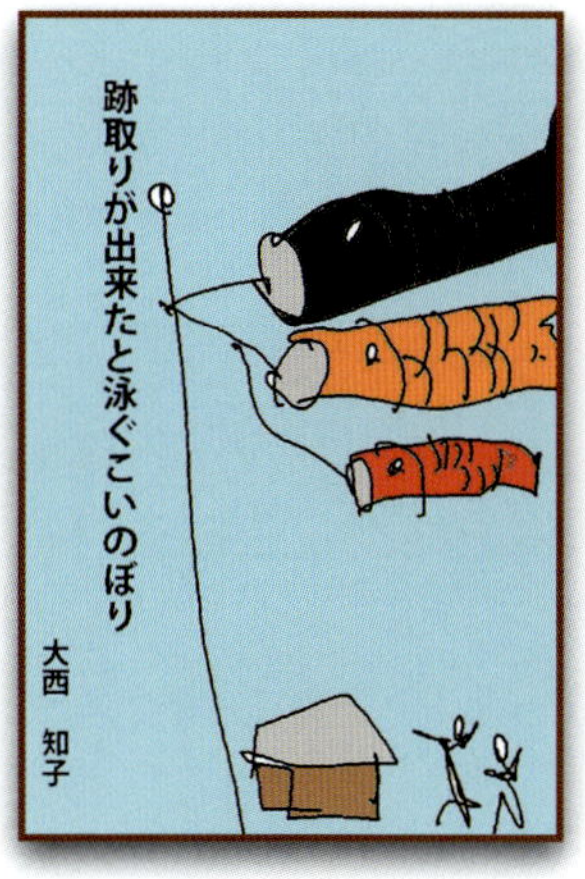

共白髪誓っていたに共に禿げ

藤原　白男（今治市）

禿《は》げても良い川柳が詠めればいい。『アクリート』の川柳に入選するより禿げない方がいい？　そりゃそうだ。

八十で二十の入れ歯ならできる

田辺　進水（松山市）

八十歳で自分の歯が二十本以上が理想らしいが、入れ歯を何度も作り直して机の中に二十ほどもある？

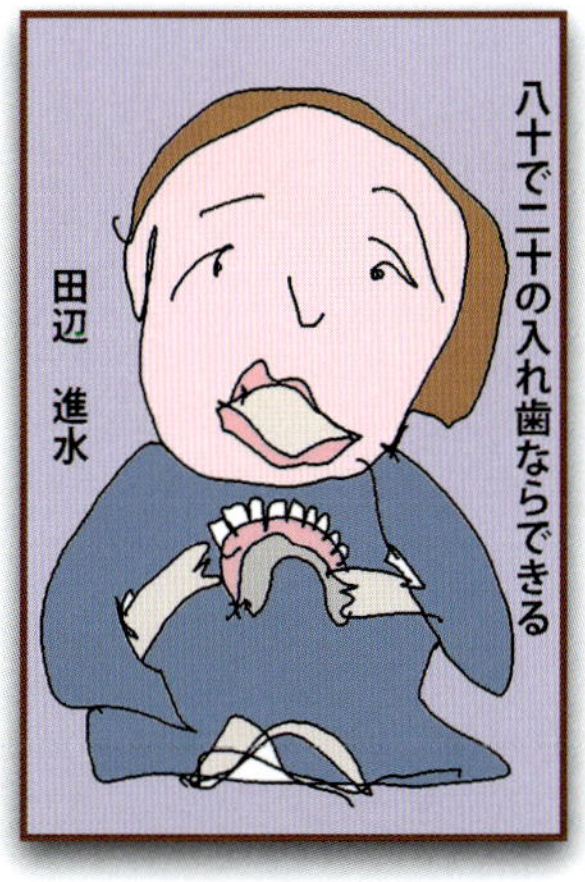

あちこちに浦島太郎生きている

和泉元良彦（東温市）

海外生活の長かった人は浦島太郎。カラオケに行くだけの毎日のヒトも。昨今の空気を読めない人も浦島さん。

念のためカラスに聞けよゴミ出し日

谷原　則夫（松山市）

カラスにとってゴミ出し日の情報は切実なものですからね。その情報を頂くために良いゴミを出しましょうね。

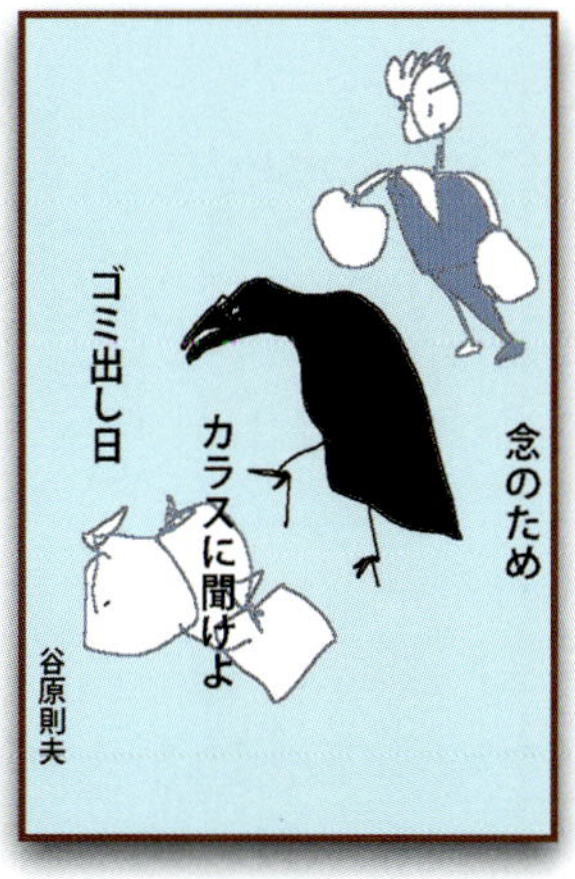

八木健の川柳アート 97

特選

妻の留守喋る家電が恐ろしい

村田　節子（八幡浜市）

妻よりずっと優しい口調で喋《しゃべ》る家電は、愚痴も言わない、食費も要らない。けれども、いつもおんなじセリフ……。

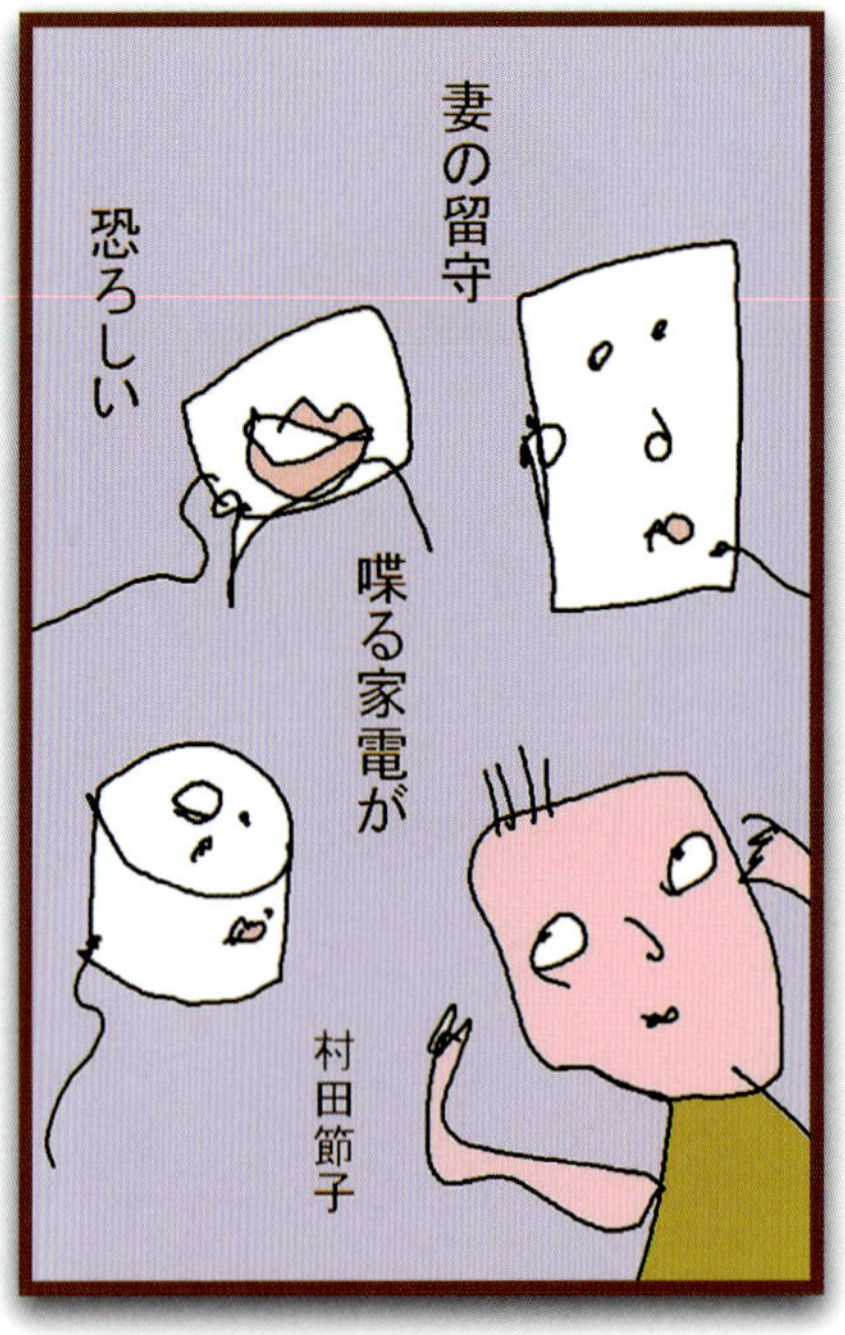

佳作

風起せ大型うちわで中国へ

石原　康正（松山市）

効果を期待するなら、大きなうちわが必要となる。枚数も想像つかんね。とりあえず息を吐くだけにしよう。

固定電話今じゃ携帯捜す機器

大野美智子（松山市）

時代の変化とともに、果たす役割が変化するという事例の一つですね。長生きは、年金もらうためとか。

宇宙汚染やめろと隕石怒鳴り来る

藤原　白男（今治市）

おそらく……宇宙飛行士がウンコを窓外に捨てたんだろう。それから、黄色い雨の時は、特に要注意だべ。

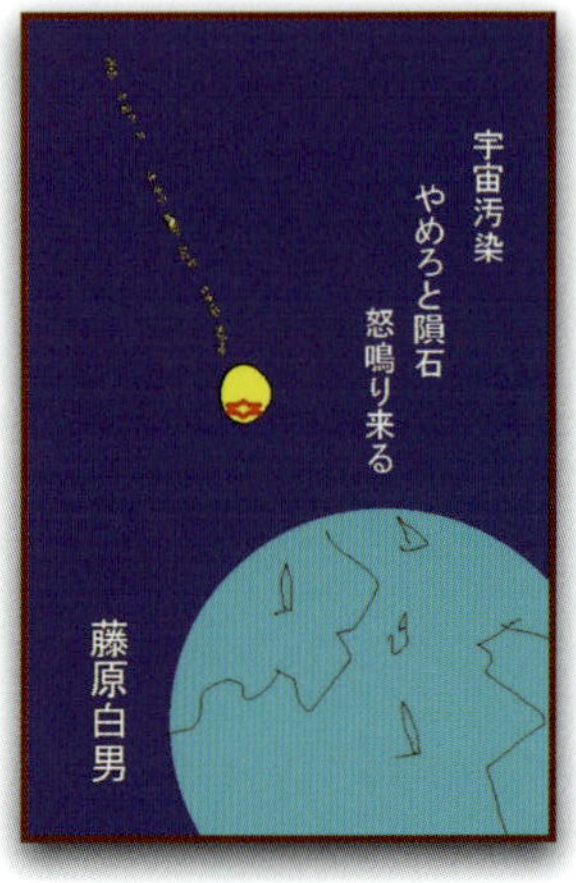

マスクしてアラが隠せる良い季節

武井　基次（松前町）

四六時中、マスクしていたいのなら、看護師になりなさい。なぬ？　隠し切れない？　全部アラだからと？

超おしゃれ記念写真に杖隠し

河村　嶺子（四国中央市）

川柳句集の奥付に掲載の顔写真は、二十年前の写真を使う。あの頃は、お洒《しゃ》落《れ》しなくても十分に奇麗でした。

母というナビに教わる進む道

宮井　園江（松山市）

子離れできない、親離れできない母子。人生の進路まで母にナビしてもらうのかい？　母は死に切れないから、日本は長寿国に。

ピカソめく孫の落書目を細め

花山　昇（松山市）

祖父自身の才能を考えなさい。鳶《とんび》は鷹《たか》を産まない。蛙《かえる》の子は蛙。爺《じい》ちゃんの眼鏡の度が合ってないことも考えられますよ。

特選

原発を売り歩いてるセールスマン

武井　基次（松前町）

原発を売って外貨を稼ぐのは、本当に国益なんだろうか。将来、売りつけた責任を問われることはないのか。

原発を売り歩いてるセールスマン
武井基次

佳作

列島をCTスキャンで地震予知

石原　康正（松山市）

列島は大きいから大変だね。いくつかに分割してスキャン。実はこんな荒唐無稽な発想が、新技術を生むのである。

石原康正
列島を
CT
スキャンで
地震予知

あめんぼう住めば都の輪を描く

西野　周次（松山市）

あめんぼうは肉食昆虫です。餌があればそれで十分満足。「足るを知る」ことを教えてくれるのですね。

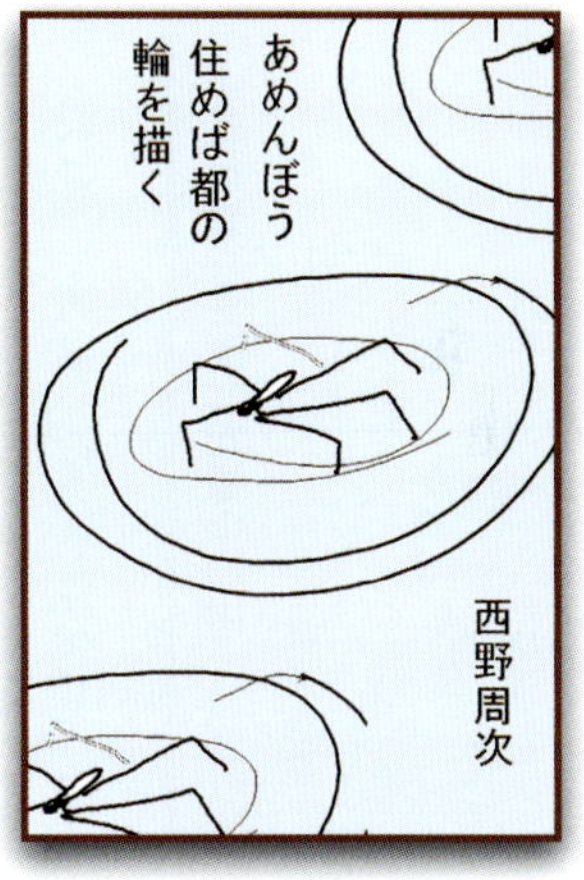
あめんぼう
住めば都の
輪を描く
西野周次

手打ちうどんの名前に足は不満だろう

大政　利雄（松前町）

最初の段階では足が活躍する。延ばして切るのが手仕事なんで、仕上げを言うのか、それとも中間で手足共同企業体とするか……。むむ。

手打ちうどんの
名前に足は 不満だろう
大政利雄

禁煙者喫煙室を睨みゆく

川又　暁子（今治市）

隔離されているから喫煙者が禁煙者を睨《にら》んでもよいのだが、喫煙は有害というレッテルが脳裏をかすめてしまうのだろう。

禁煙者
喫煙室を
睨みゆく
川又暁子

ぼうふらに教えを乞うたフラダンス

前田　重信（愛南町）

自然に学ぶということですね。成長した蚊の針にヒントを得て痛くない注射針を作り、大もうけした人がいる。ボウフラの佃煮でも作るか。

ぼうふらに
教えを乞うた
フラダンス
前田重信

押す者も杖にしている車椅子

花山　昇（松山市）

とすれば、押してもらう側も心の負担が軽減されるだろう。お花見に行きたいのですか、どうぞ遠慮なく押してください。

押す者も
杖にしている
車椅子
花山　昇

子孫には遺伝出来ない整形美

山内もとこ（伊予市）

母さん、私もお金貯めて整形するわ。どんぐり眼を切れ長の目に、低い鼻をすらりと高くするわ。虚栄心だけは見事に遺伝して。

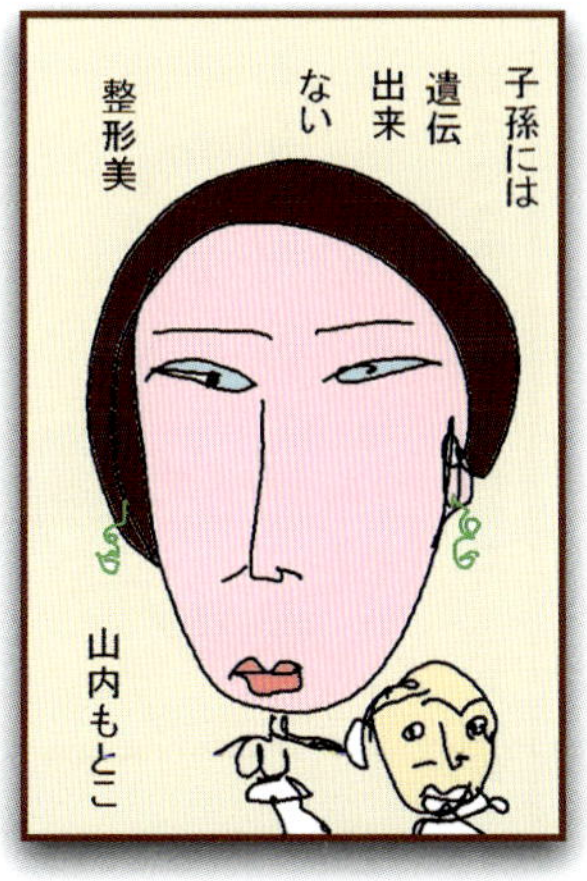
子孫には
遺伝
出来
ない
整形美
山内もとこ

八木健の川柳アート99

特選

健康な乳房を泣かせ大女優

宮井 園江（松山市）

大女優だから立派な乳房だったろう。実に惜しい。切り取った乳房をオークションにかけてほしいね。

佳作

足萎えて案山子の苦労やっと知る

藤原 白男（今治市）

互いに立場を慮《おもんぱか》ることが優しさの原点ですね。案山子《かかし》がヒマな時に、車いすに乗せて散歩してあげなよ。

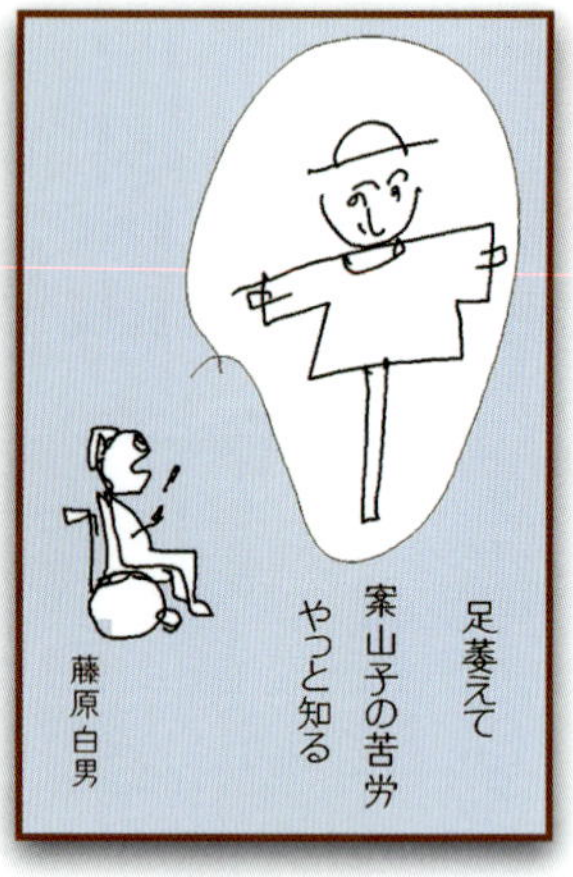

妻よりも麗し声の炊飯器

久我 正明（松山市）

炊飯器の声に癒やされる時代ですね。吉永小百合、宮沢りえの声を炊飯器にセットしたら、爆発的に売れる。

青虫が保証書無農薬野菜

兵頭 紀子（鬼北町）

しかしですねえ、青虫付きが売れるとなると、青虫をくっつけて売る奴や、そのための青虫養殖業者が出現する。

大仏の鼻をあかした富士の山

武井 基次（松前町）

富士山にしてみれば、鎌倉の大仏は相手にしたくないだろう。大仏様が世界遺産なんてと鼻で笑うだろう。

昼食は世界遺産だ海苔弁だ

三角 真理（松山市）

海苔弁を世界遺産と言えるかどうか。これも日本食なんだから世界遺産には違いない。僕ら中学生の時の弁当はいつも蓋にはりつく世界遺産だった。

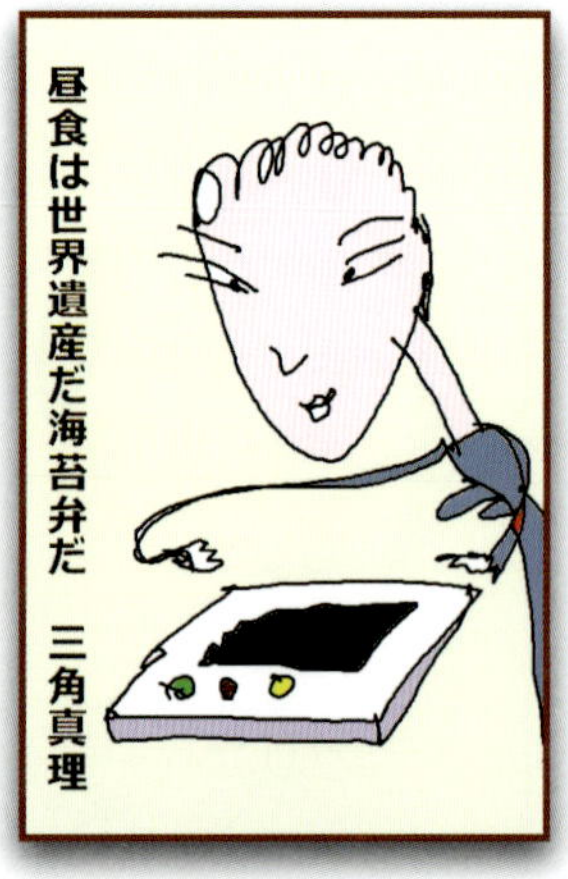

残業代ゼロで残業ゼロとなる

山崎美樹子（松山市）

残業代欲しくて残業してたんだから残業代ゼロなら残業しなくなる。これまで残業でやってた仕事を時間内でやるだけ。早めの帰宅は少子化対策にも。

度忘れし元の位置まで引き返す

花山 昇（松山市）

いろんなことを忘れやすくなるのは、齢のせいです。だからメモ帳に書いておくのです。

えっ、そのメモ帳を置いた場所を忘れたんですか。メモ帳を置いた場所をメモして、壁に貼っておきなさい。メモがいっぱいで貼る場所が無い。なら、壁をつくりましょう。

八木健の川柳アート100

特選

場外の反則目立つ柔道界

金子　亶（東温市）

指導実態が無いのに、集団で補助金を騙《だま》し取る。エレベーターの中で抱きつき、酒のせいにする。アテネ・北京両五輪の金メダリストの女子部員へのレイプなど、犯罪集団めいてきた。

佳作

掃除機だけは地位がなくてもついてくる

大政　利雄（松前町）

万年平社員でないと、こういう句はできないね。かく申す八木健も、秋刀魚食ったら蠅《はえ》がついてきて、「肩の蠅家来のやうについて来し」という名句を詠んだことがあるのだよ。

齢ですと言われ診察費を払う

加藤　桂子（宇和島市）

この体験が川柳になったから、診察費のことはチャラにしようか。しかし、「齢です」とだけ言うのなら偽医者でも務まりそうですね。偽医者なら「お若いのに」と付け加えるかもね。

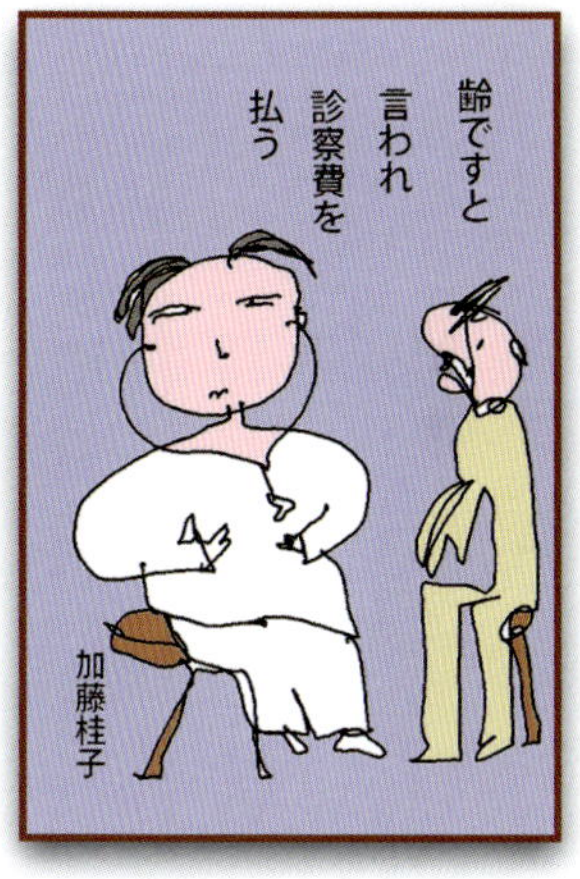

恋を知り寝ぐせを直すドライヤー

大西　知子（松山市）

ドライヤーの使い方を覚えたのも、歯磨きを丁寧にするようになったのも、恋の始まる時期でした。恋は素敵さ。そのうち恋に破れて、寝ぐせをそのままにする生活。ドライヤーに八つ当たりも。

候補者のどの顔見ても癖がある

武井　基次（松前町）

悪人面を仏様のような顔に見せようとするから無理がある。表面だけ笑みを浮かべても、目が据っているからどことなく恐ろしい。しかし、何も癖がないというのも頼りない気もするし……。

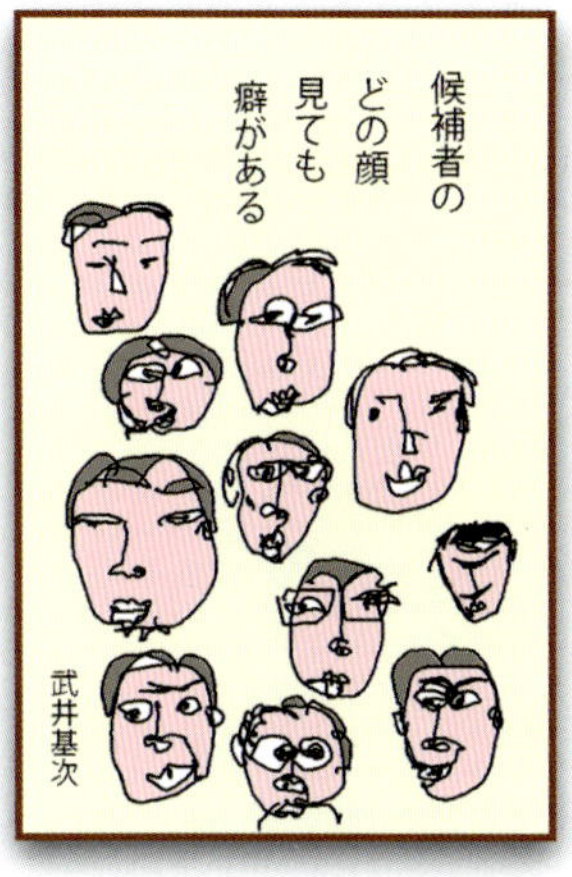

ウエストはここよとベルトきつく締め

村田　節子（八幡浜市）

ベルトでキュッと。内臓圧迫はかなりのものですね。ウエスト絞りは西欧人の風習。短足胴長日本人には似合わないのです。レンコンのようになってさ。日本人はスリーサイズが同じぐらいがよろしい。

肩書きが減って名刺が物足りぬ

岩間　一虫（東温市）

町内会役員候補、ゲートボールの準備係とか、スーパーへの買い物マイカー専属運転手とか。風呂の残り湯を庭に撒く係長とか、肩書きはいくらでも……。あっ、名刺作っても使い道がないか。

奈良公園鹿に見られて煎餅買う

岡田　健治（松山市）

気弱な客を選んでつきまとえば沢山の煎餅にありつけることを鹿は学習した。
観光客が嫌がることも学習して欲しい。

八木健の川柳アート101

特選

一遍さん熱かったでしょう逃げられず

武井　基次（松前町）

重要文化財・木造一遍上人立像の焼失は恥ずかしい事件でした。防火設備もなく、焼失の責任は誰が負うのか。八十歳のご住職に管理を任せていたのは、私たち愛媛県民の責任なのです。

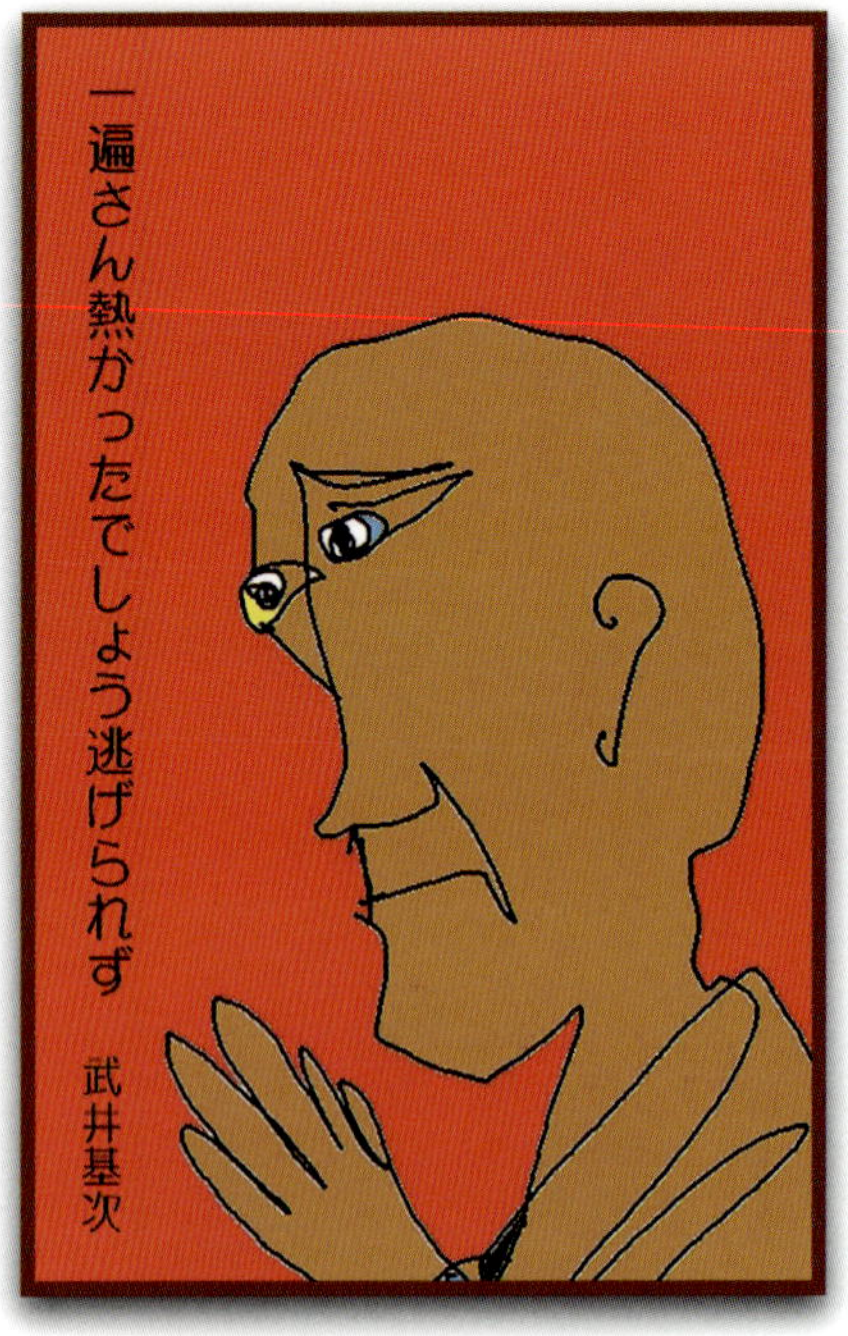

一遍さん熱かったでしょう逃げられず
武井基次

佳作

国益を損なう鳩が良くしゃべる

藤原　白男（今治市）

元首相が「(尖閣諸島は)中国側から見れば盗んだと思われても仕方がない」などと発言して、国賊だとか、それ以下だとか騒がしい。宇宙人の発言だから、安倍さんは無視してますが……。

国益を損なう鳩が良くしゃべる
藤原白男

チャリを漕ぐこの太ももがバッテリー

加藤美代子（東温市）

なるほどと納得させるのが川柳の醍醐《だいご》味。電動自転車よりも省エネだ。高校野球のキャッチャー、サッカー選手は、引退後、太ももを生かして自転車漕いで発電したらええなあ。

チャリを漕ぐ
この太ももが
バッテリー
加藤美代子

線香の花火最後に意地を見せ

加賀山一興（宇和島市）

線香花火の着火から消滅までは、人間の一生にも似たドラマを見た気分になる。八十過ぎて世界一高い山に登ったりすると、昔は年寄りの冷や水と言われたのだが、今は褒められる時代さ。

線香の花火
最後に
意地を見せ
加賀山一興

建前があって本音が牙を研ぐ

西野　周次（松山市）

建前だけでモノを言うのが巧《うま》い人は、役人に向いている。本音だけでものを言う人は、何やっても駄目。建前を言いながら本音をちらつかせるのが世渡り上手ということですね。

建前があって本音が牙を研ぐ
西野周次
NO!

転ぶから腕を組んでる老夫婦

花山　昇（松山市）

腕を組んでいるのは、夫婦仲がいいからとは限らんのです。この絵は、腕を組んでいるのではなく、コンビニに弁当を買いに行く爺《じい》を婆《ばあ》が引き止める図。家で調理したもの食えと。

転ぶから腕を組んでる老夫婦
花山 昇

補聴器は特に陰口良く聞こえ

久我　正明（松山市）

新製品は客のニーズから生まれるもので、ロボット掃除機なんかソレ。補聴器は嫁姑《しゅうとめ》のせめぎ合いから生まれたもので、最新型は、聴きたくないことは自動的に聞こえない耳栓モードに。

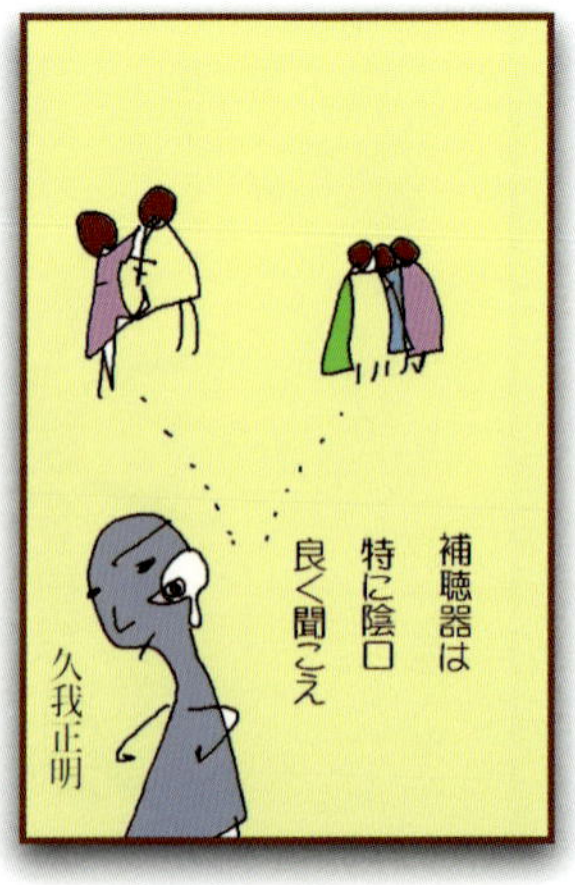

補聴器は
特に陰口
良く聞こえ
久我正明

お経で喧嘩しているような魚のセリ

大政　利雄（松前町）

言い得て妙ですな。魚市場のセリは威勢が良い。歌会始めみたいなセリでは魚が腐ります。「何万だ何万だ」が「南無阿弥陀仏」に聞こえるから、魚たちも成仏できるというものですね。

お経で
喧嘩して
いる
ような
魚の
セリ
大政利雄

八木健の川柳アート 102

特選

平成をぼそぼそ生きる回覧板

藤原　白男（今治市）

回覧板は、前世紀の遺物のごとく今も生きている。携帯もパソコンも無かった時代の情報伝搬手段である。今じゃ、お隣さんと口をきく唯一の機会に役立つ。

佳作

甘党の蟻はくびれを損なわず

前田　重信（愛南町）

蟻《あり》は甘党だが、腰のくびれは見事である。よく働くからだろう。人間は横着者だから動きが足りない。人間は早晩くびれが消滅。来世は蟻に生まれなさい。

賽銭箱が返事をしない一円貨

大政　利雄（松前町）

賽銭《さいせん》箱が返事をしないのではなく、そんなふうに思ったのでしょう。一万円札を入れても音がしません。どうせ音がしないのだから、一円貨の方が安上がり。

サッカー選手の腕の入墨役立たず

金澤　健（滑稽俳句協会）

外国のサッカー選手の入墨は華麗だ。サッカーの技術はイマイチでも入墨で目立つ選手がある。日本は入墨を悪者扱いしているが、入墨に罪はない。

飲む水に飲まれる怖さ超豪雨

石原　康正（松山市）

水は、足りなくても余っても困るものの代表だろうね。「日頃、飲まれてばかりだから飲み返してやろう」という水の気持ちを捉えたところが非凡である。

まばたけば音がしそうなアイラッシュ

田辺　進水（松山市）

「付けまつげ」のこと。語源は「アイラシイ」だろうか。まばたけば音がするところに目をつけて、「カスタネット」にしようという動きがある。

当たるとは思わずに買う宝籤

岩間　一虫（東温市）

本当は「当たること願いつつ買う」ということ。「宝くじ抽選までは金持ちだ（木藤隆雄）」なんてのもあったね。妄想のあまり車に当たらんようにね。

ピンポンとそんなに押すな俺裸

武井　基次（松前町）

そんなこと言っても室内のことは分からない。一つ提案だが、監視カメラを室内室外につけてはどうだろう。「夫婦喧嘩《げんか》の最中だから待とう」などと、色々配慮してもらえるよ。

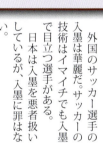

川柳アート 103

八木健の

特選

しがみつく年金の藁細りゆく

加賀山一興（宇和島市）

「巻き上げるだけで払ってくれないものは、な～んだ?」「年金」「ピンポン、正解です」「では、次の問題。外国で気前よくバラ撒《ま》くものといえば?」「お金」「ハイ、正解です」「このクイズの賞金は、年金と同じく五年先にお支払いします」

佳作

怖いもの地震雷火事おやつ

宮井　園江（松山市）

痩せるのは恋すれば簡単だけど、痩せないから恋もできないのよ。失恋とヤケ食いの繰り返し。昔は、女相撲があったんだけどねえ。おやつは怖いけど、地震も火事も怖くないですと?

すっぴんだと誰か判らぬ我が娘

松田　美穂（松山市）

目張りと厚塗りで自分の娘とは思えないほど魅力的だったのに、すっぴんだと昔の私にそっくりだわ。「駄目よ、すっぴんは。母さんみたいに馬の骨を摑《つか》むことになるわよ」「あら、父さんは、豚を摑んでしまったって言ってたわよ」

金足りず自由の女神灯が消える

金子　亶（東温市）

自由の国のシンボルが今じゃ不自由の女神だわ。米国は不思議な国。外国へお節介するのに、今お金がないのかしら。いろいろストップして、ねじれ国会で、オバマいびりで、いじけオバマ。なんとなく味方したくなるわね。頑張れオバマ。

餅撒きに和気藹藹の小競り合い

西野　周次（松山市）

人間の本性を丸出しにして、良家の女たちが、「この野郎」とか「私の餅だ」とか言っての奪い合い。しかし、闘争心を養うのも大切なこと。お餅を食べると太るから我慢しなきゃ、ということで忍耐心も養われる。餅撒きほど大切な行事はない。

柏手と拍手を間違え拝んでる

武井　基次（松前町）

よく見ると、柏手と拍手は字が違うんだ。拝むのに拍手したのでは、ご利益はありません。文字を知らないと妙なことになるんだね。恋文に「恋しい」と書くべきを「変しい」と書いて失敗したやつがいる。

相手するのにも疲れる話好き

山本　富子（宇和島市）

困りましたねえ。空気が読めないお方は。とにかく口をはさめないんだから困ります。解決するには、耳栓を買うとか、電話がかかってきたふりをするとか、何か方法があるはず。なぬ、相手の口を洗濯バサミでとめるか、ガムテープで塞《ふさ》ぐ。それはいい考えだね。

不器用を器用に演じモテル人

外面　佳子（今治市）

こういうやついるんだよね。口べたとか言って人に喋《しゃべ》らせる。字が下手と言って誰かに書かせる。運転が下手と称して、アッシー君にする。一緒に食事しても、レジが苦手だと言う。それなら財布出しなよ。不器用で出すのが下手だと?

八木健の川柳アート 104

特選

原発に頼らなくてもやれるじゃない

武井基次（松前町）

スポットライト浴びたい症候群と言われてもいいじゃないか。今からでも遅くはない。原発をストップさせた男として歴史に名をとどめてください。

佳作

唐獅子に文化勲章光らせる

金子　亶（東温市）

唐獅子牡丹姿に勲章つける。

叶わぬことだが見たい。これが「人情」。そんなことできる筈ないは「義理」。義理と人情を秤にかけりゃ義理が重たい男の世界。

猿猪は癌を気にせず核の村

藤原　白男（今治市）

猿猪に放射線の危険を知らせるのは難しい。知らんぷりの人間様は罪深い。もっとも人間も猿猪同様に扱われている様子だ。ここは猿猪と共闘するが良い。

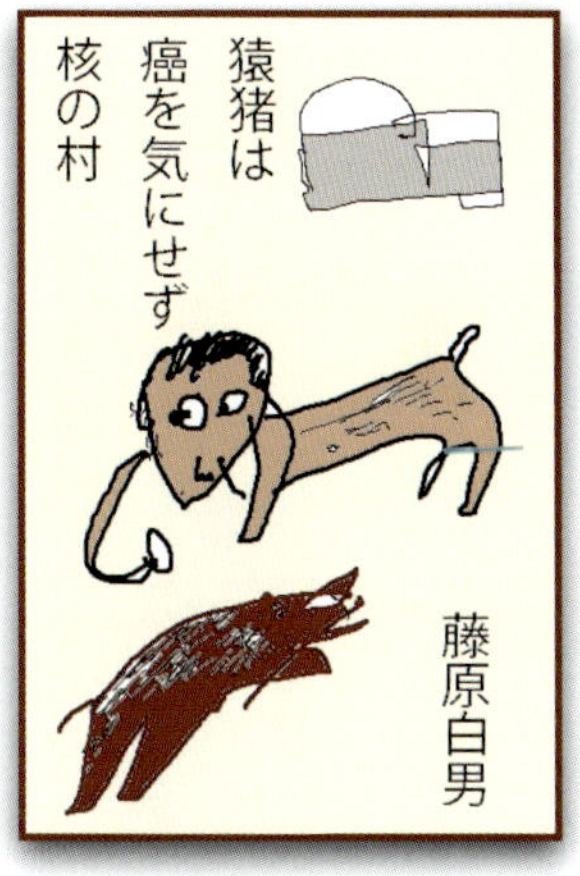

最敬礼頭をさげて二十秒

松友　順三（松山市）

頭をさげてきっちり二十秒になるように数えるのだがどうしても多少の誤差は出る。

「あげますか」と誰かが呟くのが合図。

短い場合は「秒数偽装」となる。

実年齢聞いて驚くふりをする

宮本　悦子（松山市）

相手を良い気分にさせること、これがホントのオモテナシです。

心が伝わる「ふり」がよろしいですね。落語の「子ほめ」のように若く言い過ぎると逆効果ですね。

川柳をつくるロボット開発へ

花山　昇（松山市）

良いアイデアですが、世の中の川柳はアクリート川柳ほど面白くない。

アクリートのレベルを目指して下さい。花山さんがロボットの扮装するのがええ。

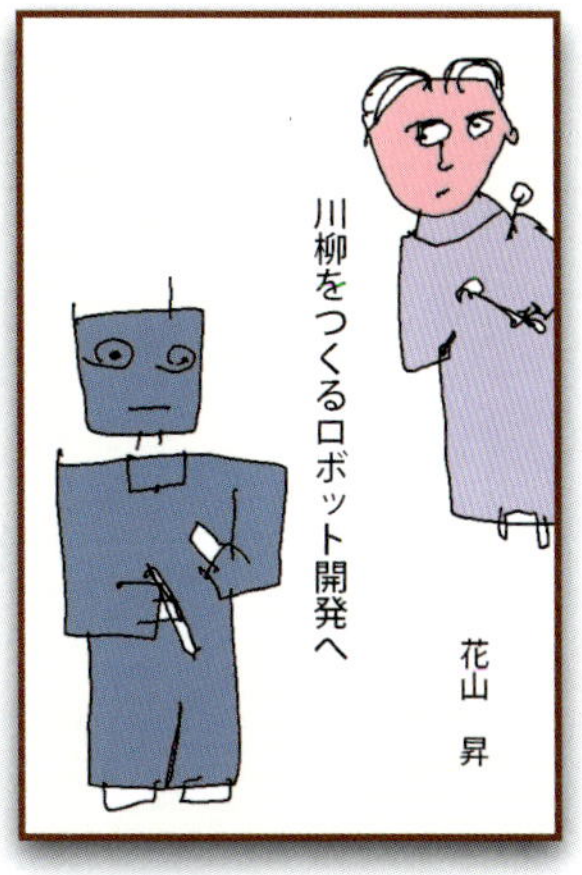

客よりも監視カメラの多い店

村田　節子（八幡浜市）

監視カメラで見張られているのはあまりいい気分じゃない。

つまり疑われているわけですから。

素ッピンでカメラの前に立ちたくない。だから厚化粧なんです。

私より先に年金ダイエット

山内　賀代（西条市）

メタボと年金を比較するのは如何なものでしょう。年金は簡単にダイエットですからね。国策に敵うわけないですね。

川柳アート 105

八木健の

特選

給料の要らない人が金借りた

武井　基次（松前町）

給料をもらわなくても生活できる人が、「もし落選したら生活に困るから借りたのだ」と。下手な言い訳のあと結局、辞職。選んだ都民も恥ずかしい。

佳作

陳謝することが仕事のトップの座

大政　利雄（松前町）

こういう人間は、普段はふんぞり返っているから、例え二十秒でも苦痛だろう。しかし、それが主たる業務だからねえ。角度調節できる制服をご用意しました。

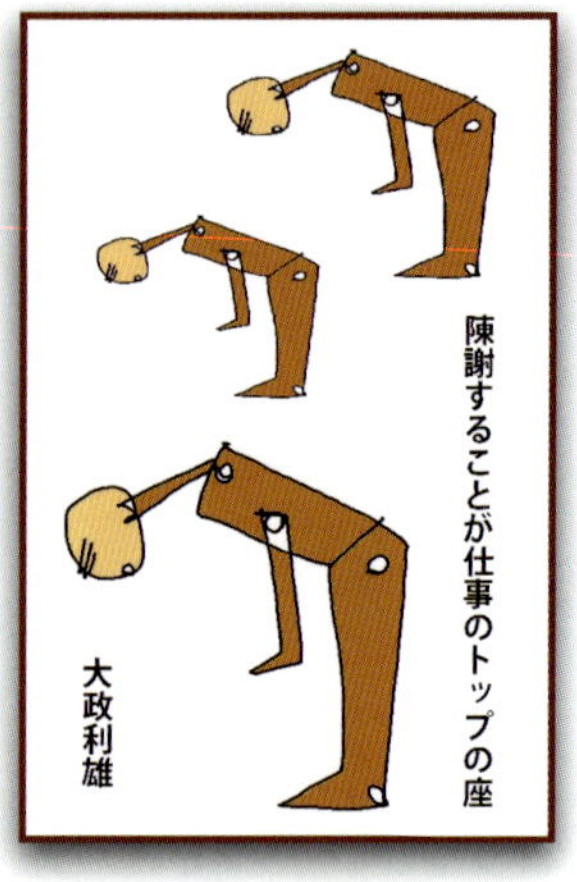

謝罪前必ず一度白を切る

金子　亶（東温市）

そのようなことは把握していませんが、関係書類は紛失してしまいましたのでと言い、ほどなく証拠隠滅で逮捕されてお騒がせしました想定外でしたと大嘘。

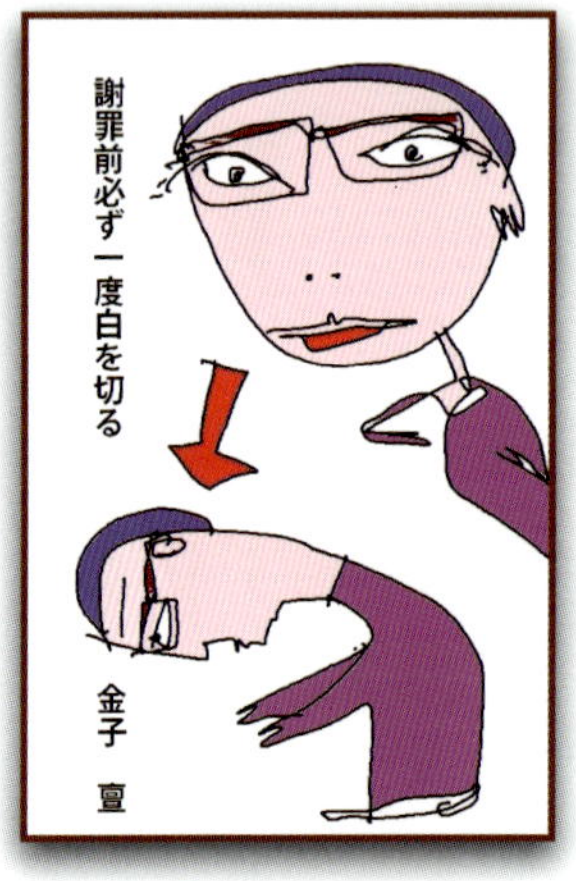

ぬかりない私の髪の毛にぬかり

小笠原満喜恵（松山市）

抜けた髪の毛を集めて「かつら」をつくっては如何でしょう。抜けた歯を集めて入歯をつくることも良い。失意の底に希望を見出してこそ人間の知恵ですね。

おーいお茶最近妻の方が言い

外面　佳子（今治市）

お茶に限らずこういうケースは多い。

定年退職後、夫は買い物のアッシー君が仕事になっているね。他に「おーい風呂」とか「おーいメシ」とかも。

猫の手を借りたいときに邪魔な猫

久我　正明（松山市）

ワタクシ達も猫の手あるんですよと何かお手伝いがしたいのかも。実は、ご主人様が別のことに夢中になるのが不満なのです。人間も似たようなもの。

保険が満期になった途端にガタが来た

三並恵津子（今治市）

歳を重ねれば、どこかしらガタがくるもの。

しかし、ガタがくる寸前に満期になることも。以後は保障できかねます。保険会社は損しないようにできている。

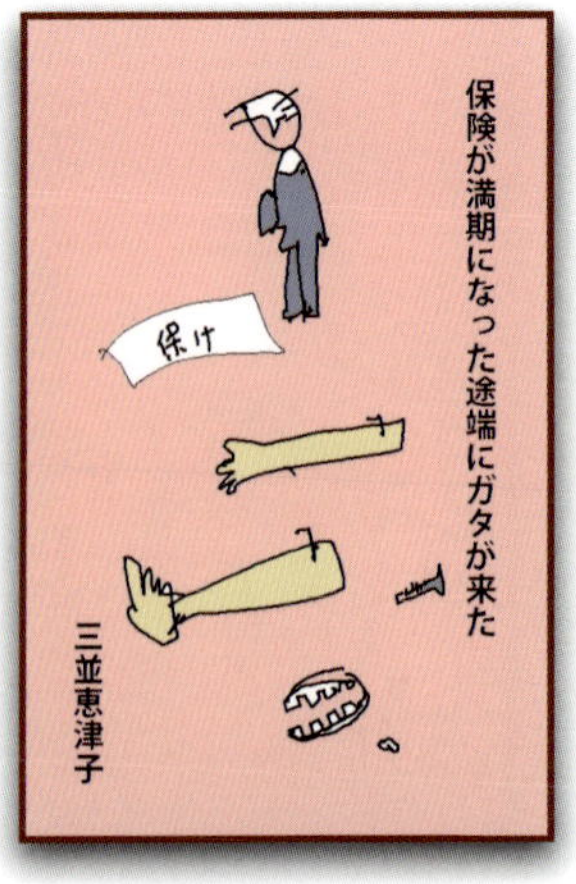

包丁と鍋に暇出しコンビニへ

古野セキエ（松山市）

調理の必要ナシ。書籍の注文もインターネットが早いから書店は不要に。商店街はさびれ、ウインドウショッピングは死語に。便利は失うものも多いですね。

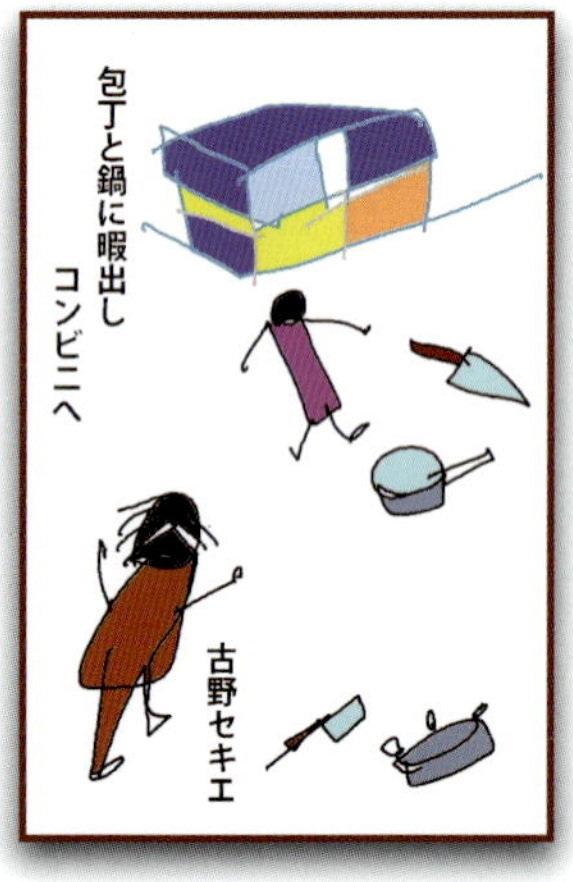

八木健の川柳アート 106

特選

原発をやめるチャンスは今でしょう

宮岡　沙代（松前町）

セシウムの半減期は、三十年とか二百年とか。子や孫への遺産としては相続したくない核のゴミをどうするつもりなのか、お馬鹿さんだねえ。

佳作

街路樹に眠れぬ夜がやって来た

武井　基次（松前町）

街路樹に灯すあまたのLED。虚飾の極みと言うべきですね。人工的な光はすぐに飽きるねえ。似たような電飾ばかりで魅力がないねえ。

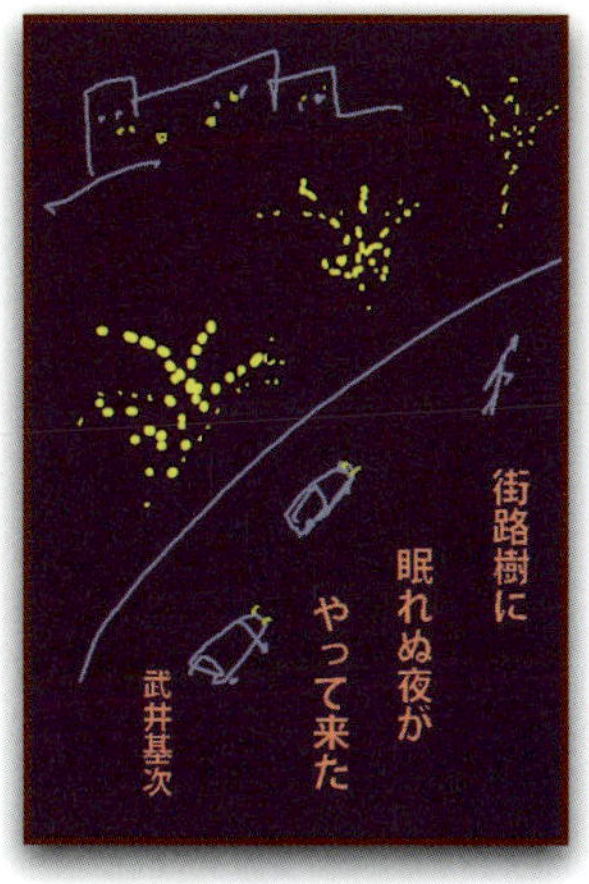

老眼になれば女はみな美人

的場てるみ（松山市）

立場によってプラスマイナスあり。美人にとっては不美人との差が無くなります。この際、美人識別老眼鏡を売り出しませんか。

嬉しくて淋しいシニア割引は

都忘れ（宇和島市）

高齢の方が恋人と映画見に行く時、シニアなんて言わないらしいね。恋人が横向いてるときならばシニア二枚と小声で言うらしいが。

初夢で孫からお年玉貰う

山本三智子（宇和島市）

嬉しい初夢ですね。二十年間もの投資が報われる瞬間ですね。

でも夢で良かったのです。世はまさに倍返しの時代ですから。

赤ちゃんの笑顔に誰も騙される

久我　正明（松山市）

騙されるのは嬉しいことですね。

しかし、笑えば大人は喜ぶ。これが赤ちゃんの最初の社会勉強。その内大人の醜さに気づいて笑わなくなる。

ダイエットしても気づかぬ倦怠期

村田　節子（八幡浜市）

それは違います。肥満になっていたことに気づいていなかったのです。それが証拠に「君は結婚した頃と体形が変わっていないねえ」だと。

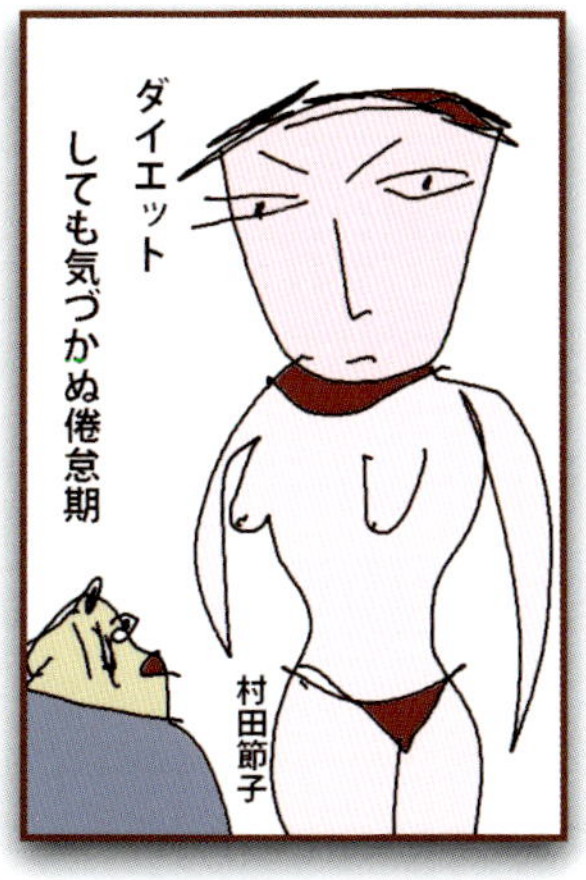

猪鹿は多いが蝶はやって来ず

大本　和彦（松山市）

花札と異なり害獣の食害は深刻です。猪の尻尾を役所に持参すれば現金をくれるらしいです。

中国から尻尾を大量輸入する業者が現れるかも。

八木健の川柳アート 107

特選

自己紹介せねば分からぬクラス会

山本　富子（宇和島市）

互いに名前がわからぬままに会話するのは辛いですからね。この顔を忘れたのか担任だよ。

佳作

納得をするより先に孫が出来

藤原　白男（今治市）

腹まわりがだいぶ太ったなあ。
爺ちゃん違うのよ、ほらね。
腹にレッグウォーマー巻いたか。

売り出しで活気あるのは駐車場

粗　相（松山市）

駐車場無料で便利なスーパーだ。
たまにはここで買ってあげましょ。
売り出しで混むから次にしましょ。

静かなり待合室はスマホ病

石原　康正（松山市）

診察の結果をお待ちの皆さま、お待たせ致しました。ただ今、診断が出ました。
全員「スマホ病」です。

血税を散布してくるのが外遊

西野　周次（松山市）

お接待が日本の美徳ですからねえ。
消費税も上げたからたくさんある。
ばらまき庁でも創りましょうか。

大気汚染の地球にマスクしなくては

金子　亶（東温市）

お気持ちはわかりますが、特大のマスクつくるのは大変ですよ。
とりあえず、地球儀で実験しましょ。

美しい唇嘘をつきやすい

岩間　一虫（東温市）

人事部の採用担当の極秘メモには、唇のセクシー度が高いから営業にと。
私のことかしら？　いや、例外もあるんだ。

名を忘れア行から順繰りにゆく

山内　元子（伊予市）

ア行に近い方は簡単。ラ行、ワ行は時間がかかります。誰でしたっけ。
ええと、ええとええと江藤さんだ。

八木健の川柳アート108

特選

客席の美人を探しカメラマン

高岸サヨ子（八幡浜市）

カメラマンも人間だからなあ。気持ちは分かるけど、不美人も時々撮影してあげなさいよ。なぬ？カメラが嫌がるだと……。

客席の美人を
探しカメラマン
高岸サヨ子

佳作

メダル獲る前から騒ぎ過ぎだろう

平野　陽介（東温市）

浅田真央ちゃんのことですか？　たしかに騒ぎ過ぎたからコケた。頑張ったから世界中を泣かせた。鮮烈な記憶は真央ちゃんだけに。

メダル獲る
前から騒ぎ
過ぎだろう
平野陽介

温暖化不安に思う雪だるま

前田　重信（愛南町）

温暖化で南方の島国が水没することを心配しているらしいね。その前に自分たちが溶けるという不安もある。島国根性だなあ。

温暖化
不安に思う
雪だるま
前田重信

列島が雪の重みで筋肉痛

石原　康正（松山市）

その前に、日本列島は原発から放射能がこぼれて弱っている。これ以上、地震に耐える自信はないぞな。

列島が
雪の重みで
筋肉痛
石原康正

転倒をするなと叱る骨密度

山本　富子（宇和島市）

骨密度測定器という機械があるが、測定して数値ごとにアドバイスをしてはいかが。小魚を食べなさいとか、段差と旦那さんに要注意とかさ。

転倒を
するなと叱る
骨密度
山本富子
骨密度計

させて貰ってただと思うな膝枕

川崎　葉子（松山市）

きっと、父親と娘という図式だね。
愛人ならオプションの別料金というところ。
しかし、今どき「膝枕」なんてあるのかい。正座できんじゃろう。

させて貰って
ただと思うな
膝枕
川崎葉子

光回線噂ひろがるスピードは

梅岡　菊子（松山市）

光回線の登場するより前に「悪事千里を走る」という諺があるのだが、光回線の登場は、メチャクチャにスピードを増した。下手な冗談は言えぬ。だが「噂」の価値は変わらない。誰かの悪口と人の噂ほど楽しいものはない。

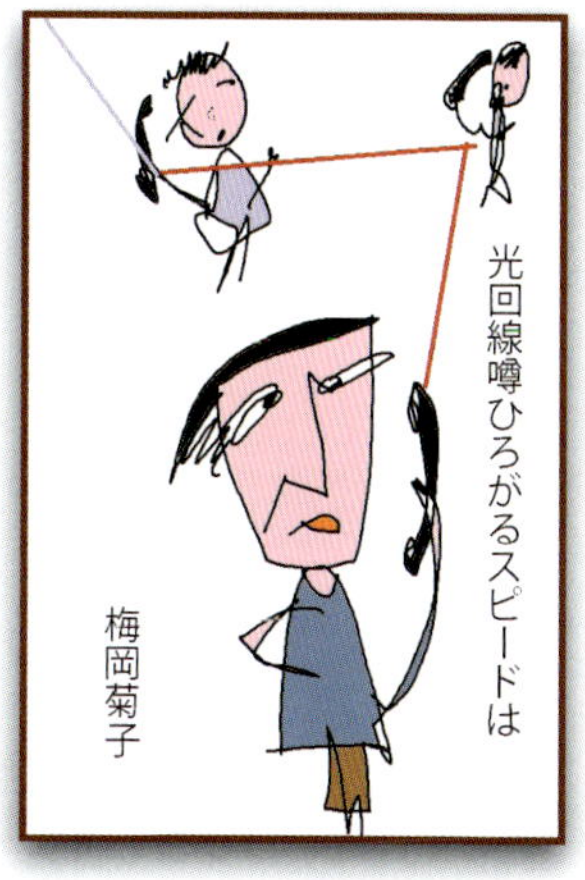
光回線噂ひろがるスピードは
梅岡菊子

鑑定は要らぬ父似の団子鼻

村田　節子（八幡浜市）

誰にも気に入らない部分がある。それは神様の思し召しなんだから、親を怨《うら》まずに有効利用してみては如何《いかが》？

坊っちゃん団子の販売員とか。

村田節子
鑑定は要らぬ
父似の団子鼻

八木健の川柳アート109

特選

愛妻と聞こえは良いが恐妻家

山内　賀代（西条市）

「脛に傷持つ身首根を掴まれる」

「携帯で帰宅時間を報告し　守れず言い訳巧くなる」

佳作

世の移り屋根より低い鯉幟

村田　節子（八幡浜市）

唱歌では、屋根より高い鯉幟。

「兎小屋ミニの幟が良く似合い」

「鯉幟ビルの谷間に空を恋う」

大金をおねだりしました返します

高岸サヨ子（八幡浜市）

「悪運を掻き集めたる大熊手」

「金額で猪瀬に勝ったと自慢する」

「八億の金は天下の回しもの」

スマトホン手に平成の金次郎

花山　昇（松山市）

「スマホ手にプラットホーム歩くなよ」

「次々に新型の出るスマートホン」

「電話代稼がにゃ平成金次郎」

結婚指輪に手錠の機能パートナー

宮井　園江（松山市）

「婚約の指輪にもある手錠役」

「浮気するときには外すその指輪」

「その指輪尻に敷かれている証拠」

何の日か知らない奴も五連休

宇和島の芝さん（宇和島市）

「祝日もコロコロ変わる仕方なし」

「連休を欲しいと頼んだ覚えない」

「連休は金がかかると閉じこもる」

霊柩車だけはやらない試乗会

大政　利雄（松前町）

「本番の前に確かめたい気持ち」

「乗り心地などは当人分からない」

「冗談でやってみないか試乗会」

信じてはいけない人が持つ魅力

岩間　一虫（東温市）

「ちょっとだけアブナイ奴がよくもてる」
「怖れつつ乗ってみるのが口車」
「二度とない人生賭けてみるもよし」

八木健の川柳アート 110

特選

割烹着脱いでしばらく様子見る

武井　基次（松前町）

「特定国立研究開発法人」に指定されれば、百億円の財政援助が貰えるはずでした。小保方さんは割烹着を脱ぎ、責任をかぶせられるらしい。

佳作

返すなら借りなきゃ良かった八億円

宮岡　沙代（松前町）

結局、政治は金まみれで「億単位」の現金が動くものだという現実を国民に教えてくれて、ありがとう。

次の選挙は、感謝しつつ一票を誰に。

体重を減らせと自転車がパンク

村田　節子（八幡浜市）

モノゴトすべて原因と結果で納得。

自転車のパンクは、不良タイヤが原因。

それは食費が嵩むので、安物の自転車を買ったからで、過剰な体重が原因ではない。

猪に筍掘りの極意訊く

石原　康正（松山市）

「見つけ方や掘り方の極意を教えて下さい、イノシシさん」

「猪肉と筍の煮物をつくるんでしょ」

「よう分かってますなあ」

ストレスも一緒に食べるシュレッダー

宮井　園江（松山市）

秘密書類をパクパク食べる機械。

嫌味な部長や自分の失敗を部下のせいにする係長などもこの機械に食べさせたいなあ。

完敗が善戦になるローカル紙

平野　陽介（東温市）

読者は分かっています。郷土のチームが弱いことを。そう言えばかつての大本営発表も、弱い日本が連戦連勝と報じたものです。

カーナビを信じ助手席黙らせる

小笠原満喜恵（松山市）

「あなた、私の説明を信用しないのね。カーナビの女の声が好きなのね。声がよくても顔は駄目なのよ」

「お前よりマシだろう」

折角の買いだめハガキに二円貼る

三並恵津子（今治市）

駆け込みとやらで、ハガキを買いこんだ。

二円貼らなきゃならん。百枚買ったから二百円分の切手が要る。しかも貼る手間。

手間賃を考えるのも時間の無駄。

対談　川柳を語る

鈴木　茂　世情評論家　南海プリント社長
八木　健　川柳アート選者　萬翠荘館長

鈴木　連載百十回は九年分になりますが、句も絵も面白い。辛口コメントが川柳そのものですね。
八木　読者とお洒落な会話を愉しむ気分で書きました。
鈴木　世の中の川柳は面白くないが、アクリートの川柳は面白いね。人間の本音が描かれている。「言葉のレントゲン写真」です。
八木　たしかにアクリートの川柳は、笑えます。復本一郎さんの言う「穿ち」があるから可笑《おか》しいのです。
鈴木　川柳は大別すれば風俗川柳と時事川柳ですが、アクリートは、時事川柳が多いですね。
八木　良く見てくれました。嬉しいです。アクリートの川柳の特徴は、他の柳壇に比べて時事川柳が多いということです。一般的に、昔から時事川柳は少ないのです。
鈴木　もともと川柳は権力に抵抗する時事川柳だったのでは？
八木　川柳は権力に抵抗する文芸と皆さん思っていますが、川柳の歴史を見ると江戸川柳でさえ権力批判は殆どありません。
鈴木　それは驚きです。「役人の子はにぎにぎをすぐ覚え」を私は知っていますよ。
八木　その句が最も知られています。それから「さまざまに扇を使う奉行職」ぐらいでしょう。それ以外にはめぼしい作品はありません。現代川柳にもサラリーマン川柳にも政治や権力に疑問符を打つ作品は殆どありません。
八木　その時事川柳が「アクリート」に多いということは、今や愛媛の川柳の威張れるところです。しかし、まだまだ十分ではありません。現在全体の二割程度です。もっと時事川柳を盛んにしたいです。
鈴木　時事川柳が作られないのは、いつの時代も、庶民は本当のことは何も知らされていないからではありませんか。
八木　たしかに、現状はマスメディアに批判精神が乏しく国民は押しつけられる情報の洪水に判断力を失っている。どのように批判したら良いかわからない。
鈴木　ならば、皮膚感覚で疑問に思うことを描けばいいと思いますよ。竹槍精神でいい。B29を竹槍で突く、その程度でいい。良くはわからんが、とりあえず疑問符を打つ。それが大切でしょう。
八木　ちょっと変だなと思ったことが、後日、やっぱりとなることが多いですからね。
鈴木　歴史的には、時事川柳が盛んだった時代はあるのですか？
八木　正岡子規が入社した新聞日本の主筆・古嶋一雄が時事川柳を盛んにしようとしました。明治三〇年代に阪井久良岐・井上剣花坊を相次いで新聞「日本」に入社させ、時事川柳の隆盛を企図したのですが大きなうねりにはなりませんでした。新聞「日本」での時事川柳展開は失敗におわりました。しかし、「日本」にならって在京の新聞社がこぞって川柳欄をつくり、川柳が大変盛んになりました。阪井久良岐・井上剣花坊は江戸時代以来の川柳（狂句）を低俗として、現代川柳を掲げましたが、時事川柳は不得手だった。率先して時事川柳を作って見せないと広まりません。

鈴木　八木健は率先してつくっている。

八木　それは井上剣花坊の思いに共感したからです。昭和になって、井上剣花坊は「時事川柳こそが目指すべき本当の川柳だと言っています。『時代を諷刺し、社会に響かせる時事川柳が生きた川柳であり、それを要望する』という一文に心を動かされました。

鈴木　親心とか嫉妬心とかスケベ親爺を描いた川柳は今の時代に共通するものですが、今でなきゃというものではない。それを井上剣花坊は言ったのでしょうね。

八木　たしかに今の時代に生きて、今を詠むことに意味があります。

川柳が時代の評論家、もっともっと時事川柳をやらねばと思いますね。鈴木さん、時事川柳を一句お願いします。詠むなら「今でしょ」。

鈴木　ウウン。「解消のねじれ今度は国民に」

八木　パチパチ（拍手）。私も一句、「三本の矢は国民に突き刺さり」

鈴木　「国民に突き刺さる矢の四本目」

八木　「アベノミクス国民を混ぜ返し」

鈴木　いいねいいね。八木健の川柳アート、巻末対談は「時事川柳渇望」ということで締めますか。

八木　ありがとうございました。

三本の矢は国民に突き刺さり　八木　健

三本の矢は国民に突き刺さり
やぎけん

歴史の真実を知りたければ「誰が得したか」を読めば良い。三本の矢が弱者に刺さったという結果にならないことを祈る。

アベノミクス国民を混ぜ返し　八木　健

アベノミクス国民を混ぜ返し
やぎけん

あちら立てればこちらが立たず。これが政治というもので、わかりやすく言えば、お金の奪い合いの匙加減をするのが政治、まぜこぜにするのがアベノミクス。

絶滅の危惧種にあらず鰻好き

山崎美樹子（松山市）

絶滅の
危惧種にあらず
鰻好き
山崎美樹子

鰻好き人間は絶滅しないということ。日本鰻は絶滅危惧種とされたが、養殖ものも日本鰻も「しらす」は同じと思っていたが違うんだろうね。

嘘つきの正直に出る脂汗

山崎美樹子（松山市）

嘘つきの正直に出る脂汗
山崎美樹子

そういうことがありましたね。某都知事は気の毒なくらいでした。嘘つくと油汗が出て新陳代謝が活発になるかもしれないが、ストレスは凄いね。

団扇どころじゃなかったんだね小渕さん

花岡直樹（松山市）

団扇どころじゃなかったんだね小渕さん
花岡直樹

松島みどり大臣が団扇を配って辞任。小渕優子大臣が政治資金千三百万円を私的に使って辞任し、後任の宮沢大臣もSMバーに政治資金を支出した。追求する野党にもぞろぞろ同類が。国民の税金を返せ！

不都合な真実海に漏れている

日根野聖子（滑稽俳句協会）

不都合な真実
海に漏れている
日根野聖子

東京五輪決定に向けてのアピールで、安倍首相は放射能汚染水はコントロールされていると明言。しかし、実際には万全といえる状況ではなかったのだが。

国民に虚偽報道を謝罪せず

捏造子（松山市）

国民に
虚偽報道を
謝罪せず
捏　造子
大嘘新聞
慰安婦問題
誤報でした

「八万人から二十万人の朝鮮の女性や少女を日本軍が従軍慰安婦として強制連行した」と報道し、三十二年後に「その事実は無かった」と朝日新聞は記事を取り下げた。しかし、捏造された「嘘」は、世界の常識となったままである。

真っ先に船長が逃げる恥ずかしさ

八木健

真っ先に
船長が逃げる
恥ずかしさ
やぎけん

セウォール号の遭難にかけつけた某国の海上警察は三分の一が泳げない。泳げるとされる隊員のうち五百メートル泳げるのはその半分以下。結果には原因がある。

あとがき

「川柳アート」は、八木健のオリジナルであるが、この本の川柳は、愛媛新聞の読者の投稿作品で、絵と解説は八木健である。アートは川柳を分かりやすく、面白くするためのもので、パソコンに標準装備されているソフトの「ペイント」を使い、自己流で描いた。解説も、これまた自己流で、社会時評を意識して書いた。

結果として、可笑しい絵と辛口のコメントとなった。こんな絵にしたら楽しいかな、この句にはこんな「オチ」をつけたら読者が喜んでくれるに違いないなどと考えながらつくった。だから、解説コメントは、読者とお洒落な会話を楽しむ仕上がりとなった。ゲラの段階で数人の方にお見せしたところ、「これはユーモア会話術の教本ですね」。そんな批評をしてくださった方がいた。嬉しいことだ。「この川柳アートは後世に残ること間違いなし」と太鼓判を押してくださった方もいた。何より嬉しい批評である。私自身もそれを目論んでいたからだ。この「川柳アート」が、一人でも多くの方々を「ふふふ」とさせることができたなら嬉しい。

この度の出版においては、作品をご投稿いただいた皆様、愛媛新聞サービスセンター、アトラス出版、松岡均樹様、えひめ工芸の皆様にご理解ご尽力を頂いた。また協賛広告で出版にご協力くださった皆様にも厚く御礼を申し上げるものである。

平成二十六年十二月

八木　健

愛媛県主催事業文化体験教室　2014　ハイクアート教室にて

著者紹介

八《や》木《ぎ》 健《けん》

現在

国重要文化財萬翠荘館長
滑稽俳句協会会長
俳句美術館創立名誉館長
浪曲虎造節保存会創立名誉会長
日露音楽文化交流会会長
愛媛新聞月刊誌「アクリート」の川柳欄担当
愛媛 CATV「川柳天国」司会
八木健の CATV 俳句主宰
月刊俳句総合誌「俳壇」選者
日本農業新聞「俳壇」選者

経歴

1940 年　静岡県生まれ、日本大学芸術学部卒。
ＮＨＫアナウンサーとして40年間勤務。
愛媛大学俳句学講師
月刊川柳総合誌「川柳マガジン」選者

八木健の川柳アート

2015 年 1 月 13 日　初版　第 1 刷発行

著　　者　八木　健
発 行 人　中村幸男
編集・制作　アトラス出版
〒 790-0023　愛媛県松山市末広町18－8
TEL（089）932-8131　FAX（089）932-8131
E-mail：atlas888@shikoku.ne.jp
HP：http://www.shikoku.ne.jp/atlas/
印　　刷　株式会社シナノパブリッシングプレス

この本、および内容についてのお問い合わせは、
〒 791-2103 愛媛県伊予郡砥部町高尾田 1173-4
電話　090-5140-8826 FAX 089-957-1155
メールアドレス　ken-yagi@nifty.ne.jp
八木　健　まで

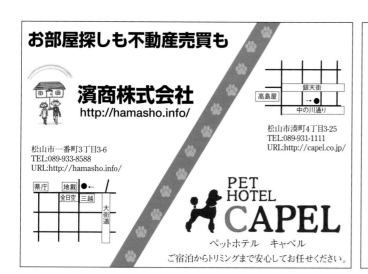

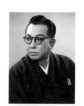